U0013212

殛屋出租

SPARE ROOM

Dreda Say Mitchell

德蕾達・賽・米契爾——著 莊瑩珍——譯

「只見虛幻不見真」

——威廉・莎士比亞《馬克白》

開端

這次他是認真的。

床邊的桌上擺著一瓶還沒開的白蘭地，和一只平底酒杯。但他不需要這些東西帶來的化學麻木感，也不需要像其他幾次那樣吞鎮定劑，因為這次他是認真的。他手裡握著自己寫好的一封信，說明他所做的決定。這些年來，他寫了好多次這種信。有些很短，有些很長。有些寫得簡單明瞭，直接闡明中心思想。有些則像在閒話家常、冀望能博取同情與理解，也不管最後看到信的究竟是何許人也。其中有許多封並沒有寫完，因為他終究發覺自己並不是認真的。

但這一次，他是認真的。真的，是認真的。

他並不想往上看，但他強迫自己抬頭去看那條套在上面的繩子有多長。在繩子下方，有一張椅子。一切就是這麼簡單：爬上椅子，把脖子套進繩圈後拉緊，跳下椅子。接著就是幾分鐘的痛苦和驚惶失措，因為繩索會發揮作用，將生命擠出你的身體。死前只需要痛苦幾分鐘，大多數的人會很感謝生命可以這樣輕易結束。他年輕的時候見過許多種死亡的方式，幾分鐘的痛苦根本算不上什麼。人上吊的時候，在那最後的幾分鐘裡，大腦極度渴求氧氣——他曾經看過有人這樣描述：疼痛會消失，人就飄浮在空中，無憂無慮，一路飄蕩直到虛無。而這，就是他最想要的結果。

虛無。一切都消失。

從屋子的遠處再度傳來逐漸清晰的聲響，有人在激烈地爭吵著。他可以聽見女人大吼大叫，男人厲聲回嘴。他真希望那兩個人不要再吵了。在他即將離開人世之前的幾分鐘珍貴時光裡，他們為什麼不能給他一點清靜呢？

寂靜重新籠罩了整幢屋子。

他坐回床上，伸手去拿那瓶白蘭地。灌個一、兩口酒，並不會壞事。這次他不用靠酒精壯膽——這杯酒的功能是要從身體裡把自己暖起來。他倒了滿滿一杯酒，然後在將燒灼的酒液灌下肚時，抬眼直望著上面的繩圈。他又再倒了另一杯。一直到灌下第三杯酒之後，他才意識到自己在做什麼。就像其他那幾次一樣，他試圖把自己灌到不省人事，用盡一切方法讓自己做不成那件事。他「碰」地一聲把酒瓶和酒杯放下，然後小心翼翼地將遺言靠在酒瓶和酒杯旁邊，這才站起身來。

在酒精的影響下，導致他的身體有點搖晃。他邁開步伐，走到椅子旁邊，搖搖晃晃地爬上去。他緊緊抓住繩圈，套在自己的脖子上。然後把繩結收緊，就像在打領帶那樣。他閉上雙眼，深深地吸了一口氣。收斂心神，努力把腦袋中的所有遲疑全部清空。然後，讓自己做出「走下椅子」的動作。他忍不住把腳收回來。再來一遍，這次站得更靠近椅子邊緣，讓一隻腳在空中懸浮了好一會兒，然後又再次把腳收回來。

他絕望地噎了幾口氣。為什麼？既然他所渴求的就是虛無，他卻無法做到這麼簡單的一件事？

這件正確的事，就這麼一件事！

樓下的人聲又開始吵起架來。他們為什麼不能閉嘴啊？都他媽的給我閉上嘴！

他把繩結鬆開，然後爬下椅子。跌跌撞撞地跑回床邊，又倒了一杯白蘭地。他拿起那封遺書，露出猙獰的微笑，仔仔細細地將遺書撕成碎片，丟進他用來充當垃圾桶的塑膠袋中。

敬啟者？真是天大的笑話！會關心他、會想要打開這封遺書的人，不是早就已經死了就是已經消失了。沒有人會在乎他自殺的原因或藉口，就連他自己都不在乎。他把酒杯拋在床上，直接抓起白蘭地的酒瓶。也許等到他灌完這瓶酒，他踏上椅子的動作就不會再有任何遲疑，就像酒醉駕車的人都義無反顧地握住方向盤那樣。他狂灌了幾大口白蘭地，直到喉嚨燒灼起來為止，然後把酒瓶放下。

他走向椅子，再一次爬上去。收緊繩結，閉上眼睛，雙臂環繞著自己的身體，彷彿環抱著虛無。

他動也不動地站了好一會兒，然後再次睜開眼睛。他的身體醉了，但他人還沒醉。他意識相當清醒，伸出手去拉扯套在脖子上的繩索。

全部都是謊言。他這次不是認真的，下次也不會是認真的。他寧願像一般人活得如同行屍走肉，也不願意去做那件正確的事情。軟弱，軟弱，軟弱。他就是那個樣子，軟弱又可悲。從一開始，就是因為那種軟弱，才會導致徹底的失敗。

繩結在他的下巴上卡得死緊，他用力去拉，努力想扯開那個結，醉了的軀體搖來擺去。在無力控制醉酒身體的挫敗之中，他跌落椅子。繩結勒緊，深深卡進他的頸項。驚惶失措中，他想要重新站回去，但是他的鞋子脫落，碰到了椅子，椅子側翻傾倒。天哪！他被吊在半空中，手腳不停地胡亂划動，想要哭喊大叫，再也沒有空氣可以進出他的肺臟。發不出哭喊聲，只有絕望的窒息哽咽。他的雙手牢牢抓住繩結，奮力想去解開。他為自己安排的自殺工具，在他的頸項間牢牢收緊。

震驚之中，他掙扎著用越來越虛弱的手指，去抓頭頂上方那條繩索，試圖將自己拉回安全的地帶。他成功了一下下，肺臟吸到珍貴的空氣，然後就再也沒有氣了。乏力的雙手滑下繩子，磨傷了手掌和指頭。他的身體往下掉，繩索扯緊之後，繩結將他的頭往後一拉。他的手臂和雙腳抽動了幾下，僅存的生命力逐漸消逝。

然後，就只剩下虛無。

廣告

雅房招租

豪華雙人床雅房，徵求單身房客

今日新增租件！

位於北倫敦絕美宅邸中的雅致臥房

空間寬敞，舒適明亮

完美融合倫敦的現代感與歷史感

全新裝潢，家具齊全

含水電

步行一分鐘即達地鐵站

無縫接軌市中心

免費wifi

屋內其他房客即為屋主，期盼能找到一樣喜愛這幢屋子的人！☺

1

我抬頭望向那幢屋子，一時之間忘了呼吸。屋子相當富麗堂皇，甚至可以說是宏偉莊嚴。有三層樓高，可能還有地下室。在夏末午後的陽光照耀之下，石牆呈現出餅乾一般的黃褐色澤，溫暖親切又爽朗明媚，彷彿在說著：「歡迎光臨。」大門的牆上有常春藤一路向上攀爬至煙囪處，一群鳥兒蹲踞其上，凝望著世界，沒有任何一隻鳴叫出聲。很容易可以想見這幢屋子在古早年代的模樣：屋主是一位備受敬重的維多利亞時期的仕紳，因為家族日益龐大而需要往樓上增建房間，以容納眾多的僕役。

顯而易見，這是座獨立式別墅。維多利亞時期的父親不會讓女兒的鋼琴課打擾到鄰居；同樣地，也不會讓外人聽見他因為烤焦的煙燻鯡魚而大聲斥責粗心的女僕。

宅邸所在的街道兩旁植滿綠蔭濃密的大樹，完美地將屋舍遮掩其後。在過去的年代，這裡顯然不是過分浮誇的區域；即使時至今日，依舊呈現出一種低調的奢華，雖然有些宅邸已經分割出售，改建成公寓和小套房，以及備用的空房間。

這幢讓我一眼就愛上的完美宅邸，其中唯一的敗筆就停在車道上。是一輛白色的廂型車，一側的車身上噴著大大的字樣：「小夥子傑克」，另一側則漆上：「家中大小事，全部都包辦」，還附上一組手機號碼。車頂行李架上用繩子綁著工具梯，兩端都綁著彩色布條。這要是在維多利亞時代，宅邸的男主人肯定會叫這個「傑克」把他這輛現代馬車給停到後院去。

我手裡緊抓著房仲網提供的租屋資訊，像是捧著我的遺囑一般慎重。走過車道的時候，我發現腳上穿的那雙低跟黑鞋鞋底太薄，抵不住路上小礫石的尖銳，讓我的腳底板又刺又痛。我的手心冒汗，濡溼了紙張，有些墨水都被暈開了。一邊走，我的目光一邊被大門門廊上方的牆面上那個特殊標記給牢牢吸引住。刻在石牆上的是一個大大的圓形，中間有一個鑰匙的符號。還加註一個年份——1878。

屋子的大門厚實，閃耀著黑色光澤，配上樸實的門環。伸手敲門的時候，血液在我體內奔騰。我沒聽見任何腳步聲，但一會兒之後，不安的第六感告訴我：有人在盯著我看。後來，我發現門上有個小小圓圓的窺孔，閃過一個塑膠片的亮光，於是我的神經冷靜下來。不論在門後觀察我的人是誰，都認為我不具威脅性，然後將門大大敞開。

「妳是麗莎，對嗎？房仲網介紹來的？」

這個男人和我年紀差不多，二十幾歲，但兩人的相似度僅此而已。他打扮隨性，褪色的牛仔褲配短袖圓領汗衫，頭髮往後鬆鬆地綁成一個小馬尾。這是一個喜歡引人注目的潮男，從海盜風的金色圓耳環、到兩臂上爭相奪人眼球的刺青圖案，在在都透露出這個特質。為什麼會有人堅持要在皮膚上留下印記？皮膚應該要保持光滑無瑕，只有無可避免的時光流逝才容許在皮膚上留下足跡。這個人看上去其實還不錯，方正下頦的陽剛特徵裡唯一的缺點就是牙齒泛黃，應該是菸癮所導致。

「沒錯。」我終於開口回應，努力將聲調維持得上揚而友善。我真的很需要那個房間。男人看了看手錶，拉長了臉。「那個，妳來得有點早。」

如果他曉得我已經在這條街上來回走了二十分鐘，臉色會不會更加扭曲？

「有什麼不方便嗎？還是我應該晚點再回來？」

他又露出誇張的表情，這次是一個明亮又帶有尼古丁污漬的笑容，然後招手要我進屋。「當然不用！在這裡不用那麼客套。」

我迫不及待地走進去，感覺就像是回到了家。等我確定租下了那個房間，這幢氣勢恢弘的宅邸就會變成「我的家」。

「就像《蜘蛛與蒼蠅》裡的那句話：請到舍下一坐。對了，我叫做傑克。」

傑克帶我走進玄關，我整個人被深深吸引住，眼睛不斷地因為驚艷而睜大。進到室內，這幢宅邸看起來比從外面看更大了。大廳地面鋪設了黑白相間的瓷磚，一路延伸到看起來像是餐廳的空間，再往後看到了一眼廚房。其他廳室的房門盡皆緊閉，傑克也沒有要向我介紹那些地方的意思，而是直接帶我走向樓梯。樓梯的扶欄裝飾華麗，梯面的鋪毯花樣繁複。

樓梯最底層的地面上有一張大地毯，黑紅相間的花色很是醒目，邊緣鑲著花朵，中央則繡有像是阿拉伯文字樣的圖文。這張地毯讓我想起十幾二十歲的時候，假日和爸媽去逛摩洛哥市集會看到的那種地毯或腳踏墊。我踩上那張地毯，站在這房子的中心所在地，深深地吸一口氣。這就是「門廳」的意義——房子的中心所在。別相信那些現代的房地產仲介，說什麼房子的中心是廚房。這幢屋子通常是靜止不動的，它的心跳位於大門到樓梯之間的那段的空間。

「妳要來嗎？」傑克問道。他已經走上了階梯。

我走下那張地毯，跟上去。

真奇怪——像這樣的年輕人竟然是這幢宏偉宅邸的主人！這房子肯定價值百萬，接著我懷疑這房子究竟是不是他的。房仲並沒有說明屋主是誰，只提供一個私訊帳號，讓他們自行聯絡一個彼此方便的時間去看房子。

「妳是做什麼行業的呢，麗莎？」

「我在銀行的軟體部門工作。」

傑克對我的職業選擇似乎感到很意外。「軟體部門？女生懂電腦的不多啊，對吧？」現在竟然還有男人會說出這種話？我懷疑傑克沒聽說過「反性侵的 #MeToo 運動」。我對他的評論不予置評，當作沒聽見。亞歷士就絕對不會說出這種屁話。

這一點讓我突然意識到自己處在什麼樣的危險之中：我讓自己和這個男人單獨待在這幢屋子裡。一個全然陌生的男人。接著，我檢討自己會不會是個往自己臉上貼金的驕傲鬼——接受高級私校教育培養的人容易這樣自以為是。我沒有任何理由認為傑克是危險人物；就像我媽常說的：他可能「不吸引人但也不會害人」。我試著安撫自己、告訴自己：這個城市裡擠滿了不得不去陌生人家中分租房間的人。而且，房仲網上有我來看屋的紀錄。

我們上到了二樓，每扇房門都是關上的，只有一間門開著，讓我窺看到一間像是大浴室的空間。我被帶到另一座樓梯前面，這次的樓梯比較歪斜也比較窄，梯面沒有任何鋪毯或踏墊，這座樓梯帶領我們通往屋子的頂樓。

我們爬上樓的時候，樓梯發出吱吱嘎嘎的聲響。

「妳有去看過其他的房子嗎？」傑克問道。

雖然我曉得傑克沒辦法看見我的反應，我還是搖了搖頭。「沒有，這裡是第一個吸引我的房子。有其他人來你們這裡看過了嗎？」

「有一些。」傑克回答：「上禮拜有一個女演員來看過，人看起來不錯，不過讓我們老實說吧——演員聽起來光鮮亮麗，但不是個穩定的工作，沒工作就代表沒有錢付房租。」傑克回頭看著我。「我們不是做慈善事業的。」

我很快地向他提出保證：「我的工作很穩定，在這家公司已經任職四年，我有備妥推薦函以及無犯罪紀錄證明書。」

傑克在樓梯最上面停下腳步，回頭看著我，表情相當滿意。「無犯罪紀錄證明書？妳真的很想租這個房間耶！我很欣賞妳。」

我爬上最高的那階樓梯的時候，有點喘。

「就在這裡。」傑克指著走廊底的那扇門，那道走廊非常短。佔滿我視線的那扇房門，漆著平淡無奇的白色油漆，彷彿安靜地在這裡等了我一輩子。

傑克伸手轉動老式的門把時，我登時呼吸不順，一口氣堵在喉頭。傑克把門大大推開，走進房間裡。

我彷彿腳底生了根，站在門外往裡頭看。

「妳還好嗎？妳看起來像是被凍僵了。」傑克指著房間另一頭的大面閣樓採光窗，問：「需要我去關上窗戶嗎？」

「不用，我還好，只是還有一點小感冒。」我走進去。

「我正想說，妳看起來不像是沒穿夠衣服的樣子啊。」傑克帶著親切的微笑，說出自己敏銳的觀察。

不需要任何人來告訴我，我的穿著打扮像是在昭告天下：今年最新潮流是「雪人裝」。我的長袖毛線衫從下巴一路往下，包到膝蓋以下，裡面還穿著厚厚的窄管毛褲。我全身露在空氣中的皮膚只有腳面、雙手和臉。我應該要冒汗的，但卻沒有。我明白在傑克眼中還看到了什麼：一個女人，頂著一頭羽毛剪高層次的短髮，一張長臉上有一對圓睜的大眼睛。完全沒有化妝；將一些人造色彩光影拍打在臉上，實在不是我愛做的事。真的就是這樣，沒有什麼其他的看頭。我認為自己就是個平凡無奇的女子，這是最適合我的模樣。

「所以，這裡可能即將成為妳的新家，對嗎？看起來不錯吧？」

的確，傑克說得對。這個房間看起來不錯，空間寬敞又舒適，就跟廣告上描述的一樣。房間位於屋簷處，因此天花板從一側斜往另一側。室內充滿了自然光，夕陽的黃色光線從屋頂天窗潑灑進來。從閣樓採光窗望出去，則可將街道及北倫敦的郊區風光盡收眼底。有一座精緻的黑色小壁爐，帶著一塊金屬隔板，以阻擋灰燼從煙囪掉進房間裡。一座橢圓形的立式穿衣鏡。牆壁剛以白色的壁紙裝潢過，地板也新漆成了白色。除了具備功能性的家具之外，其他什麼都沒有：一張僅僅鋪了床單的雙人床，一個床邊矮櫃，固定式的衣櫥，書桌和附帶的椅子。但我就喜歡那樣，我不需要太多東西。

這個房間完全符合我的需求。

唯一的小問題就是：房間裡飄散出一股空氣芳香劑的惱人氣味，某個不知名的化學工廠製造出來的甜膩酒精味道。沒關係，等這個房間屬於我之後，這個味道很容易驅散。不過，那股氣味黏附在我的鼻腔管壁上，我的喉頭深處則泛出苦味。

「我想請問前一任房客為什麼不租了……這個問題會不會太冒犯？」

「前一任房客？」傑克歪過頭來盯著我看，臉上笑意略減。「妳為什麼覺得之前有別人住過這裡？」

「我只是想知道其他人是因為什麼原因不租這麼棒的房間。」

傑克的笑容瞬間回來。「從來沒有前一任房客，麗莎，妳是第一個！妳想看看廚房和餐廳嗎？」

我們離開的時候，我忍不住回頭，深深地凝望了房間一眼。

餐廳沒有什麼令人印象深刻之處，沒什麼特別的裝潢。一張九〇年代風格的厚重木頭桌子，還有椅子和櫥櫃就佔據了大部分的空間。我媽要是看到一定會冒火，家裡的餐廳可是她的榮耀與歡樂的來源。媽媽認為餐廳是全家人一起坐下來分享生活、充滿歡聲笑語的美好空間。這種想法對許多人來說太老派，但就我媽而言，傳統是很重要的。

廚房的空間很大，看來新穎，但似乎有點偷工減料。我猜那可能出自傑克的手筆，他看起來不像是個謹慎小心的人。傑克說他會清出冰箱裡的一些空間讓我使用。他的聲音在一旁絮絮叨叨，但我沒有專心在聽。我的目光已經穿過後門上半部的玻璃，直直往外面看出去。

那座花園彷彿一望無際。綠樹繁盛，有茂密的樹叢和廣大的草皮，間或出現草間小徑。從後方鄰居屋舍的位置來判斷，花園綿延的長度可能有一百碼[1]那麼長。不過，在那濃密的綠蔭之下，根本也看不清楚。

我試著去開後門。

傑克粗魯地把我的手從門把上拽下來，我嚇了一跳往後退。

[1] 約九十公尺。

「喂！喂！喂！」的叫聲從傑克的嘴裡喊出來。

我的心臟瘋狂亂跳！說不定傑克根本不是「不吸引人但也不會害人」，說不定他是個不吸引人的連續殺人狂。

傑克舉起雙手，擺出求和的姿態。「不是故意要嚇到妳，花園是我們的私人領域。」他降低了說話的音量，語速也放慢。「妳曉得的，把自己屋子的其中一間房間出租時，總要給自己保留一些地方，不是嗎？」

然後他又輕快地接著說：「如果妳喜歡做日光浴，我們前院有很多空間可以用。不過我看妳皮膚粉粉嫩嫩的，可能不太喜歡曬太陽吧。非常明智的選擇，可以避免黑色素瘤那些的。」

雖然不怎麼痛，但我揉著被傑克抓過的手腕。我的喉頭像痙攣似地吞嚥著口水，心跳速度飛快。傑克只需要說「花園不可以進去」就好，不需要使用肢體暴力。我知道他已經道歉了，但是……

「這位是麗莎，對嗎？」一個新的聲音把我的注意力從傑克身上引開。

一個年齡較長、身高中等的女性站在門口。她穿著一套優雅的黑色褲裝，腳上的高跟鞋鞋跟非常高；紙片人般的身材，彷彿常年重病的患者或是長期營養不良的人。她看起來五十出頭，但不像生活平淡的中年婦女。她的五官骨骼精緻，但皮膚顯然有玻尿酸和肉毒桿菌的拉平痕跡。只有那雙碧綠色的雙眼（看著傑克而不是我）透露出她當年絕對是個美女；從某個角度來說，她現在仍然是個美麗的女人。

我從傑克身邊往後退，一邊回答她，一邊依舊感覺得到傑克急迫猛抓的力道。「是的，我來看房間。」我很快地瞟了傑克一眼，很高興看到他也顯得窘迫。「妳兒子正在帶我參觀你們美麗的家。」

很古怪地，那位女士並沒有回應我的話。而是喀噔喀噔地踩著高跟鞋，走到傑克身邊，斜倚在他身上親吻他——親在嘴巴上。

糟糕！這是那種「一掌拍向額頭」的尷尬時刻！我的臉頰因為羞愧而發熱，真希望地上突然出現一個洞好讓我躲起來！我早該記住租屋廣告裡寫的：屋主是一對夫妻，而不是母子。我這個笨蛋，他們兩人長得根本就不相像。焦慮感爬回我身上，眼前這位女士接下來會指著大門要我離開。我不能失去這個房間。

「真的很不好意思！」我結結巴巴地開口。閉上嘴巴！閉嘴！妳會把一切都給毀了！

傑克的太太揮揮手，走過來對我伸出手。「我叫瑪莎。」

她握手很有力，皮膚光滑細緻，看起來是個不需要為生活努力打拚的女人。昂貴的香水氣味淡淡飄蕩在我身邊。

瑪莎給了丈夫一個耀眼的笑容。「你要不要去剪一些青豆來煮今天的晚餐？」

傑克對我點了個頭之後，迫不及待地逃到不准我進去的花園裡。

「他不是故意要抓妳的。」我將注意力轉回瑪莎身上。「傑克對花園的佔有欲稍微強了點，他在裡面種滿了各式各樣的植物。」瑪莎把音量壓低，像是在跟親密友人對話一般。「偷偷跟妳說，有時候連我去花園都會惹得他不高興。要不要讓我來泡壺茶，然後我們去客廳聊聊呢？」

茶聽起來很棒，不過……「抱歉，我的行程有點趕，下次吧。」

瑪莎直視著我。「我們會有下一次嗎？傑克答應把房間租給妳了？」

「我們還沒談到那個部分。」

「如果我說那房間就租給妳了，妳想要嗎？」

想到傑克抓住我的那一幕，讓我有點遲疑。然後，我把那段回憶驅散掉。

「我很高興能夠租下你們的那間空房間。」

✦

離開那幢屋子的時候，我臉上帶著歡欣的微笑，感覺得到瑪莎在背後目送著我走。等到大門一關上，我立刻吐出一口氣，就像是整個人消了風似的。

「妳是不是在嘲笑我花的這些錢？」

左邊傳來的聲音嚇了我一跳。一個老太太戴著褐色的毛線帽，帽子上面有朵針織的紫色小花。老太太站在隔壁屋子的前院裡，死死盯著我看。她手裡舉著一把園藝剪，一副要用那把大剪子來對付我的樣子。

我退後一步。「不好意思，您說什麼？」

「妳指著我的花園、捧著肚子亂笑，這他媽是我的花園！」

我整個人呆住了。「對不起……我不是……」

老太太不等我講完，掉頭走進她家，後面還跟著兩隻貓。老太太一把將門甩上。

2

離開傑克與瑪莎的屋子之後，我坐在自己的車上。全身發抖，雙手緊握方向盤，想要穩住自己，但是我做不到。我打開置物箱，掏出一瓶抗憂鬱藥，沒配水就吞下兩顆。我閉上雙眼，等待藥丸發揮魔力。我往後靠在駕駛座上，輕輕地將手指頭放在太陽穴上。揉著額角，用力深呼吸，運用深層呼吸法來安定心神。

一、二、扣上我的鞋子。

三、四、敲敲門。

五、六……

慢慢地，放輕鬆，就會有效。

體內的焦慮感消失之後，我看一下手錶。四點半，我還有一個地方要去，今天的任務才算完成。今天晚上，爸媽希望我去他們位於薩里郡的家中吃飯。正常的情況下，我會毫不猶豫地推辭，但現在不是一般的情況。如果我拒絕參加或同意了卻沒出現，爸媽會緊張、會到處問親戚我在哪裡。更糟糕的發展是，他們可能會去報警。我最不需要的，就是被一群親朋好友或是警察緊迫盯人。

我發動車子，開往爸媽家，路上車很多、很塞。這樣很好，我必須專注於操縱方向盤，就沒有時間去想那些亂七八糟、自我懷疑的念頭。開下倫敦外環高速公路之後，我穿越摩爾谷區那些肥沃的綠草地，上面有肥肥的牛群和肥肥的羊群。胖嘟嘟的村落有著胖嘟嘟的屋舍，門口停放著胖嘟嘟的四輪傳動車。這裡是我從小生活的英格蘭，而且，沒有任何房子能比我爸媽所住的房子更具有英國風。那是一幢老式教區的牧師住宅，雖然比有空房間出租的那幢宅邸來得小，但同樣風格宏偉。而且，沒有什麼能比我爸媽本人更具英國風，他們站在門口等我。在我把車開上長長的車道時，爸媽就已經看到我，直到我抵達家門口。家，就是那樣的地方。

我爸爸懂得怎麼把腰板站得挺直，可以讓他看得更高、更遠。媽媽總是開玩笑地說他是頭銀狐，因為他頂著一頭花白的銀髮。退休之前，我爸在倫敦是個名醫，職業生涯的最後幾年開設了自己的診所。我爸是現代少見的那種人，堅強安靜的那種類型。我想，是可以用「堅毅」來形容他。

媽媽的身材矮些，貼耳的短髮比銀髮還白。年齡在媽媽臉上自然地呈現，她從不在乎疤痕和皺紋，我是第一手見證人。我媽也是那種現代少見的女人，對丈夫和獨生女的成就感到無上光榮，但只會默默地站在場外鼓掌。我媽絕對不會是那種會被人將丈夫誤認為兒子的女人。

我爸的名字是愛德華，我媽叫芭芭拉——絕對不會被稱為「小芭」。他倆穿著合宜實用的鄉村服飾，我不確定是不是粗花呢羊毛衣，但感覺上應該是。一對關係親密而穩定的夫婦，再過六個月就結婚滿三十五週年。我也渴望和一個男人擁有這樣穩定的婚姻關係。亞歷士的名字很自然地跳進我的腦袋裡，而我立刻無情地將他拋到腦後。

「哈囉！寶貝女兒！」

我爸的招呼聲很溫暖，同時又帶有一絲粗啞，彷彿警告著即將到來的風雨。沒有擁抱，沒有親吻臉頰。我爸伸手將我的一綹頭髮往後梳，就和我小的時候一樣。

媽媽給了我一個招牌陽光笑容，再親吻我的臉頰。然後她沒有放開我，雙手熱切地上下撫摸我套著衣服的手臂。媽媽的眼睛上下打量著我，想看看有什麼不一樣的地方。我真希望她不要這樣子，搞得我很不舒服。

我們走進屋子裡，我注意到（我總是會注意到）這幢老式牧師住宅到處掛滿了我的相片。我在學校裡得獎、我得到數學系一等榮譽學位、我參加運動會比賽得獎，還有我雙手環抱著不同馬匹脖子的相片。這些都讓我覺得很尷尬，其中也有些不協調的氣氛。一絲絲不明顯的破碎感。相片裡，沒有朋友和我一起入鏡，也沒有男朋友。另外，相片裡的我很瘦，極度瘦，我的身材會讓瑪莎看起來需要再減肥個幾磅才行。而且，我也知道：我最瘦的時期——骨瘦如柴，臉上只剩兩顆大眼睛——的那些相片都被小心地鎖起來了。

掛出來展示的相片裡，沒有一張是嬰兒時期的我。媽咪說那些照片都被偷了；在我很小的時候，爸媽還沒搬到這裡，有次遭了小偷，把好多東西都偷走了。我對以前的房子完全沒有印象。牆上除了我的相片之外，最顯眼的就是一張爸爸年輕時候在醫學院拍的照片。照片裡的爸爸和另外兩個醫學系的同學都一臉醉醺醺的，對著鏡頭舉杯慶賀，搞笑地戴著手術口罩。

我們走進經過悉心呵護、氣氛安詳的花園。爸爸那叢得過獎的彩色康乃馨綻放著芬芳香氣，花叢旁的鍛鐵小桌上擺了一壺茶，以及一整排媽媽手工烘焙的奶油酥餅、肉桂餅乾和水果蛋糕。

媽媽從容自若地切下一片蛋糕，放在我的盤子上。其實，蛋糕厚得幾乎像塊木樁；媽媽總是這樣不動聲色地想要養胖我。媽媽的雙眼凝視著我，期待那個時刻來臨——我用小叉子切下一小角蛋糕放進嘴裡的時刻。我盡責地完成任務，進行咀嚼。

「好棒的蛋糕，媽咪！」我誇張地舔了舔嘴唇。「妳的手藝可以和大廚師瑪麗・貝瑞一較高下了！」

媽媽的反應是欣喜若狂，眼睛裡暖得散發出愉悅的光芒。如果媽媽和其他平凡人一樣的話，她應該會高興到狂拍手，像社交媒體上大家瘋傳的梗圖那樣。當然，我說的不是真話；那塊蛋糕的質地和口感就像是一坨攪拌了糖和油的塑膠黏土。

茶斟上了，爸媽沉浸在家長裡短的閒聊之中：天氣暖和、鄰居八卦、爸爸在高爾夫俱樂部的戰績。但那全都是假象！我明白全家人在這裡真正要談的主題是什麼，很好猜，就像爸媽每個星期日的行程就是上教堂一樣好猜。他倆意有所指地交換眼神，也沒有逃過我的法眼。

我爸率先開球。「好了，親愛的，妳今天過得好嗎？」

毫無疑問，我爸平常對病患說話時所使用的開場白就是這一句。

我喝了一大口已經不熱的茶，然後才回答：「很好啊。」

接著，我媽就會加入話題。「妳有沒有好好吃飯啊？」

「有，一天三餐，營養均衡。」我又吞下一口塞滿紅醋栗和白葡萄乾的糖油黏土塊，以佐證我的回答。這一次，蛋糕卡在我下排門牙的內側。

「還有，妳睡得好嗎？」

「很好。」

盤繞不去的焦慮不安，讓我的肚子翻攪成一團。我不怪爸媽這麼做，但是，被放在顯微鏡底下檢視實在不好受。真是太他媽煩人了！我努力用舌頭去把糊住牙齒的蛋糕頂開，但有一小塊就是卡在那裡不肯動。

「妳確定嗎？」這次是我媽發問。他們倆就是輪番上陣，不肯放棄。

「確定。」

「那麼，妳還繼續按時吃藥嗎？」

「是的，我還有在吃抗憂鬱藥。」

正如我心中預期的，媽媽眼角抽動了一下，她一直無法接受自己唯一的孩子和「憂鬱」這個字眼搭上邊。我並不喜歡用這個詞彙來讓她難受，但有時候，這是唯一一種可以轉移話題的辦法，以免談話內容越來越涉及隱私。

這個方法奏效了，媽媽開始問我工作上的事情。那通常是安全的話題，爸媽知道我有多認真工作，也知道我做得很好。我告訴他們：我大概又快要升職了，也有人蠢蠢欲動地想用更高的薪水來挖角。爸媽臉上露出以我為榮的微笑，我也得意地笑了。為什麼不笑呢？我在工作上的表現很好。有些人可能會說是「好過頭了」，因為我在公司裡交不到任何好朋友。我「根本」沒有任何親近的朋友。

然後，我媽假裝突然想起一件事，輕巧地把茶杯放在小碟子上。「哦，對了，親愛的，妳找機會去見過威爾森醫師了嗎？」

我點點頭，把上面還有一大塊蛋糕的盤子放在旁邊。「我見過他一、兩次了。」

爸媽又互相對望了一眼，這次的眼神憂慮。爸爸望向遠方，看著花園深處那座歷經風霜的黃色鞦韆。那座鞦韆象徵著我所謂的「快樂」，爸爸小心地在後面幫我推，我越盪越高、歡聲尖叫，雙手興奮地緊抓著鍊條以確保珍貴的生命安全。

爸爸的目光轉回桌上，眼神因為痛苦而黯淡下來。

媽媽的眉頭皺起來，一臉關心的困惑表情。「那就奇怪了，親愛的，因為妳爸爸在一場晚宴裡遇到威爾森醫師，他說妳還沒有跟他聯絡。」

要說有什麼事情比欺騙爸媽更讓我討厭的，那就是被當場抓到我在欺騙爸媽。我一臉愧疚，低聲咕噥地回答：「嗯……那個……我最近很忙。」

媽媽緊接著說：「妳爸爸和我啊……」彷彿我還是那個坐在鞦韆上的小孩、不知道何時該回歸地面。「我們真的認為妳應該去見見威爾森醫師，他是妳爸爸的老朋友了，他們一起讀醫學院的。他是倫敦最有名的心理醫師之一，人們不惜巨資都要找他諮商。」

如果媽媽說到這裡就打住，我會把毛巾拋入場中表示投降，乖乖去看威爾森醫師。然而，不幸地，媽媽接著又說：「尤其是發生了那件事之後。」

我把所有「如何在我們這種家庭中保持情緒不失控」的隱形規則全都拋諸腦後；失控是粗魯的、不禮貌的。我整個情緒大爆發，忘記蛋糕就在手邊。媽媽寶貝的蛋糕彈飛在空中、落在草地上，碎落一地——我覺得自己也隨之破碎了。

「四個月前發生的那件事只是不小心犯的錯，如此而已，好嗎？」這些字句聽起來不像是從我嘴裡冒出來的，而像是一個小孩的哭嚎，期望有人能聽見、渴望能夠被人擁抱。「到底要講多少遍！我不是故意要那樣做的！」我氣得渾身顫抖，想要住口不再說話，但卻做不到。「真是他媽的見鬼了！你們去問醫院裡那些天殺的醫生，那只是個該死的錯誤！」

媽媽嚇得發抖，難以置信的眼光看向空蕩蕩的蛋糕盤，然後又回到我身上。爸爸的臉色變得嚴肅，我可以想見當年那些醫學院的學生會有多麼怕他。

爸爸的語氣森然威嚴。「麗莎，如果妳在這幢屋子裡可以不要使用那種語言，我會非常感謝妳。如果妳可以不要侮辱妳的母親，我會非常感謝妳——她只是想要幫助妳。另外，如果妳不要稱呼我以前的同業為『天殺的醫生』，我也會非常感謝妳。」

我慚愧地垂下頭，眼淚刺痛了我的眼眶。為什麼我不能像其他人一樣？我見過其他同事上班時偷偷看我的眼神——機器人麗莎大多數的日子連中午都不休息，她根本不是人！我該正常點。

「愛德華……」媽媽平靜地開口，語氣近乎安詳。「給她一點空間。」

「對不起！」我脫口而出。終於抬起頭來，看著這世界上最愛我的兩個人。

媽媽把情緒收拾起來，冷靜地主導對話。「沒關係，親愛的。妳不舒服，我們都明白。沒有人會建議妳去……」接下去的話顯然已經到她嘴邊，但她硬吞下去沒說出來，只見她喉頭肌肉顫動。媽媽改變談話策略。「我們知道妳不是故意的，我們都知道。」

我不懂媽媽怎麼會知道，就連我自己都不確定那天究竟做了什麼事。

我爸，空有一身醫學背景，站在一旁不發一語。有時候，媽媽煮的藥就是最好的藥方。

「如果妳去見見威爾森醫師，他也許就有辦法能指引妳面對問題。」媽媽哄勸道：「並且提供處理問題的辦法。他是個很有能力的醫師，對吧，愛德華？」

爸爸臉上的表情不再森嚴，挺直脊背面對人生的態度也已不再；他的肩膀下垂，略顯老態。

「沒錯，他能力很好。」

我渴望朝爸爸伸出手，去觸摸他，緊緊抱住他。我一直是爸爸手掌心上的寶貝女兒，我們之間有一股緊密的聯結關係，是在這座花園裡的塑膠鞦韆上培養出來的。

我下定決心，捨不得再帶給爸媽任何痛苦。

「我會去見威爾森醫師，會去預約他的看診時間。」

我不想去見這個威爾森醫師，不想再被一個醫療專業人員深度剖析。感覺上，我已經見過倫敦方圓二十英里內的所有諮商師、治療師、心理醫師、精神療法醫師，甚至是冒牌的精神科醫師。我怎麼能夠忘記那一次的「療程」？一個穿著紫色長袍的男人，脖子上戴著一串貝殼項鍊，一副剛從布萊頓海灘被拉來治療我的模樣。他用那雙汗涔涔、肥滋滋的手按在我的身上，說要幫我驅除煩惱——那個時期，我就是這麼絕望、這麼不擇手段地想要理清楚那些亂七八糟的問題。

四個月前，我被醫院釋放出來的時候，我的人生轉了一個新的方向。我不太能夠清楚解釋究竟是什麼改變了我，也許，我終於明白自己不能再繼續這樣下去。我就在那個當下，做出了決定。

我不需要任何指導或協助。

我只需要真相。

不過，我還是會去見威爾森醫師。只要能夠讓爸媽高興就好，他們就不會緊盯著我不放。

那一晚接下去的時間，我們彷彿什麼都沒發生過似的繼續著。像我們這樣的家庭就是會這樣：如果有尷尬的事情來訪，就邀請進門，令其永久失能，然後掃進地毯下藏好。和爸媽相聚的時光，結束在他們說好兩週後到倫敦來看我；我一直到坐進車裡，才清楚意識到爸媽要來找我這件事。

我還沒告訴爸媽：我即將搬進傑克和瑪莎的空房間。

3

我搬進去的那天，瑪莎和傑克站在大門口等我，就像我每次回爸媽家的時候，爸媽會做的事情。我從優步計程車上拎著一個行李箱下車的時候，看見這個景象搞得我有點緊張。我並沒有預期到會有歡迎會，比方說擺一張歡迎光臨的地墊，讓我清理鞋底之後才准入門。「他們當然會想要歡迎我加入他們家！」我說服自己道。

我好緊張，我身體還能移動簡直是個奇蹟。我整個晚上輾轉反側，這次搬家讓我煩惱得快要死掉。我以前和別人分租過房子，但這會是我第一次和屋主一起生活。瑪莎微笑著向我招手，而她的丈夫則在旁邊蹬著高跟靴子輕輕搖晃。

沒有什麼好煩惱的，這兩個都是好人。

我換上一副超級開朗的笑容，自信地走向他們兩人。瑪莎出乎我意料之外地給了我一個大大的擁抱，她溫暖的態度以及優雅的香水味環繞著我。瑪莎擁抱的力道之大，讓我覺得有點尷尬，不過，也化解了我的一些焦慮感。

瑪莎輕輕地鬆開擁抱，但沒有完全放開我，而是勾住我的一隻手臂。「歡迎！麗莎。」她的語氣十分誇張，彷彿是在觀眾面前直播、準備要頒獎給我的態勢。

瑪莎的裝扮也完全符合那個角色。上星期我來看房子的時候，她打扮得完全是個入時的都會女性；現在，她則是搖身一變，成為一場豪華家宴的女主人。晚宴禮服、冰錐紅寶石細高跟鞋，以及精心勾繪出立體輪廓的妝容，精緻得恍若一張完美的面具。不曉得瑪莎是不是要出門？還是說，瑪莎是那種「睡美人」型的女人——堅持在床上也要帶著完美妝容、二十四小時都要維持得漂漂亮亮的！站在她身邊，我就活脫脫是個「邋遢」的代表：穿著一身褪色的水磨綠格子長袖襯衫，一張臉像瞪大了雙眼的貓頭鷹，頂著一頭超級短的頭髮。

瑪莎專注地望著我，彷彿我是位極尊榮的家庭成員。「我們希望妳能開心地來到我們家——**妳的家！**」

妳的家。這三個字突然讓我意識到：自己即將住進一個其實不屬於我的屋子。這幢屋子已經住進了擁有這幢屋子的兩個人：兩個陌生人。

「我很意外，妳竟然那麼快就能處理好之前租的地方。」傑克開口聊道。

我拉著行李箱的那隻手不由自主地緊握起來。「我之前在幾個不同的朋友家當沙發客，在倫敦要用合理的價格找到地方住實在難得要命！你們不曉得我有多感恩能夠找到你們出租的房間。」這一次，我帶著由衷的笑容說完這句話。

我是真的很感恩。這次的搬家，對我來說意義非凡。

瑪莎的手臂簇擁著我往屋裡走的時候，傑克立即接過我的行李箱。今天的門廳點上了許多燈光，因此我注意到牆壁上有許多裱了框的畫像與照片。我有一股瘋狂的衝動，想再次去站在房子中心的那張黑紅相間地毯上。不過，瑪莎推著我走向樓梯，然後放開我的手臂。

「傑克，請你帶路吧。」瑪莎輕柔地開口要求，聲音裡帶點笑意，聽起來幾乎像個癡癡傻笑的少女。

我跟著傑克上樓，然後聽見後面傳來高音頻的吱嘎響，瑪莎也跟著我們走上樓梯。所有的房門再一次盡皆闔上，這次連那間廁所的門都是關著的。不知道在什麼地方一定是開了窗，因為我們爬上第一層樓的時候，有一道冷風輕觸著我們的腳跟。

「我的」房間——傑克打開房門的時候，我決定這樣稱呼它。今天沐浴其中的自然光線是陰鬱的，這空房間中的空氣凝滯，將四壁合攏，使得房間看起來小了些。而那個討人厭的空氣芳香劑氣味依舊在房間裡徘徊不去，像個沒有分擔房租的顧人怨室友。

傑克將我的行李箱拉到床邊，然後給我一把大門的鑰匙。瑪莎站在門邊。

傑克看著我的行李。「妳的行李很少。」

「對啊，我大部分的東西都放在倉庫裡。」

「浪費了大把鈔票啊！麗莎，妳應該把東西全部搬過來這裡，我們有空間。」然後傑克遲疑地加了一句：「沒問題的，對吧？瑪莎？」

瑪莎對丈夫彈了下舌頭。「給這女孩一個喘口氣的機會吧，她才剛到這兒，我們可以改天再談倉庫的事情。我確定麗莎現在最想做的事情就是：好好安頓下來。」

我趕忙告訴他們兩人：沒問題的，因為我的工作可以在倉庫那邊談個好價錢。

有件事情很奇怪：不論你什麼時候去看房子、看公寓，或看出租套房，你永遠都注意不到任何小缺點，即使你很認真去找也找不到。一定要等到搬進去之後，那些缺點就會全部跳到你眼前。搬進來的前一天晚上，下了一小段時間的夏季豪雨，而現在我就看見屋頂天窗周圍有水滴，窗戶四周的天花板也有潮溼的痕跡。我把這個問題指給傑克看。

傑克仔細研究了天窗一會兒，彷彿這樣子就能把溼氣弄乾似的。「我以為我已經修理好了。沒關係，我會搬梯子來再檢查一下。」

「不急，等你準備好的時候都可以。」

我最不希望的就是留給對方一個「奧房客」的形象——對大小事情多所要求、愛計較、愛抱怨。

然後我想起一件事。「這個房間有鑰匙嗎？」

瑪莎的雙手在優雅的禮服前方輕輕交握，我注意到她指甲上的艷紅蔻丹。瑪莎回答：「這幢屋子裡每個房間都沒有鑰匙。我本人和傑克都認為：我們要能夠接受家裡再多一個人共同生活的先決條件，就是建立在互相信任的基礎上。」

我實在應該堅持要拿到鑰匙的。在這種分租的情況下，應該是最基本的要求吧？要不然，我要怎麼確保自己的隱私呢？

但我很快地同意瑪莎的說法。「當然，好啊！」我對這件事情不滿意，但我不想大吵大鬧——我不能失去這個房間。

接著，傑克指著門，想讓我更安心。「門裡面有個門閂，這樣妳就可以保有自己的隱私。」

他走回來站在妻子身邊。看著他們倆並肩而立，我忍不住覺得他們看上去真的好怪！全世界的化妝品、肉毒桿菌以及醫美填充物加在一起，都沒辦法掩飾瑪莎到底比傑克老了多少。傑克的刺青和小馬尾，永遠配不上瑪莎的優雅氣質。當下，我突然覺得自己這些惡毒的想法很糟糕。

然後我想起來：我根本不在乎傑克和瑪莎。唯一重要的就是這個房間，它是屬於我的了。

「有些房間是我們私人用的。」瑪莎念了一串名單，末了再提醒一次關於花園的部分。

這讓我想起一件事，說：「那天我離開的時候，遇見了你們的鄰居，一位老太太，她說了一些關於她的花園……」

兩個人同時停住沒說話，氣氛凝結。我到底為什麼要在這時候提起這件事？我不希望讓他們覺得我很麻煩、或者我會多管他們的閒事。那是他們家的事——不論他們和鄰居之間有什麼過節，都和我沒有關係。

傑克率先恢復正常，大聲地嘲弄道：「別管那個死老太婆，她根本不知道自己在說什麼。」傑克用手指指自己的太陽穴，暗示那個老太太精神有問題。「幾年前腦袋就不太正常了，那傢伙。」

「腦袋不太正常」……我起了一陣雞皮疙瘩。

瑪莎非常溫和地輕聲斥責她先生：「別叫她『死老太婆』，傑克。我們遲早都會活到那個年紀，而等我老了，會希望別人提到我的時候，語氣中帶著對老年人的尊敬。」瑪莎的綠色眼眸轉過來看著我。「不過，如果我是妳，我會對她敬而遠之。」

此時此刻，似乎是個向他倆道謝並且告辭的絕佳時機。

但他們倆沒有離開，一直站在門口，像一對冰凍的雕像似的盯著我看。就像影集《西方極樂園》裡的機器人一般，等著被接上項圈及電線。一陣困惑與不安的感覺爬過我的全身。

然後，瑪莎像點亮了燈泡一樣，突然露出一個無憂無慮的笑容。「如果妳需要任何東西，或是有什麼不清楚的地方……」

「就找我。」傑克接著說完，歪著嘴角笑了一下。

瑪莎開玩笑地捶了傑克的手臂一下，然後他們兩人轉頭看向彼此，笑了起來。他們手牽著手離開了，讓我待在自己的新房間裡。我聽著他們走到樓梯口、爬下樓梯所發出的低沉吱嘎聲響。他們兩人邊走邊小聲聊天的聲音，聽起來就像翻閱紙張的沙沙聲。我猜，家裡多了一個陌生人，對他們來說應該有點不自在。我覺得我就做不到這種事情——知道有個陌生人就在你家的四壁之中，你又怎麼能夠放鬆得下來？

當務之急是那面鏡子。我走到鏡子前面，把鏡子轉了過去。我才不要看到全身鏡中映照出來的自己。

我的手機叫了一聲，是我爸傳來的簡訊。自從我上次回家之後，我爸就將我拖進簡訊地獄裡。昨晚的簡訊說他和媽媽有多高興看到我回家，然後沒有任何轉折，就直接插進威爾森醫師的私人電話號碼。我回覆的時候，完全不提那個電話號碼。今天早上收到爸爸一早傳來的簡訊，謝謝我向他道謝，然後又是那組電話號碼。再一次，我回覆時提都不提一句。

我點開爸爸的訊息頁。這一次，沒有禮尚往來的客套訊息做掩護，只有那組電話號碼。

我沒有聯繫威爾森醫師，因為我暗自希望拖過幾天之後，他會被車撞死或是退休，省得我還得要去見他。這是很惡劣的想法，但我就是那麼不想去見他。我把電話號碼複製到手機上，做出要打電話的樣子，然後又改變了主意。說不定，我再拖個幾小時，威爾森醫師會決定要移民到別的國家去。

我走出房間，站在樓梯上來的平台，悄悄地把身後的房門關上。我在那裡站了幾分鐘，靜靜地感受著視野所能及、雙耳所能聽見的事物。有些人認為屋子會與人對話，我希望這幢屋子也能夠對我說話。

頂樓的東西很少是新的。照明設備是類似吊燈的構造，上面有很多燈泡。表層像是鍍金的，有很多地方都剝落了。我房間的門是老式的，木頭門板上安裝了黃銅把手。如果好好刷洗、上個漆，就會是一扇很漂亮的門。壁紙已經年深日久，牆壁頂端那頭已經開始掀脫。

我很努力去聽，但是這個頂樓很安靜，沒有什麼話要對我說，只讓我發覺傑克和瑪莎有點疏於照顧這塊地方。也許，他們並不像我以為的那麼有錢，而這也說明了為什麼他們需要找個房客。

我走下樓梯，走到中間這層樓的平台上。我上下張望，閉上眼睛，深深吸進周圍的空氣，仔細聆聽。我只聽見傑克和瑪莎在樓下什麼地方的聲音。這幢屋子沒有話要對我說，它很安靜。也許改天吧。

我可以等。

4

我開始將行李箱裡的東西拿出來，掛好。上衣全都是長袖的，褲子一律是長褲，鞋子開口寬到足以露出我整個腳背。我有一些私人的文件決定放在床頭邊的櫃子裡，但是櫃子的抽屜沒辦法好好關上。我把抽屜全都拉出來，發現有很多垃圾從抽屜後面掉出來。包括外帶菜單、計程車行的名片、一條破舊的法蘭絨毛巾，還有一個信封。信封沒有封口，裡面有張摺好的紙。

我的耳朵豎起來！我確定自己聽見了一聲吱嘎聲，是通往我房間的樓梯所發出來的聲音。我再仔細聽，但沒有再聽見什麼了。「別再傻了！」我知道老房子裡的木頭在天氣熱的時候會膨脹，然後到晚上就會收縮。那個吱嘎聲一定是這樣子來的。也許我應該去檢查看看？我一邊站起身，手裡還拿著那個信封。不過，快到房門口的時候，我克制自己的舉動。「別再疑神疑鬼的！妳希望這幢房子對妳說話，現在人家說啦——只是用了妳聽不懂的老木頭語罷了。」我想聳聳肩就把這一切拋諸腦後，然而，待在陌生房間的第一個晚上，腸胃被緊緊揪住的感覺一直沒法消除。

不過，我決定回到床邊，把信封裡那張摺好的紙張拿出來。那是一封信，手寫的字跡帶有工整而精準的專業風格。我臉上的血色盡失，讓我感到有點冷，我一眼就看出了那是封什麼信。

外面的吱嘎聲又響起的時候，我整個人跳了起來！這次不是樓梯發出來的聲音，而是來自我房間門口的木頭地板。吱嘎聲又停了。房間裡只聽見我濃重的呼吸聲。一會兒之後，吱嘎聲又響起來，某種不平坦的重物碾壓過木板的咿歪聲響。

我把那張信紙放回信封，藏在床墊底下。我快步趕到門邊，把耳朵壓在門上。仔細聽，安靜無聲。

砰！

敲在門上的聲音震動到我的全身，我驚慌地後退，瘋狂喘氣！

「是誰？」我沒辦法抑制聲音裡的顫抖。

「只是我啦。」

我鬆了一口氣，是傑克。我握緊拳頭放在身體兩側，平緩呼吸，努力地恢復鎮定。我想要叫傑克走開，但他開口說：「只是想問妳有沒有空？」

我打開房間門——門沒有開太大——看看傑克想做什麼。但我立刻覺得自己犯了錯，我應該回他說我已經上床準備睡覺了。傑克穿著訂製的西裝褲、擦得錚亮的皮鞋、剛燙好的白襯衫，脖子上還戴了條金鍊子。他身上散發出肥皂的味道，以及刺鼻的鬍後水氣味。傑克看起來像是要去約會的模樣，也許他和瑪莎要一起出門。傑克的兩隻手都藏在背後。

「什麼事，傑克？」

他像個魔術師似的伸出一隻手來，手裡拿著一疊用釘書機釘好的紙。

「租約，妳忘了在租約上簽名。」

傑克說的沒錯。我太急著搬進來，都沒想到要把所有的法律程序好好走完。

「哦，好的。」我伸出一隻手。「你把租約留給我，我會仔細閱讀過再簽名，明天早上交還給你。」

「沒關係，我可以在這裡等，我和瑪莎都很希望能夠將所有的細節一次搞定。」

傑克用肩膀頂開房門，我因為不好意思阻擋而讓他進屋了。有多少女性因為不好意思表明立場、直言拒絕而發生可怕的後果？一直等到傑克進來我的房間，我才發現他另一隻手裡拿著的東西：拳頭裡握著一瓶香檳，指間夾著兩支高腳杯。

傑克笑得像個成熟的大男孩，對著我搖了搖那瓶香檳。「買了一個小禮物送妳，祝賀妳喬遷之喜。妳搬進一個新的房間，一定要有人恭喜妳的！妳慢慢讀租約，我來幫我倆倒香檳。」

傑克關上房門，而且在我沒注意到的情況下扣上了門閂。我原本可以說些什麼，但最後決定：最好的策略是趕快簽好租約，把傑克送出門去。

我有氣無力地坐在書桌旁的椅子上，而傑克坐在我的床墊上，蹦了蹦。

「真舒服！」傑克拍了拍床，舌頭像蛇芯一樣探出來舔溼自己的嘴唇。「妳在那裡幹什麼？別害羞，過來和我坐在一起！哇……！」香檳的軟木塞像火箭一樣射上天花板、擦出一道痕跡，蜂擁而出的泡泡則噴灑在木頭地板上。

我留在原地，逐漸瞪大的目光死死盯住租屋合約。我的手在發抖，整個人嚇到不敢動。傑克表現得不再像是「不吸引人但也不會害人」的模樣；我記得他粗糙的皮膚碰觸到我的感覺。

「瑪莎在哪裡？」

「瑪莎？」傑克重複這個名字，語氣像是提到某個不相干的人。「她出門了，不用擔心她，反正沒有人會想要她參加喬遷派對的。跟我在一起，她都很清楚自己該怎麼做才對。」我不相信傑克說的話，我見過瑪莎偷偷望著傑克的眼神，是個深在愛中的模樣。可憐的瑪莎。

傑克看著我，語氣略帶不耐。「妳要繼續坐在那邊？」

「我在看合約。」

「別看太久，氣泡都快消了。」

我整個人早就洩了氣。我該怎麼辦呢？我人在「他的」家裡，而且門閂已經扣上。傑克比較靠近房門，如果我想跑出門，他可能比我還快到達門邊，我還必須用寶貴的時間打開門閂。我的腦袋裡瘋狂轉著念頭。傑克也許根本沒想要攻擊我，然而，一個妳根本不算認識的男人，帶著酒擠進妳的私人空間、還把門上鎖，什麼事情都可能發生。我想到以前辦公室裡的一個女孩子，她遭遇到一件根本不公平的恐怖悲劇。她離婚之後獨居，和一個看起來滿體面的男人約會，結果遭到下藥強姦。強暴會在受害者的生命中留下難以磨滅的傷痕。我是那麼地軟弱無力，就算我尖叫，我們在屋子裡這麼高的位置上，誰能聽得見我絕望的求救聲呢？

我鼓起勇氣。「傑克，我希望你離開。」

「什麼？」傑克露出驚訝的表情，彷彿他真的不懂為什麼我要他出去。

「你現在做的事情對你太太不公平。」

傑克舉起杯子。「我所做的只是給妳一杯冒著氣泡的——花了我錢包裡不少錢的——香檳，來祝賀妳搬新家。」

來不及仔細讀完，我就大動作地在兩份租約上都簽上名字，然後站起來。把我的手臂盡量伸長，將其中一份租約遞給傑克——我不希望讓他靠近我一丁點兒。

「租約在這裡，全都簽好了。現在，請你離開。」

突然之間，傑克的注意力轉向房間門。「妳有聽見嗎？」

我真希望他聽見的是我用拳頭揍他臉的聲音。

不過，我也把耳朵朝向房門了。什麼都沒聽見。傑克手忙腳亂地把酒杯放進床邊的矮櫃裡，匆忙走到門邊。「花花公子傑克」的翩翩風度消失了，相反地，他以盜賊才會有的靈巧手法，一點聲音都沒發地把門閂拉開，輕輕地把房門打開。

現在我聽見了：是瑪莎在叫他名字的聲音。聽起來，瑪莎站在門廳那邊。傑克整個人僵掉了，然後舉起一根手指頭放到嘴唇上，示意我保持安靜。這是第一次，我覺得生氣——傑克搞得我像是這次意外到訪的共謀一樣。

我受夠了！大聲踏步走向傑克，將簽好名的租約甩在他臉上，他別無選擇地接過去。

我應該直接把他罵出去的，但我只希望他立刻消失。傑克偷偷摸摸地走出門、躡手躡腳地踏在木頭地板上、悄悄地走下樓。

他喊了瑪莎的名字，然後說：「我以為妳出門參加晚宴了。」

我沒聽見瑪莎的回答。

我把門閂塞上、又把書桌的椅子拉過來抵在門把下方，讓傑克沒辦法再進來。我整個人倒在床上，剛才真是太恐怖了！真的好可怕！最讓我害怕的不是傑克，而是那種被孤立在別人家裡的無助感。我只見過房東兩面，所能倚賴的只有瑪莎所謂的「信任基礎」。而事實上，我根本不認識把房間租給我的這兩個人。

✦

我想起剛才發現的那封信還藏在床墊底下。我把信封拿出來之後，坐到書桌前。信封一角有點捲曲，因此我猜測這封信掉在床邊矮櫃內側有一段時間了，不過，倒是還沒有因為年代久遠而褪色。我取出那封信，這次不會再被嚇到，因為我已經知道是什麼信了。我讀著信：

敬啟者：

這是我留在這個房間裡的最後一些事物之一。我不會說出我的姓名，因為那不重要，而且可能會把無辜的人牽扯進我所做的決定之中。已經有夠多無辜的人受到傷害了，我想鄭重地請求有關當局別再深入調查我的身分或背景。那些都不重要，我只是一個犯了錯的人，現在決定要付出代價；而唯一合適的做法，就是付出生命。

沒有必要去問過多的問題，那沒有辦法幫助你或幫助我。現在我已經不在了，就讓我安息吧。

我很清楚自殺的窮人要面對的狀況：我了解自己不會享有在西敏寺舉行的葬禮。不過，我想請求安排一位英國聖公會的牧師幫我說些禱詞，然後再把我送到任何安息之所。

我會

這封信很突兀地沒有下文。

這是一封自殺遺書，向生命告別的書信。信紙下方有幾行用鉛筆寫的字跡，看起來是某種外國文字。但語言不是我的強項，我看不懂那幾行字寫了什麼。

有什麼人在這個房間裡自殺過嗎？不是隨便什麼人，我修正自己的用詞：是一個拒絕留下姓名的人。難道，這就是為什麼房間裡隱約飄著一股廉價的空氣芳香劑的氣味嗎？為了在我參觀房間時，遮蓋住新近死亡的腐臭味？但是傑克說得很明白：在我之前沒有租給其他房客過。

我很快地再看一次信件的開頭——那裡白紙黑字地寫著：這是我留在這個房間裡的最後一些事物之一。「這個房間」；除非……瑪莎和傑克買下這個矮櫃的時候，這封信已經塞在後面了。我搖了搖頭，這個矮櫃看起來是備受珍愛的家具，放在這裡已經有很長一段時間了，但是這封信看起來沒那麼老舊。

為什麼傑克要騙我之前沒有其他房客呢？

通姦的人？說謊的人？現在可累積了越來越多不利於傑克的看法。

沒有人在乎這個沒有署名的人嗎？我用指尖滑過信上的文字，因為我在乎。一股傷痛湧起來梗在我的喉頭，我知道在懸崖邊緣蹣跚搖晃是什麼感覺。此時此刻，我和這個沒有形象、沒有姓名的人產生了一種強烈的連結感。我沒有辦法再把他塞回抽屜後面、假裝他不存在。我糾正自己的用詞——不曾存在過。那樣太殘酷了。

「沒有必要去問過多的問題，那沒有辦法幫助你或幫助我。現在我已經不在了，就讓我安息吧。」

我沒辦法尊重他的遺願，沒辦法阻止源源不絕的疑問。那些他所提到的那些無辜的人是誰？他是怎樣傷害了無辜的人？他犯了哪些錯誤？我的大腦開始不停狂奔似的運轉著。慢下來——慢下來——該死的給我慢下來！我找出我的藥丸，吞下了一顆。吃兩顆可能會太多。我已經累到骨子裡了，需要睡覺。

帶著沉重的心情，我將信紙摺好放在書桌上。關於這個結束了自己生命的人，我想要盡可能查出所有的資訊。

◆

我看向床鋪，嘆了一口氣——到了我該面對現實的時候了。屬於我自己的心魔，我們每個人都有自己必須面對的心魔。

等到我換上睡衣——我晚上穿的所有衣物都是長袖、長褲——我拿出手機和耳機。過去有位治療師建議我：幫助入睡最有效的方法之一，就是耗盡身體的精力。讓我的身體極度疲倦之後，等我躺下，疲倦就會誘使我墜入睡眠的世界。那位治療師給了我一大串可以在床邊做的運動清單，我一拿到手就束之高閣了。我不喜歡那類型的運動，太矯揉造作又太無聊。於是，我發展出自己的一套辦法。

我戴上耳機，到手機裡的音樂資料庫裡，按下播放鍵。最具代表性的北倫敦女孩——艾美．懷絲——的歌曲是我選來聽的音樂。《你知道我不是好東西》敲打進了我的生命，曲子裡敲下的第一下鼓聲直接轟進了我的軀體。我開始狂舞，像個被附了身的女人，從屋子裡的一角快速舞動到另一頭去。艾美．懷絲沙啞性感的嗓音推動著我的舞步。我渾身發汗，一種孤獨的節奏在我腦海中擊打。**我會睡著，我會睡著，我會睡著**。艾美．懷絲的歌聲結束時，我的呼吸沉重，大口喘息。我不想要緩過呼吸，我需要利用它來讓我儘速入眠。

這首歌的節奏還在我體內低吟之際，我拿出另一個夜間的好朋友——我的圍巾。這條圍巾是用最鬆軟的絲線製成，單純的淡紫色，只有前端繡有黑色線條的花紋。這是媽媽送我的禮物，在我十五歲生日的那天。對大多數人來說，生日是特別的，是專屬於壽星的；但我一直沒辦法有這種感受。對我可憐的爸媽來說，生日也很難熬，他們必須面對一個固執的女兒，心不在焉地慶著生。很奇怪，這麼多年來，爸媽給過我很多很棒的禮物，但只有這條圍巾獨樹一格。也許是因為這條圍巾和我有點像：不會太閃亮，安於平淡地做好自己的工作。

我坐在我的新床鋪正中央，伸出了雙腿。我把圍巾綁在右邊角落的床柱上，然後把另一端在我的腳踝上打了兩個結。我躺下來。

我會睡著。

敬啟者。

我的腿猛力一抽，被圍巾上的結牢牢繫住。我敢把眼睛閉上了。

5

我醒過來。皺著眉頭瞪著天花板，又看向四周的白色牆壁，我的心臟跳動速度越來越快。我瞇著眼睛，看著從屋頂天窗灑進來的晨光。我在哪裡？這是什麼地方？我又回到醫院裡了嗎？我焦慮起來，眼神無法集中，努力想搞清楚一切。然後，我想起來了，我在那個房間裡，瑪莎和傑克的屋子裡的那個屬於我的新房間。每次在新環境裡醒來的第一個早晨，都會讓我分不清楚東西南北——飯店房間、飛機上，甚至是爸媽家裡那個我從小住到長大的臥室。

我的眼光滑落到床上，看著我的腳。我大大地鬆了一口氣——我還是牢牢地被綁著。我拿起床邊桌上的手機來確認時間：上午七點十分，該起床去面對職場的世界了。我解開腳上的結，輕柔地摺好圍巾，放在枕頭底下。房間裡的加熱器發出聲響，我猜這表示暖氣要運作了。感謝上天！因為現在雖然是夏天，但是這個房間裡好冷。

提醒自己：問問看瑪莎或傑克，可不可以把暖氣鍋爐提早一點開。不，不能問傑克，尤其在他昨晚搞了那一齣之後。

一站起身來，我就感覺到強烈的尿意，極度需要去廁所。我收縮起下腹部的肌肉，一邊匆忙地把腳塞進仿毛絨邊拖鞋，同時套上一件長及小腿的羊毛衫、湊合著當作晨袍。我打開房間門，快步走下樓梯到浴室所在的樓層。傑克帶我參觀房子的時候略過了浴室這一站，但是我記得那是這層樓唯一打開的房門。

我走進浴室的時候已經快要忍不住了！浴室裡的裝潢非常有格調，地磚是黑白相間的方格，還有立體裝飾藝術的鏡子——在門廳上也有一面相仿的鏡子——棕褐色的櫥櫃上方，擺放著兩條摺疊整齊的蓬鬆毛巾。我看不見浴缸，因為浴簾整個拉上了。瑪莎或是傑克剛在浴室裡待過，因為牆壁上還掛有水蒸氣滴垂著。

在馬桶上方，我把手伸進羊毛衫，開始將睡衣褲子往下拉……然後浴簾就被拉開了。我嚇得尖叫一聲，卡通睡褲掉到膝蓋下方，整個人重重摔到旁邊的牆上。

我的房東先生和房東太太坐在浴缸裡看著我。瑪莎細緻的手抓著浴簾遮住他們的身體，所以，我能看到的只有他們的頭，傑克的頭比瑪莎高一點。他們看起來就像《潘趣與茱蒂》木偶戲即將開場演出似的。

「我……我很抱歉……真的很抱歉！」我結結巴巴地說。

我的臉因為尷尬而發燙。我應該敲敲門確認裡面沒有人的，我這個笨蛋！

可憐的瑪莎看起來很窘迫，而傑克……他給了我一個冷淡又帶點畏懼的眼神。我曉得他心裡在想什麼——他擔心我告訴他老婆昨晚他所幹的好事。我懷疑他知道我什麼都不會說，因為我太需要那個房間了。

他老婆轉頭對他說：「親愛的，你沒有告訴麗莎浴室是怎麼安排的嗎？」

「我沒想到有必要說明，因為都寫在租約裡了。」

提醒自己第二件事：拿頭去撞牆，因為我蠢到沒有仔細讀租約。

「我真的很抱歉……」我又開始道歉，此刻完全理解為什麼艾爾頓・強在歌詞中寫道「抱歉是最難說出的字眼」。

瑪莎擺擺手，揮走我的道歉。「是我們才該向妳致歉。我相信妳可以理解我們在這種敏感的領域裡希望保有我們自己的空間。」

「這種敏感的領域」幾個字提醒了我：瑪莎和傑克現在肯定是光溜溜地坐在浴缸裡，而我的卡通睡褲還掉在下面。我突然驚慌地往下一看，然後大大地鬆了一口氣：我的長罷羊毛衫遮住了我的軀幹。我顫抖著用一隻手把褲子拉到腰部，肚子鼓得像個降半音符號。口中喃喃地說出更多「抱歉」，我迫不及待地離開浴室。

雖然膀胱很脹，我還是上樓回到自己的房間，一進去就倒在床上。我的臉依舊像被火燒似地發燙，剛才絕對是我人生中最尷尬排行榜的前十名大事件。還敢在簽名之前不好好讀租約嗎？

「絕對不要在任何文件上簽名，除非妳已經用細針梳子仔細爬梳過，而且再用一般梳子梳理過一遍。」這是我當年應徵上第一份工作時，爸爸給我的明智忠告。

我沒有繼續太過責怪自己——我之所以沒有讀完合約就簽名的唯一理由，就是為了把傑克那個豬頭趕出我的房間。

我在床邊的抽屜裡找出摺疊好的租約，帶著租約一起下樓去找那個屬於我私人使用的廁所和浴室。

看到那間廁所的時候，我的情緒整個低落下去。那就像個現代常見的戶外廁所：有個很高的蓄水桶，一條沖水的鐵鍊，馬桶旁邊的洗臉槽有裂痕。有一扇結了霜的小窗戶，面朝著那座禁止我進入的花園。我猜這裡原本就是間戶外廁所，後來才增修改建成連接主屋的一部分。

廁所對面的浴室則因為改建規格而顯得稍微高了一階，但是裡面充滿了讓人起雞皮疙瘩的寒意，而且空氣中飄蕩著一股霉味。

我可以去抗議……但又沉重地決定不要那麼做。我努力去看這件事的光明面：至少，我有了專屬於我個人使用的廁所和浴室。

我坐在馬桶上仔細閱讀租約的條文，讀到一個我早該要多加小心的部分：租客義務。

絕大多數都是制式化的內容，除了下面這些——

使用一樓的廁所及浴室。

房間內不准有食物。不准有酒。

房間內唯一可以接待的訪客，只限於租客的父母親，並且須事先通知屋主。其他任何人都不准進入屋內拜訪租客。

不准有訪客。我是住在哪裡啊？維多利亞時代的女生寄宿學校嗎？

我開始明白：住在別人家中的現實面，就是妳必須修正自己的期望值。我往後靠在背後那根冰涼的水管上，水管一直發出巨大的通水噪音。現在沒有必要去向房東們吵鬧這些事情。我已經簽下同意書了，沒有人逼我。我認了——

別人的房子。

別人的規矩。

✦

「麗莎。」那天稍晚的時候，我一走進家門，瑪莎就叫了我的名字。

一時之間，我搞不太清楚狀況，以為是媽媽在叫我。我輕輕地搖了搖頭，讓自己腦袋清醒一些。我忍不住覺得煩躁，我不想扮演一個溫順的房客。我上班快要累死了！身上的長褲套裝感覺很沉重，彷彿有另一個人也掛在我的衣服上似的。我唯一想做的就是倒在我的房間裡，然後去思考那張自殺遺言。我沒辦法把這個念頭趕出腦袋，沒辦法不去想那個沒有臉的遺書作者。

接著，我注意到門廳上有些不太對勁的東西。我難以置信到連嘴巴都闔不起來，直直盯著那裡瞧。那裡，放著我的行李箱和一些購物袋，裡面裝著我的所有物。我不……我不懂——發生了什麼事？

我邁開大步走過去的時候，褲子在腿上翻飛，露出我的腳背；走到餐廳，發現傑克和瑪莎坐在那張木頭餐桌旁邊。他們倆望著我的模樣，活像是一對憂心忡忡的父母親、在青春期孩子的臥房裡發現了什麼違禁品的態勢。現在他們蓄勢待發，即將展開一段尷尬的「健康教育」和諄諄教誨。

我進去餐廳時，他們兩個人都站起身來。瑪莎看起來很疲憊，臉上的皮膚比之前都顯得鬆垮，兩頰呈現奇怪的色澤，連腮紅粉底都遮掩不了。傑克就站在瑪莎的後面，他的太太似乎因為他的存在而氣勢銳減。

沒有人開口說話，所以我提問：「有什麼問題嗎？」

很明顯是有問題。那些打包好的行囊，顯示他們想要把我丟出去。但事情還沒有發生，我將用盡一切努力去阻止。我覺得自己像是被困在一個平行宇宙。昨天我們之間充滿了甜蜜與光明，只除了……。我這時候才注意到傑克帶到我房裡的那瓶香檳——對，我的房間裡——前一天晚上，傑克帶來「慶祝」的那瓶香檳，現在好端端放在餐桌上。旁邊是兩支高腳杯，裡面裝著半杯不再冒出氣泡的香檳。我抿緊了嘴唇。

瑪莎的聲音沙啞如細絲。「好的，麗莎，我想要快速解決這件事，因為我不希望造成任何不愉快，我也不覺得有任何必要造成不愉快。」瑪莎看向傑克尋求支援，但傑克唯一能給的反應，就是一張狀似無辜的表情。「傑克和我討論過後，我們覺得在諸多考量之下，最好的辦法就是請妳去找別的地方住。我們會退還妳的押金和租金，那沒有問題。但我們希望妳搬走，今天就搬。」

我直接面對迎面而來的攻擊。「為什麼?」

我內心的怒意開始沸騰。這兩個傢伙好大的膽子!敢在我不在場的時候動我的東西!真令人火大,但我稍微忍住,將怒火先轉為慢燉細火。

瑪莎的語氣有些遲疑,彷彿有人給了她台詞要唸,她卻還沒背熟。瑪莎眼帶哀傷地望向餐桌上的證物。

「今天傑克想去修理妳房間的天窗時,在妳的桌上發現了這些東西。我們在租約裡面寫得很清楚:不准有酒精……以及父母以外的訪客。這些東西明顯違反了妳所簽署的合約,恐怕我們不能容許妳再留下來。因此,如果妳願意……」

我懷疑瑪莎完全明白那瓶香檳為什麼會在我房裡,也曉得那名「訪客」是誰。我很想把真相赤裸裸地展現在她面前,然而她一臉絕望的神情,令我感到非常同情,因而決定不能那麼做。總而言之,不到最後關頭,我不想破壞任何能夠改善現況的事物。

我不經意瞥見傑克臉上的緊張表情,他立刻將臉轉開。

「那瓶酒是我同事知道我要搬家所送的禮物。我帶了那兩支酒杯,在整理行李的時候倒了一杯香檳來喝。後來一片混亂中,我找不到那杯酒,所以又倒了第二杯。那個時候我還沒有仔細閱讀合約,更別說簽署了。因此,妳應該明白了,這一切都只是誤會。」

如果他們倆是真心誠意的,這個說辭應該夠可信了。但他們顯然並不真誠,或者,至少傑克不是。

瑪莎再次望向丈夫，然後再轉回來看我。他們顯然事先商量過：都由瑪莎負責發言。

「就算事情經過是那樣，但妳依舊是違反了合約。而且，不管怎麼說，我們就是覺得這樣下去不是辦法。這不是針對妳個人，妳是個好女孩。」瑪莎努力想要找個合適的說辭。「我們只是覺得，妳和我們之間彼此不太適合。」

我要留下來，我對這一點毫無疑問。但我很好奇地想知道：這整件事背後的目的究竟是什麼。我確定總會有些笨女孩會很高興地跳上傑克的床，但我很難相信傑克平常吃了閉門羹之後，都會用這種惡意的方式復仇。對於像傑克這種男人來說，這就像是買彩券一樣，有時候運氣好，有時候不走運。然後我想起昨晚我叫他離開我房間的時候，他臉上難堪的表情。我想像了一下：如果瑪莎那時候沒有回來，後續會怎麼發展。也許，我的解釋讓傑克太好過了。

「聽好，瑪莎。我不在乎什麼合適不合適的，我只知道我已經簽了一份為期六個月的租約。我打算照合約走，你們也應該遵守合約。我要警告妳：我現在工作的地方有很多聰明的律師，我前男友也是個律師。」我為什麼要拖亞歷士來蹚這渾水？「如果你們決定要破壞我們所簽署的契約，我會去找律師談，然後大家法院見！」

聽到「法院」兩個字，他們兩人都輕輕地抖了一下，瑪莎看上去快要哭出來了。「沒有必要威脅我們，麗莎。為什麼妳看不清這樣下去不會有好結果？倫敦還有很多房子可以找，妳為什麼不去找其他的地方住呢？」

我很堅定。「因為我已經找到這個房間了，我已經付了押金和租金，所以我要留下來。現在，還有什麼其他的問題嗎？」

傑克不再是一臉無辜的表情了。事實上，他瞪著我的眼神幾近暴怒。傑克顯然不習慣女性反抗他，說不定，就是因為和瑪莎這種年長的女性一起生活所養成的習慣——讓他產生「自己是世界之王」的幻覺。

他們兩個人都沒再說話，所以我轉身離開。

但在轉身之前，我問傑克：「你修好那扇天窗了嗎？」傑克非常緩慢地搖了搖頭，所以我接著說：「如果你能夠儘快修理好，我會非常感謝你。」

我用責備的目光看向瑪莎。「昨天妳跟我談到『信任』，妳說那是我房間之所以沒有鑰匙的原因。我信任你們兩個人。」不過傑克不算，只要他出現在我能踢得到的範圍內，我都不會信任他。然而，我是個務實主義者。在我離開餐廳之前，我必須將所有的惡意盡可能地破除。

我走出餐廳，腳步並不匆忙，要讓他們看見：我並沒有被他們嚇住。我拿起門廳上的包包和行李箱，全都帶回我的房間。

我一關上房門，就癱軟地靠在門扉上。剛才在樓下搞的那一齣，我根本沒想到會在我搬進這個家的第二天發生。但至少，我現在摸透了傑克這個傢伙，就是一個被寵壞的小男孩，到處亂搞之後，只會躲在媽咪的裙襬後面。

「他們也想要把你趕出去嗎？」我悄聲詢問那個留下告別信的男人，彷彿他就在這個房間裡。

我決定要把那人的自殺遺書稱為「告別信」。「自殺」是個殘酷的字眼，聽起來像是有刀揮舞切落的聲音。那人的告別信依舊在桌上，就在我昨晚放置的位置。把信放在那麼公開的地方，讓我覺得很糟糕。簡直就像是我對這個男人大不敬，這個可能是用了最糟糕的方式——以他自己的雙手——離開世界的男人。

我仔細地把告別信摺好，輕輕地放在枕頭下，靠在我那條淡紫色圍巾的旁邊。

我也再次地仔細閱讀租約，然後又再讀一遍。檢查我攜帶的所有東西裡有沒有違反合約的地方，比方說我的小錢包裡藏著一名訪客什麼的。我不在家的時候，他們兩個人可以隨意進出我的房間，而且我確定傑克一定會來到處翻找、看看有什麼理由可以用來把我趕走；但我不會給他任何機會。我實在應該在簽合約之前先找人幫忙看過，但現在一切都為時已晚。不過，看他們兩人聽我提到「法院」時臉色發白的模樣，他們應該不會想讓事情發展到那種地步。

我環顧房間四周，確保自己沒有漏掉任何東西。

屋頂天窗旁邊的那塊受潮區域看起來更糟糕了。現在，那裡貼了一塊補靪，沿著拱型的天花板一路延伸到牆邊。我決定要一直去煩他，直到他修好為止。我一點都不想退讓，雖然我幾乎確定傑克根本不會去修理。他大概指望著天氣再冷一點，這個房間冷到無法住人，自然就可以逼使我去找別的地方住了。

又錯了。

我聽見樓梯的吱嘎聲響，一路往上到房門外。吱嘎聲停止，然後吱嘎聲又再度響起，接著傳來的是房門外輕微的腳步聲。我不想再面對傑克第二回合的狩獵恫喝，這一次我會尖叫到整幢房子都翻過來！

我抓過書桌旁的椅子，卡在門把下面；我把今天中午去買的胡椒噴霧器和防狼警報器拿出來。我的心跳瘋狂到我確定自己可以清楚聽見；我的手緊緊握住噴霧器。四周安靜了好一陣子，門上才傳來輕輕的敲門聲。

「你想要幹麼？」我咬緊牙關問道。

「不曉得我是不是可以私下跟妳說幾句話？」

但這不是傑克，而是瑪莎。

6

我把椅子拉開，拔掉門閂。幾番遲疑，我將門微微開啟，發現來訪的只有獨自一人。眼下似乎沒有任何理由可以不讓瑪莎進門，畢竟，這是她的房子。一進到房間裡，瑪莎就注意到我手中的胡椒噴霧器和警報器。

瑪莎冷酷地笑了一下，說：「沒有必要動用那些東西，麗莎。妳在擔心傑克？不需要，他是無害的，雷聲大雨點小罷了。」

我覺得有點尷尬，雖然沒有放鬆警惕，但我把噴霧器和警報器放在壁爐台上了。瑪莎光著腳，高跟鞋造成的高挑幻象消失。她穿得還是很華麗，就像是要前去某個高檔場所度過一個時尚的夜晚。也許，她一直都是過著這種生活。我不確定她用的是哪一種香水，但飄過來一抹細緻的甜香，不會太過嗆人。

時近黃昏，房間裡唯一的光源，是來自閣樓採光窗和屋頂天窗。屋裡非常陰暗，也許是因為那樣，我可以看得出來：瑪莎年輕的時候應該是相當迷人。她的顴骨和額頭之間形成非常完美精緻的凹窩，安放著那對耀眼的綠眸。在瑪莎的全盛時期肯定曾經讓不少人心碎，就是一顆搶眼的星星——這就讓我不免疑惑：最後怎麼會淪落到嫁給這樣的老公？

我在一旁看著，覺得瑪莎一定很緊張，她在房間裡漫步走動，像個監獄管理員似的四下檢查。瑪莎走到書桌旁停下，彷彿期待著會找出什麼東西。她抬起頭來看著我，身體還因為樓下的那一齣鬧劇而微微顫抖，但很快地，她給了我一個充滿魅力的笑容。

「妳介意我們聊一聊嗎？麗莎，妳知道的，女人之間的談話？」

「完全不介意。」瑪莎愛怎麼聊就怎麼聊，什麼都不會改變的。我絕對不會離開這幢屋子，不會離開這個房間。

瑪莎坐在桌邊的椅子上，一雙美腿優雅蹺起。

「我不常這麼做……」瑪莎先開口警示，然後在我還沒來得及反應之前，掏出了一盒香菸。我沒有顯露出心裡的訝異。瑪莎和香菸的組合，是我想像不到的畫面。她顯然也練過如何將香菸這種不入流的物事優雅地叼在柔美的嘴唇上。接著，我目睹了瑪莎抽菸的模樣——她將之提升至表演藝術的境界。點菸的時候，她的紅唇輕輕噘起。煙霧在她身體周圍繚繞，將她整個人烘托得像是好萊塢經典黑色電影中的大牌明星——這個明星的地下戀人剛剛射殺了她的丈夫，兩人正憂心著該如何躲過FBI的追緝。瑪莎並沒有問我戒不戒意她抽菸，也沒有問我要不要抽。我其實很介意。

不過，這是她的房子，不是我的。

「妳可以回答我一個問題嗎？」

「當然可以。」

煙霧遮住了她一部分的臉龐。「妳為什麼不直接打包走人？如果我是妳，就會走。」

「我已經告訴過妳：我簽了租約，而且打算照著合約走。要找到這麼迷人又這麼舒適的房間並不容易。至於香檳那件事……」

瑪莎截斷我的話。「我完全明白香檳和酒杯為什麼會出現在這裡，是傑克拿來的，對嗎？因為他以為我出門參加晚宴了。我並不傻。」

我很驚訝瑪莎承認這件事。「那妳就知道我沒有做錯任何事，我就更沒有理由離開這裡。」

「我反而覺得理由更加充分了。如果我的房東在我搬進來的第一個晚上就帶著酒和保險套衝進來，我不會想要住在那種房子裡。而且事實上，不會有保險套，傑克根本不會注意那種細節。」

我整個說不出話來，原來瑪莎這麼了解她的丈夫。她到底為什麼要和這種男人在一起？她不會覺得很委屈嗎？

「我曉得自己的權益，我不要被趕出去。」

瑪莎站起身走到窗邊，把香菸丟出去。等她再次坐下來，立刻又點起一支香菸。這時候，她的手指輕微地抖了一下。「妳跟他上過床了嗎？」

我驚訝得下巴都掉了下來。「當……當然沒有！」

瑪莎伸展了一下沒拿菸的那隻手。「如果妳和他上了床，我也不會怪妳，他長得很帥。而且老實說，我也犯過那種錯，我不是個偽善者，我年輕的時候也誤入歧途了一、兩次，我沒有立場去批評任何犯這種錯的人。」

「我・沒・有・和・他・上・過・床！」

這場女人之間的談話涉及太多隱私，而且令人相當不舒服。我不懂瑪莎要將這場對話導向何處，她顯然不是來這裡討論出軌的，她整個人的舉止都清楚說明這一點。我打賭一定是傑克叫她上來說些什麼的，只是我想不出來會是什麼事。不可能是叫我走，因為我早已表明那是不可能的。

瑪莎似乎想得有點出神了。然後問道：「妳幾歲了？」

「二十五。」

瑪莎點點頭。「我四十三歲。」她停了一會兒又說：「好吧，是四十八歲。」我超級想幫她補上一句：「還要再往上加幾歲」——瑪莎絕對是個五十來歲的女人。「妳曉得的，要當傑克這種比我年輕許多的男人的妻子，不是件容易的事。全世界的人都把妳誤認成他媽，或者是每個人都認為妳的丈夫是哪裡來的小白臉——這種日子一點都不好過啊！」

我忍不住退縮了些，想起自己曾經把她誤認為是傑克的媽媽。

「我想像得到。」

瑪莎的情緒從沉思轉變為受傷。「不，妳沒辦法想像，妳甚至無法開始去想像。妳知道嗎？我在妳這個年紀的時候，一大堆男人像狗一樣跟著我。我只要拋出一根樹枝，他們就會瘋狂去追、興奮地高聲吠叫。男人用嘴把樹枝叼回來給我之後，就會挺直身體坐好、尾巴搖個不停、吐出舌頭掛在嘴邊。但現在……」瑪莎的聲音絕望地破碎了。「現在，他們都在背後嘲笑我。妳根本無從開始去想像那究竟是什麼感覺！」

我很同情瑪莎——怎麼能不同情呢？難怪她會施打化學物品來挽回年輕時的美貌。

現在，房間裡漸漸暗了，瑪莎看起來漸漸像個黑影。

「聽我說，麗莎。我不是在告訴妳該走了，或是在命令妳離開；而是我在懇求妳搬走。」她的語氣裡染上了一絲恐懼帶來的瘋狂。「打包好妳的行李，今晚就離開。我在樓下的書桌裡放了一、兩百塊英鎊，妳可以拿走那些錢，如果願意的話就去找個飯店住。傑克是個很棒的人，但有時候他會變得……」瑪莎的目光往上方飄去，彷彿她想說的話就飄浮在空中。她的眼神再次對上我的。「如果事情不能如他所願，他可能會變得有點固執。我不希望你們任何一個人在我的房子裡住得不舒服。」

「所以這是妳的房子，不是他的？」我插嘴問道。

我不用看瑪莎臉頰上騰生的熱氣，也能明白我剛才的問題讓她怒血沸騰了。她站起身來，臉上糾結著緊繃與憤怒的神情。「如果妳是在暗示傑克只是為了房子和錢才和我在一起，妳就……」

「對不起，瑪莎，我不是那個意思，我只是覺得很感激，能夠在妳這幢美麗的屋子裡佔有一個小角落。」

瑪莎還是很不高興地看著我。「我們已經在一起四年了，只有我和傑克，單獨住在『我們的』房子裡。」

還有在我之前住在這個房間裡的那個男人。我想幫瑪莎加上這句話，但是我沒有說出來。

「讓另一個人住進來並不是件容易的事，但是，傑克的工作近來起起落落的，他又不想向我拿錢；他想要保有自己的獨立。因此，我們談過之後決定找個租客，讓傑克可以有一個收入來源。」瑪莎的神情黯淡下來。「我老實跟妳說，我當初沒想清楚：讓一個比我年輕的女人搬進來與比我年輕許多的丈夫同住在一個屋簷下，會是什麼景況！」

天哪！瑪莎看起來好無力，好像我即將摧毀她的世界似的。

我快速站起身來，但依舊和她保持著距離。「讓我向妳保證：除了房東與租客這種專業關係之外，我不會和妳丈夫有任何其他的牽扯。」

瑪莎思考了一會兒。「不只是妳的問題，還有傑克。他的情感已經受到傷害，我不希望你們兩人之間有尷尬的氣氛。」瑪莎搖搖手。「也許最佳的處理辦法還是請妳離開。」

「妳知道要在世界上最受歡迎的都市之一找到住處有多難嗎？我有一份專業性的工作，領著不錯的薪資，但我還是負擔不起一個屬於自己的住所。如果我今天晚上離開這裡，我只能住到青年旅館，去和一群人擠在小房間裡。我辦不到！」我喘一口氣。「隧道的盡頭有光線在等著迎接我們——如果六個月之後，我們還是合不來，妳不用跟我續約，我會走人。就這麼簡單。」

「我告訴妳我會怎麼做。」瑪莎的語調振奮起來。「我會在傑克耳邊說一些話，讓他開心。對，我就要這麼做。」最後這句話是講給她自己聽的，說的時候雙手還握緊拳頭。為什麼想到要和丈夫說話會讓瑪莎握緊拳頭、如此緊繃呢？

瑪莎一如來時的腳步虛浮，走向房間門。「妳知道這間原本是僕人的房間嗎？妳能夠想像在樓下工作了一整天之後、累到虛脫還得要爬到屋子的頂樓上來嗎？」

我很想回答她：「我完全明白那種感受：我每次都必須跋涉千里，到樓下上完廁所再爬上來。」我忍住沒有說出口，強迫把自己的嘴唇拉開成一個笑容。

「瑪莎，不用擔心，一切都會有很好的結果的。」

7

我在寒冷的黑暗中醒來，全身冒著冷汗，躺在地上，我的左腳扭曲地搭在床鋪上。圍巾上的繩結拉至緊繃，圍巾深深地咬進我腳踝的皮膚。絕望的淚水慢慢地流下我的臉龐，我感覺很挫敗。那些惡夢又回來了。

有些人會得偏頭痛。頭痛來襲時，人會有感覺，也知道唯一的解方是避免誘發偏頭痛的因素，以及服用止痛藥。如果偏頭痛已經發作，唯一的解決辦法就只剩下去找個安靜的地方躺下，等待頭痛過去。我沒有受過偏頭痛的苦，我承受的是連綿不絕的反覆惡夢。有時候，惡夢的迴圈會持續幾天，有時候會持續幾星期。然後，惡夢會停止一段時間，通常是幾個月甚至是幾年，所以我會以為一切都結束了，一切都變好了。

然後，惡夢帶著復仇的意志再次回歸。惡夢來襲時，我會有感覺，也知道誘發的因素為何。但是，沒有任何的處方藥物可以幫得上忙。而且，我不能找個安靜的地方躺下、等待惡夢過去，因為在安靜的地方躺著就是惡夢會襲來的時刻。

我會害怕的原因，是因為這幢屋子裡裡外外都寫滿了「誘發的因素」。

打從我有記憶以來，我就被這些夢境反覆糾纏。在我小的時候，我會尖叫著醒來、大喊「救命」，然後爸媽就會衝進我房裡，擔心我是否遭受攻擊。我「確實」是遭受攻擊，但只發生在我腦中的恐怖片情節裡。爸媽會環抱著我，爸爸出聲安撫我，媽媽則安靜地滴淚。在這些惡夢迴圈的時期，白天的時候我也不好過。部分原因是出於我太過疲憊，另一部分原因，則是因為我不是非常確定：發生在我童稚幻想中的情節，是否曾經真的發生在現實生活中。在我反覆發作的時期，父母及老師們對我的狀態變得非常敏感，因此把我送去看兒童心理醫生。

心理醫生試圖掩飾，但我已經看到她臉上困惑的表情——我告訴她有許多拿著尖刀、斧頭、長劍、匕首以及巨大刺針的怪物追著我滿屋子跑、想要殺死我。還有我所感受到的疼痛——天哪！那些疼痛！我還說了其他的惡夢，包括那些根本搞不清楚打哪兒來的抽象型惡夢：各種各樣的形狀與顏色不斷變化、不斷壓迫著我，而死神就跟在它們後頭。

心理醫生從中所找出的唯一意義，就是把我診斷為：焦躁不安的高功能邊緣人格，可能遭受霸凌。當然，心理醫生告訴我爸媽和老師的說法比較委婉。

我的新家是一連串惡夢的最佳溫床。白天的時候，是氣勢宏偉的維多利亞式大宅；但到晚上，就變成有點令人毛骨悚然的哥德式宅邸，讓人覺得有個吸血鬼在裡面小憩。白天的時候，是個可以讓人休息或工作的安靜場所；到了晚上，各種各樣的聲響都會出現。木製裝潢時而膨脹、時而收縮，有時泛潮、然後又回乾。這就會製造出恍如有人在呼吸似的吱嘎聲音，聽起來就像這幢屋子活過來了。

自殺遺書。

傑克招惹我。

傑克和瑪莎想把我趕出去。

一個充滿敵意的鄰居。

瑪莎說的沒錯，我應該打包好直接搬走。

不行。完全不考慮那麼做。

我把自己的身體拖回床上，鬆開腳上的繩結。伸手去拿手機和耳機，按下播放鍵。閉上眼睛，沉浸在艾美．懷絲的《孤獨醒來》歌聲中。這是一首深沉哀傷的歌曲，但旋律能夠安撫我、讓我放鬆、將所有的恐懼都清除。

我的身軀開始鬆開，呼吸輕軟而規律。我飄浮在空中……

但在黑暗之中，我感覺到他們在等著我。那些龐大的身軀，是我的兩倍大，外型看起來像人類。他們透過閣樓採光窗盯著我看，也從屋頂天窗往下盯住我不放。他們躲在這個房間關上的木頭門後面，但我知道他們就在那邊。我看見他們鬼魅似的嗜殺臉龐，他們雙手握著刀劍針刺。他們在等待，在等我真的睡著之後，他們就可以偷偷跑進來，執行殺戮任務，任憑我扭動身軀、百般掙扎、鮮血狂流地哭喊著媽咪救我。

我的頭猛然點了一下，驚醒了半夢半醒的我。耳機還在我耳朵裡，我也還沒清醒。按下播放鍵，艾美的歌聲再次撫慰我。我的身體墜入全然鬆弛的狀態，我覺得這一次我會睡著。

嗜殺的身形消失了，但我知道他們都很有耐性。他們會再找個晚上回來，而那個晚上很快就會到來。

✦

隔天早上，我穿著拖鞋踏上二樓階梯的時候，樓梯發出吱嘎聲，我整個人僵住。該死！我最不想做的事情就是吵醒瑪莎和傑克。我倒不是怕他們，只是如果我和那位丈夫當面對質的話，很難不吵起來。不過，我祈禱瑪莎能夠跟他講道理，然後傑克就不會再來煩我或是跟我作對。我靜止不動地等了一會兒，附近的房間裡都沒有發出什麼聲音。

踮著腳尖、偷偷摸摸走下樓讓我累得要命。我不曉得自己究竟睡了幾小時，但顯然不夠，我覺得自己像個殭屍。我下到一樓的時候，一陣培根的香味撲鼻而來。有人起床走動了——我猜是渣男傑克。瑪莎不會讓我聯想到培根，而是高檔的超級市場裡會賣的東西，比方說煙燻鮭魚和黃金炒蛋。我有點想要去偷看一眼……去他的！我付了一大筆錢才住進這裡，才不要像個孤魂野鬼那樣躡手躡腳。我走開的時候，確定聽見了樓上有一扇門關上的聲音。毫無疑問，瑪莎開始了一天的活動。幸好，廚房裡沒有傑克的影子。我去上了廁所，然後沖了一個格外長的澡，感覺稍微清醒了一些。我泡了一杯茶，烤了幾片吐司，然後走出廚房。

我沒有回到樓上，反而是走進了狹長的客廳。牆壁是蛋殼般的淡青色，大理石壁爐，大面的鏡子讓客廳看起來像原本的兩倍大。客廳的另一端，有架壯觀的黑色鋼琴。就像我搬進來的第一個晚上那樣，我又做了一次練習：閉上雙眼，專心聆聽，仔細感受這幢房子是否在對我說話。然後，我睜開眼睛，領略客廳中的每一件物事。不過，什麼都沒聽見。

我站在屋子的中心，門廳那張黑紅相間的豪華地毯上，做同樣的練習。在這裡，這幢屋子還是沒有對我說話。說不定是因為我人太不舒服，所以才聽不清家中四壁想說的話。但那根本沒有關係，以後還有很多時間。我有充足的時間，綽綽有餘。我爬上樓的時候，對自己笑了一下。在不知不覺間，這幢屋子已經對我說過一些話了。

我一走進房間，就把門閂扣上，再把椅子放在門把下面。踢掉拖鞋之後轉了半圈，然後全身僵住，神經緊張。剛剛有聲音嗎？一陣顫慄從我的脊椎沖刷而下。有什麼東西、或是什麼人，在盯著我看。我衣袖裡面的兩隻手臂上，寒毛全都立起來了。

我放輕呼吸，一根肌肉都不敢動。

又來了！一道細微的窸窣聲，和一個刮過木頭的微弱聲響，就像有一枝小棒子劃過地板的聲音。我整個轉過身來，驚恐萬分。我的眼睛快速四下張望，什麼都沒看見。房間裡的家具少得可憐，不太可能有東西可以躲藏其中。我輕輕地沿著牆邊走，終於看到了！一個灰色的物體，像是一根羽毛，在我眼角餘光邊閃過。然後，又傳來微弱的木頭聲響。

一陣劇烈的極致反感瀰漫過我的全身。我最糟糕的惡夢——老鼠。我捂住嘴巴，無法動彈。老鼠的尾巴被緊緊扣壓在捕鼠器的鐵夾上，原本朝著被金屬板擋住的壁爐走，後來又改變方向。牠拖著捕鼠器像拖著一把雪橇，慌不擇路地想爬到床底下去。

房間裡寂靜無聲，我整個人嚇到沒辦法喊叫出聲。我不曉得為什麼，但我一直有一段記憶：

一隻死老鼠睜著死灰色的大眼睛瞪著我。死老鼠幾乎要碰到我的身體，由於某種因素，我無法逃開。死老鼠就快要撲到我身上，帶著病菌的四隻腳，以及腳上骯髒的趾甲劃過我繃緊的皮膚，牠的尾巴刷過我尖叫不已的嘴唇。現在的我，就和在那段記憶中的我一樣，無法動彈。

我來參觀屋子的時候，有問過傑克「屋子裡有沒有老鼠」吧？有吧？床鋪底下的搔抓聲響壓過了我對於房東的任何不滿想法，我跳著跨過房間，一腳踢開房門下的椅子，慌亂地伸手去抓門把。跑出門外、一把甩上門之後，不斷地喘氣、喘氣、喘氣。人高馬大的我還怕一隻小動物？我知道這樣很蠢，但我就是沒辦法面對這種情況。

「傑……」我開口要大叫，然後猛然收聲——即使我已經嚇到動彈不得。

我知道傑克可以處理眼前的狀況，但我現在最不需要的，就是讓一個情緒不穩定的男人再次踏進我房間。

不過，我也不能一整個早上都在房間外面嚇得直喘氣，我得要去上班。突然想到：如果能夠拿到掃把，我就可以把老鼠趕到房門外面，等傑克上來處理——瑪莎應該很孱弱、無法處理老鼠。或者，可以有更好的發展：等到我下班回家的時候，這個小小訪客已經逃脫了。老鼠們天生就是逃脫大師胡迪尼——我如此期望。

我從樓梯下面的櫃子裡拿出掃把，走回房間，小心翼翼地打開房門，背貼著牆壁走進去。我手腳並用地趴在地上，往床底下仔細看。這個小朋友還躲在那裡，我瞪著牠看的時候，牠一點動靜也沒有。說不定，這隻老鼠害怕到不敢動了，就像我怕牠一樣，牠也怕我。我望著牠的眼睛時，被恐懼佔據全身。那對眼睛瞪得老大，和我的眼睛一樣充滿驚恐。古老的回憶蜂擁而來，死老鼠的大眼睛回瞪著我。我尖叫、尖叫，再尖叫。

樓下傳來一陣騷動，接著是樓梯傳來沉重的腳步聲，然後房間門猛地大開，傑克衝進來。他低頭看著我，粗魯地說：「妳在搞什麼？哦，是了——是老鼠，對不對？」

我掙扎著站起來，傑克想伸手幫忙的時候，我生氣地把手閃開。「你告訴我這裡沒有老鼠的問題！」

傑克的臉上同時浮現出無辜和輕蔑兩種神情。「我有說過嗎？我不記得有那回事。這幢屋子裡當然會有老鼠啊！超級多的！這是一幢維多利亞時期的老房子啊，美女。妳去找找看，這個都市裡有哪一幢老房子會沒有老鼠！」傑克把掃把從我手裡拿過去。「現在告訴我，那個小傢伙在哪裡啊？啊，有了，在那裡呢！嘿，妳知道嗎？牠的尾巴卡在捕鼠夾裡，那應該會讓牠的速度變慢一些。」

掃把一掃之後，夾著老鼠的那個捕鼠夾從床底下轉出來。我往後跳了一大步，嚇得目瞪口呆，一隻手掌緊緊壓在瘋狂亂跳的心臟之上。傑克拎起捕鼠器，舉高到肩膀的高度，我感覺噁心到嘴角都扭曲起來。傑克面朝著我，把捕鼠夾往下壓，被夾著尾巴的老鼠垂在那裡，徒勞地想要把身體向上翻正。我搞不清楚傑克究竟是在折磨那隻老鼠還是我，說不定兩個都有——傑克看得出來我有多麼不舒服。

「你到底為什麼要那麼做？」我的聲音低啞，兇猛的怒氣漫入聲音裡面。「你是不是曾經因為虐待動物被解雇過？把牠帶到大門外、讓牠走！」
傑克不耐煩地嘖了一聲。「不能那麼做，如果牠回來了怎麼辦？」
我真是受夠這個白癡了。「是你把老鼠放進我房間裡的，對不對？」
「妳說什麼？」傑克語帶輕蔑地說：「少講那些屁話！我老婆叫我沒事離妳遠一點，我就照做，直到妳尖叫到把屋頂掀翻、像是《半夜鬼上床》的佛萊迪來了一樣，我才上來的！」
他的話我一句都不相信！一隻被夾在捕鼠器上的老鼠是怎麼爬到屋子頂樓的？傑克應該是在別的地方捉住一隻活老鼠，然後把牠用捕鼠器夾住，再放進我房間裡等我發現。傑克就是搞出這一場噁心的戲碼來對付我。
我在一樓聽見的樓上動靜一定就是這個：傑克帶著老鼠偷偷摸摸地從他房間走出來，再偷偷摸摸地爬上樓到我的房間。這個混蛋！
嘴裡發出厭惡的不耐聲響，傑克離開房間。但幾分鐘之後他又回來，一手拎著依舊被夾在捕鼠器上的老鼠，另一隻手裡拿著看起來像是銅質水管的東西。傑克小心翼翼地，將那隻無助的老鼠放回地板上。他看了我一眼，眸中閃過一道光芒。然後，他舉起水管用力砸下，整個動作是言語難以形容的暴力。那隻老鼠不只是被殺死，而是完全被砸爛。軟爛成糊的毛皮血肉，帶著斑斑血跡，散佈在周圍漆白的地板上。
我倒抽一口氣，又驚又怒。
「你幹麼那樣？你為什麼不放走牠？」

「這是最仁慈的做法，麗莎……」

傑克拿了一個塑膠袋，把老鼠的殘骸連同捕鼠器都掃進去。傑克站起來，目光銳利地看了我一眼，我看懂那個眼神不算殘忍、也不是折磨，就是隱含著威脅。

我一句話都沒說，挑釁地怒目瞪著他離開。

傑克出去之後，我走到浴室——「他們的」浴室——抓了一塊海綿。我擦了又擦、擦了又擦，直到白色地板上的每一滴血跡、每一坨毛皮都被清除乾淨為止。

8

我徘徊、踱步，又徘徊，然後讓自己在威爾森醫師的工作室門口站好。剛才的一番猶豫躊躇，導致我遲了十分鐘才赴上這第一次約診。我真的沒辦法面對，不論是心理醫生、治療師，還是精神科醫生。他們對我沒有幫助，更糟糕的是，只要一個療程，就可能把我打回黑暗世界，裡面只有恐怖的東西在等著我。自制力從我蜷曲的手指中，逐漸流逝。

我深深地吸進一口氣，讓我空蕩蕩的胸腔充滿氣體。我提醒自己：做這一切都是為了媽咪和爸爸，就當作是提前送給他們的聖誕禮物。這場遊戲的重點是「露齒微笑忍耐過去」。毋庸置疑，眼前這位好醫師是個偉大的人物，在專業領域中領先群雄。但我知道他幫不了我，他就是沒辦法，現在沒有人能夠幫得了我。

除了我自己之外。

我不懂為什麼威爾森醫師要把自己的診療室稱為「工作室」——他是個心理醫生，又不是搖滾巨星。也許，現代的心理醫生流行用這個新字眼來稱呼自己行醫的處所。威爾森醫師的「工作室」位於高價位的漢普斯特，是一幢漂亮的獨棟小屋。門口停放的高級賓士車，彰顯著有錢人的符號。我猜他的病患名單應該包括了生活一團亂的百萬富豪，或是可憐的富家子弟之類的。

即便是在我按下電鈴之後，當場逃走的慾望依然強烈、不肯消散。然而，威爾森醫師的動作太快，在我醒悟之前，大門已經穩妥地打開了。

雖然我渾身不自在，但我還是差一點忍不住大笑。威爾森醫師的形象就跟精神分析大師佛洛依德一模一樣：削剪俐落的短髮，修剪齊整的灰白鬍鬚，就連他的眼鏡看起來都像復古的夾鼻眼鏡。這個形象在威爾森醫師開口說話的時候瞬間消失，他講得一口純正的英語，並沒有德國口音。

「麗莎？很高興見到妳。」威爾森醫師的聲音屬於低沉而謹慎的那一種，每一個字都是經過深思熟慮才會說出口。

現在是星期六的早晨，所以掛號處和候診區都很安靜，現場只有我們兩個人。我們往前走的時候，威爾森醫師問候了我爸媽的健康狀況。看起來，威爾森醫師有一段時間沒見過他們了。走到威爾森醫師的諮商室，我又得忍住不要笑出來。威爾森醫師有一張心理醫師專用長沙發，超經典的那種。非常昂貴的——事實上，沙發被擦得發亮——全黑真皮軟墊沙發。

「你擺了一張長沙發。」我克制不住自己難以置信的語氣。

威爾森醫師沒有覺得遭到冒犯，反而溫暖地笑了起來，眼角泛起皺摺。「有些人會期待看到長沙發，而我不喜歡讓人失望。如果妳想要，可以坐坐看，或者，如果妳想要坐椅子的話，這裡也有一張很棒的椅子。」

我無法克制自己，爬上了那張長沙發，就好像爬上了遊樂場的雲霄飛車那麼興奮。坐穩之後，背往後靠，沉入那招人喜愛的舒服觸感之中。或許我表現出非常舒適愜意的模樣，但我內心期望著這一切可以儘快解決，因此我拒絕了威爾森醫師請我喝的茶、咖啡，或是瓶裝水。

在我還沒反應過來之前，威爾森醫師已經坐在他自己的椅子上，兩手交握放在腿上。「妳會不會介意我把今天我們聊的內容錄下來？」

我搖了搖頭。他記錄下來的內容又有什麼用呢？我知道他要問什麼，我也準備要快點回答完好走人。不過，我也確實擔心自己在細數自身故事的時候會失去控制。

威爾森醫師開始發問：我可不可以告訴他一些關於我自己的事？

沒問題。我流暢地背誦事前準備好的自我介紹。

我是出身於薩里郡的中產階級好女孩，是獨生女，在單純平和的舒適環境中長大。慈愛又可靠的爸爸媽媽滿足我從小到大的各種需求——真的是各種各樣的需求。我念一所私立學校，學校的創校宗旨就是「傑出」；我在校的各項成績都表現優異。我是少數在大學期間研讀數學的女生之一，畢業後在一家高端的軟體公司工作，負責金融部門。我升職得很快，個性遵守紀律、專注力強、工作認真。我沒有真正的朋友，不過，誰需要朋友呢？我交過一個不錯的男朋友，是的，一個，沒錯。我從來沒有受過虐待——所以，不用往那個方面去想——而且，我從來沒有吸過毒，也沒有任何成癮的問題。就這樣，這就是我。

我發現威爾森醫師寫下了很多筆記，遠比我剛才陳述的內容還要多。一個念頭突然閃過我腦海：他說不定只是在列購物清單。說不定，他已經不想再浪費星期六的上午來和我談話，就像我也不想和他談話一樣。然後我想起來：他是爸爸的朋友，因此，他可能比他所表現出來的樣子還要更加了解我的狀況。我的手指頭深深陷入沙發的皮革之中。

我沒有預期到威爾森醫師只給了寥寥數字的評語，接下來一定還有其他問題。威爾森醫師什麼都沒問，也寫完了筆記。

「我明白了。」

沒有顧慮到接下來這句話可能帶來的弦外之音，我語帶苦澀、聲調嘶啞、幾近叫喊著說：「有一件事情我必須清楚說在前面：我沒有發瘋。好嗎？我沒有發瘋。」

這是從哪個天外飛來的一筆？「瘋」這個字眼是我最不希望在諮商進行中給對方留下的印象。

威爾森醫師的溫和笑容又浮現在臉上。「麗莎，我想妳會明白，近來在我們這個專業領域中，很少有人會使用『瘋』這個字眼。如果有人用的話，這樣的人應該被除名。」威爾森醫師輕嘆一口氣，然後仔細地看自己寫下的記錄。「妳父親提過四個月前發生了一樁『事件』，他覺得妳也許會想要談一談那件事，是嗎？」

這就是典型的我爸，會把那件事稱為「一樁事件」。一個小插曲，彷彿像是每個人時不時都會遇到的小事。

我聳了一下肩。「如果你想談的話。」

「不是我想不想，麗莎，是妳想不想談。」

我事先想過我們一定會討論到那件事。「沒問題，我們來談談『那樁事件』吧。」

「妳願意告訴我事發經過嗎？」

我不願意，但我還是說了。我深吸了一口氣，整個工作室裡就只聽見我呼吸的聲音；我不希望自己的聲音顫抖。我無法克制那股冷意爬滿我的皮膚，我把自己從自己身上脫離開來，開始說話，語氣淡漠得像在做報告。

「是這樣，我想我那時候是覺得有點低潮，所以吃了一些藥物來對抗它。我那一晚過得很糟糕、非常糟糕。從我小時候開始，就經常作一連串的惡夢；那天晚上我就處在那些連環惡夢的結尾。一整晚我幾乎都沒有睡著，因此，我向公司請了一天假。午餐的時候，我給自己倒了一杯伏特加來提振精神，搭配上從我的藥櫃裡拿的一些藥丸。後來，我又再拿了一些藥丸，用更多的伏特加來把藥灌進肚子裡。然後，又吃了一些；再然後，又再吃了一些。我不是很確定自己當時在幹麼，真的。我被那些惡夢搞得精疲力竭、慌亂焦慮。我猜我一定是昏過去了，被人發現的時候是倒在浴室地板上。接下來的記憶是：我被送到醫院去洗胃。」現在講到了最艱難的部分。「他們（醫院、我爸媽——尤其是我爸）認為這是一起自殺未遂事件。」

我覺得寫下那封告別信的不知名男子也在我旁邊，一起躺在這張長沙發上。感覺並不會不舒服，甚至，我覺得他彷彿是在支持我、給我力量。

醫師還是一直鉅細靡遺地記錄著。「那是嗎？」

「那是什麼？」

「是自殺未遂嗎？」

我嘆了一口氣，仔細思考這個問題。「我其實不確定，說不定真的是，我爸媽顯然就是這麼認定的。現在我必須經常回家去報到，證明我沒有死掉。」

「妳以前想過要自殺嗎？」

我閉上雙眼。這是一個很難回答的問題，但我盡力而為。「應該……不算有。但有時候，我就是希望自己不存在，你曉得嗎？也許我應該先說明一下：在青少年時期，我有飲食失調的問題。我覺得，有時候那只是因為我想要從世界上消失。偶爾，我會希望死神來訪，一把將我帶到平和寧靜的香格里拉——在那裡，所有的惡夢都禁止入內。你知道的，就是維多利亞時代的墓誌銘所描述的那種『惡人止息攪擾、困乏人得享安息』之所在。」

醫師臉上露出一抹新的笑容。「那是聖經的《約伯記》。」

「可憐的老約伯，我很同情他。」

「這些年來，妳尋求過任何專業人士來協助處理妳的問題嗎？」

「有過，很多。」講實在話，我這些經驗都可以寫出一本書了。「打從我國中時期搞得一團亂開始，我的醫生爸爸就開始用盡各種方法，想找出我的問題根源，也諮詢過您這個領域的醫生朋友。我爸媽最後束手無策，所以帶我去看一個兒童心理醫生。那是一位很友善的女士，總是穿著國寶級設計師薇薇安．魏斯伍德的名牌裙裝。她問我：是不是被其他小孩欺負了？我說沒有。然後她就診斷我的問題根源於校園霸凌，即使我才剛說過沒有人欺負我。」我側過頭望向威爾森醫師。「恐怕……沒有人可以幫助我。」

「妳爸爸呢？他怎麼看待這件事？」

「我……爸爸？」我慢慢地吐出這幾個字。腦袋裡閃過爸媽家的花園，爸爸輕輕地幫我推著鞦韆。

「是的。」威爾森醫師溫柔地說：「妳說他從妳很小的時候就試著要幫助妳；妳提到爸爸的次數比媽媽多。同時，他也是個卓越優秀的醫生，有很多心理學領域的朋友。因此，我很好奇妳爸爸有什麼看法，他跟妳說過嗎？」

我啞口無言，沒預期到會有這個問題。我同時強烈地意識到一個事實：在我這輩子裡，我的父母從來沒有背叛過我，我也不想要背叛他們，尤其是我親愛的爸爸。就和所有為人子女的人一樣，我時不時也會覺得爸媽很煩人，但是他們從來不曾在我背後捅刀。我的故事版本已經避開所有背叛的情節，現在也沒必要展露出來。我試著想出一些事情來說，但好像不管往哪個方向發展，都會碰到背叛的問題。

突如其來地，我坐起身來，把雙腳從沙發邊轉回來。「抱歉，醫師，我要走了。」威爾森醫師的表情充滿理解。「當然，妳想走就可以走。」

「我浪費了你的時間。」

「完全不會。」

我站起來，兩腳有點不穩，而且我想躲開威爾森醫師那如同X光般具有透視能力的目光。我浪費了他的寶貴時間，如果我是他的那些富翁病患，他就可以從我們短短的聊天當中賺進大把鈔票。然而，他看在我媽和我爸的面子上，利用休假的週六來見我，然後什麼都沒得到。在我緩慢走向門口的時候，我問他是否願意幫我一個忙。

「當然。」

「我真的非常感謝你願意放棄你寶貴的時間，真的！但我之後不會再來了。」

「我可以理解。」

我仍然閃避著他的目光。「不曉得你願不願意……在遇到我爸的時候，或是和他通電話的時候……也許你可以跟他說我有持續來進行療程？這樣會讓他和我媽心情放輕鬆一些，你曉得的，他們會覺得比較好受，不會再擔憂。」

威爾森醫師同情地笑了。「我那樣做會很不道德，麗莎。我所謂『不道德』不只是在專業上不道德，而且在人情常理上也是。這樣吧，妳要不要再坐一會兒呢？」

我在沙發的邊邊上坐下。

「這些療程並不是關於妳的父母親，或是關於我和我的時間，或是誰幫誰的忙。這些療程的主要任務是要幫助妳。如果妳覺得來見我是有幫助的，那麼下週六請再過來。不管怎麼樣，下星期同一時間，我會在這裡，我總是可以找到很多事情做的。」

「我不認為你可以幫助我。」我的聲音第一次在這回療程中顫抖。

「也許幫不上，但我在這些問題上有很多的經驗，所以我也有可能幫得上忙。我還想說明一下：誠實地告訴我妳心裡或腦袋裡真正的想法，並不會讓妳背叛任何人。」

我不確定威爾森醫師說那些話的用意何在，但不管怎麼樣，那些話不會起任何作用。我不會再回來這裡，但我還是說：「我會考慮看看。」

威爾森醫師帶著我穿過這幢建築物，送我到門口。

他打開大門的時候，我面對著他說：「我以前一直覺得自己被凍結在時光中，沒有辦法往前進。」

「以前？」威爾森醫師疑惑地看著我。「妳用了『以前』這兩個字，後來有什麼事情改變了嗎？」

「再見，醫生。」我向外走了一步，轉過身背對著他。「有時候我覺得自己在活另一個人的人生，也就是說：這不是我應該過的生活。」

在威爾森醫師開口回話之前，我已經快步走上街道，像是個正在逃跑的小偷。

9

從地鐵站出來的人群快速經過我身邊，人們的雙腳迅速融入倫敦獨有的生活步調中。我沒辦法再加快回家的速度，相較於身旁的人們，我簡直是拖拖拉拉的。我腿上的肌肉就像是全都被換成了石頭似的，我好累！天哪！我累壞了，彷彿有一隻隱形的手抓住了我。摧毀我的並不是我的工作，而是我發現的那張告別信。

敬啟者。

這是我有幸得以入睡前所想的最後一件事，也是白天我醒過來後所迎接的第一件事。我沒辦法給予那個男人其他那些他渴求的事物。也許，這代表了我曾經有一絲絲想要結束自己的生命——或是隨便哪樁悲劇事件被稱作什麼——我不確定，不過我無法放著這位隱形的室友不管。「執迷」，過去有一位心理治療師就是這樣形容我的人格特質。只要有個念頭在我腦中生根，我就捉住不放。任憑那個念頭不斷發芽生長，直到我確定自己的神智已經不再屬於我。現在，我又多了一個死去的男人跟在我其他的煩惱後頭排隊。

老鼠事件到現在，已經過了將近一個星期。瑪莎到我房裡來道歉，並再三向我保證：傑克不可能像我所指控的那樣做出那麼恐怖的行為。真可笑，瑪莎似乎對丈夫不忠的舉止明察秋毫，但對其他的事情就都看不清楚。我由著她說完想說的話，不出言爭辯，然後送她到房門口。我沒看見傑克，希望接下來就繼續這樣保持下去。只要他不再亂搞什麼小手段，我們表面的和平關係就能夠維持下去。

又有一個通勤族擦過我身邊，動作略嫌粗魯。我走到大街上的時候，終於可以依照自己喜歡的步調走路。轉彎經過街上的轉角，我的新家就在那裡等著我。等到我走近，看見瑪莎和傑克的鄰居站在她自己的花園裡，正在修剪玫瑰花叢。自從上次那回令人難忘的相遇（她指控我和瑪莎及傑克一起嘲笑她的花園）之後，我就再也沒見過她了。傑克說那些都是一個瘋婆子的胡言亂語，我忍不住瑟縮。「瘋」是一個很惡劣的字眼，是個會讓人一輩子無法擺脫的可怕標籤。

再清楚不過的事情是：老太太和我房東夫妻之間，必然不存在任何善意。

要是……？

我帶著一個全新的目標，走到老太太身邊。

她修剪花叢的手停下來，用邪惡的目光盯著我，下垂的嘴角帶著刻薄的不滿情緒。夏季褲子和沾了土的襯衫掛在她瘦小的身軀上，都顯得鬆垮。儘管氣候很暖和，她還是戴著那頂織著花朵的毛線帽。年歲毫不手軟地在她臉上留下痕跡，但從那雙銳利的棕色眼眸看來，她完全不像傑克說的那樣「腦袋不太正常」。

「我是麗莎。」我自我介紹，連忙拉起一道長長的笑容。

老太太並沒有笑臉相對。事實上，現在她的嘴唇和眉毛都扭曲了起來，顯露出她的不悅的情緒。

一陣持續不停的喵叫聲嚇了我一跳。我往下看見一隻餵養得很好的虎斑貓，戴著項圈和銀色的名牌，將身體往老太太的腳上磨蹭。後面還有另一隻虎斑貓，身上的花色看起來有點髒、像漩渦一般，在土堆裡玩耍時腳掌不停地前後甩動。

「蓓蒂。」我的新鄰居對著黏附在她腳上的那隻貓說：「別像個媽寶似的！」老太太的聲音裡面充滿感情。「去跟戴維斯玩！」

蓓蒂和戴維斯……啊！女星貝蒂．戴維斯，那隻貓的名字開頭肯定是「貝」。貓咪輕巧走開時發出一點呼嚕聲，走到石板鋪設的小徑上，把自己蜷成一團，彷彿用行動在表達「要我在髒髒的泥土地上玩耍？根本連想到都覺得丟臉」。

「妳想幹麼？」老太太陰森森地問道，目光窄細。

「我剛搬進隔壁的屋子。」

老婦人從喉嚨深處不屑地輕哼了一聲。「妳是他們那一掛的，對吧？」

「他們的什麼？」

「朋友。」老太太從嘴角吐出這兩個字，彷彿那是世界上最惡毒的字眼。旁邊的玫瑰花竟然沒有枯萎死掉，讓我有點意外。「我感謝妳，好心的小姑娘，顯然妳媽媽把妳教得很好，還會花時間來跟我打招呼。但如果妳下次再看到我，我希望妳繼續走妳該走的路就好。」她手上的園藝剪子在身旁用力闔上。

「不是的。」我連忙告訴她：「他們不是我的朋友，我只是租了屋子頂樓的一個房間。」

老婦人臉上的皮膚放鬆下來，看起來更加鬆垮。她慢慢地重新審視我。

「那麼，如果我是妳——」老太太提高音量大聲說道，顯然是希望聲音大到讓鄰居都聽見。「我會拿著一瓶聖水去料理那兩個邪惡的傢伙。」

我壓低聲音，希望這樣足以暗示老太太：我並不想讓傑克和瑪莎注意到我在和她交談。「妳和他們有過節嗎？」

貝蒂走回來，磨蹭著飼主的腿。「我想妳指的是『他們』和『我』有過節。我在這條街上住了六十幾年，從我還是個小女孩的時候就在這裡了。這房子屬於我的爸爸和媽媽，有一天會傳給我的孫子們。」老太太的嘴角又泛起熟悉的扭曲樣。「不過，我家洛蒂那一家子最近看我的眼神，像是他們一心希望我早早去見我爸媽似的。一群該死、不要臉的年輕人，幾年前就告訴洛蒂該把房子過一過。如果他們不小心一點，我會把房子全都留給貝蒂和戴維斯。」

我可以想見這一家人會搞出什麼大戲——一場法庭大戰，貓咪對上人類。

「呃……我沒聽清楚妳的名字。」

「那是因為我沒說出來。」老太太很快地回應道，然後，她那滿是皺紋的臉龐亮了起來，露出一個狡猾的笑容。「我們年輕的時候都是這樣回應男孩子的。我也許喜歡在巴黎皇宮或蘇活區來上一段熱舞，但我燈籠褲上的彈性褲帶可不會輕易鬆脫的。」

聽到這段話，我的嘴角翹了起來。這位老太太很真性情，我喜歡。

現在，她的眼眸中閃過一絲光芒。「名字是派翠西亞，或叫派西，但絕對不可以叫翠西。以前認識一個叫翠西的，嘴裡發出來的聲音像大喇叭，個性卑劣得應該和鐵達尼號一起沉到海底去。」老太太的眼睛回頭瞟一下那幢屋子。「她和那兩個傢伙應該很合得來，活像嘴裡塞滿香蕉、吊掛在樹枝上的三隻猴子。」

「派西。」我決定跟她套好交情。「妳和瑪莎與傑克之間發生了什麼事？」

「我帶妳去看。」老太太迅速地走向前門。

我不敢相信自己的幸運。我和呼嚕叫著的貓咪們一起，快步跟在老太太後面。她帶頭穿越一個裝飾得很是豐富、滿得快要溢出來的門廳，木質的牆面與桌面相映得當，還有一座維多利亞風格的衣帽架，牆上掛滿了家人們的肖像、孩子們歡笑的相片，毫無疑問，就是那些在這裡長大成人、迫不及待想把手伸向老太太的房子的那些人。我們最後走到屋子後面，那裡不像隔壁是作為廚房，而是裝潢成一個充滿夏日陽光的舒服溫室。派西打開了落地雙扇玻璃門，揮手招呼我走進花園。花園裡充滿了各種顏色的花朵，還有蝴蝶和蜜蜂，讓人眼花撩亂、目不轉睛。花香的氣味濃郁。門邊有一張藍灰相間的馬賽克拼貼小桌，旁邊有相同花樣的椅子。花園深處的角落裡有一張長椅，掩映在一棵無花果樹下。真是一個寧靜安詳的好地方！

不過，為什麼她要帶我來這兒呢？

見到我臉上疑惑的表情和皺起的眉頭，派西靠到我身邊，低聲耳語。「就連花園裡的樹木都長了耳朵。」她舉起一隻變形的手指，朝著隔開瑪莎和傑克那幢屋子的方向眨了一眼。

「我長這麼高的時候就開始在這座花園裡玩了。」派西把手比在膝蓋上方一些的高度。她的每一隻指頭都有點彎曲，慢性關節炎的典型症狀。「兩個多月前，那邊尊貴的閣下拿一張街區平面圖聲稱——聲稱——我這座花園的末端屬於他們家的地。從那張所謂的平面圖看起來，他們的花園不只到那個末端，還包括後面好大一片地，經過所有的這些房子，一路延伸到大街的街底。」派西嘲諷地罵道：「他們要那麼多花園幹麼？那個男的日日夜夜在外頭幹些什麼事？他們的花園醜得簡直丟臉！」

我想起第一次看房子的時候，我想走到花園去卻被傑克一把抓住手制止。瑪莎表示：傑克只是有點注重領域性。但是，會不會還有別的原因呢？傑克在花園裡藏了什麼嗎？

現在，派西的聲音有點激動得顫抖起來。「有一天晚上，那個混蛋趁著我去我女兒家度週末，把我後院的籬笆給拆了。懦夫！」她的眼中閃著淚光。「警察說他們也無能為力。我可不會像這條街上的其他人那樣認輸！」我幾乎可以聽見派西的脊背因為下定決心而挺直所發出的聲響。「他們不能那樣大搖大擺地得逞，我要把他們告上法庭，就算要告上老貝利的中央刑事法院也在所不惜！」

我不忍心告訴她：老貝利的法院只審判謀殺案件。

「我的律師，我的一個外甥，此時此刻就在這裡，用筆電記錄我們開會討論的內容。其實，他不真的是我外甥。我是他奶奶的朋友，年輕的時候我們一起在鎮上玩的。這倒提醒了我——我要在他出發之前給他泡上一杯好茶。」

那句話讓我大感意外！我沒有感覺到屋子裡還有別人。

看著派西在廚房裡磨磨蹭蹭地忙東忙西，我心裡不禁為她的煩惱感到同情。我真的很能夠感同身受——失去一部分自己的家園，肯定很不好受。然而，我必須把注意力放回我來找她談話的目的。

「妳記得任何住在隔壁的人或家庭嗎？」

派西將一匙香氣四溢的茶葉倒入茶壺中。「我當然記得。有賴提莫家、莫里西斯家、帕特家……」她伸出一隻瘦削的指頭摩挲嘴唇、一邊搜索記憶。「啊對了，還有華倫家。我的老天爺啊！那些小孩簡直像野生動物，根本就該被關進倫敦動物園。畢特家、密茲家……咦？那是馬路對面那家嗎？我有時候會有點搞混了。」

趁派西還沒有搞得更加混亂之前，我開口問：「妳知不知道：在我之前，他們是不是還有另一個房客？」

派西一臉困惑地攪動骨瓷茶壺裡的茶，她的腦袋裡轉著我問的問題，最後終於露出平靜的表情。「我覺得有一個，對，一個男的。我不常看到他……」派西的聲音逐漸消失，兩道衰老的眉毛皺在一起。

「我記得從我臥室的窗戶看過他在花園裡遊蕩，像個囚犯似的繞著圈圈。妳曉得的，就好像整個世界的煩惱全都壓在他的肩膀上那樣。我從來沒看到過他的臉。」派西細小的牙齒咬住下唇，一邊將茶壺的蓋子蓋上。

找到在我之前那名房客的訊息所帶來的興奮感，在這位老太太又開口說話時摔落谷底。「提醒一下：社交女王的黃銅城堡裡總有小白臉來來去去，活像個大馬戲團似的。每個晚上都是這樣，直到她釣上了那個一直掛在手臂上招搖的笨蛋小白臉才停止。」派西的舌頭不屑地嘖了一聲。「想像那個年紀的女人勾搭上那種年輕人，她的屁股最好打過肉毒桿菌墊高高，要不然和她一起上床可不是什麼好看的景象。」

這一次，我沒辦法克制咯咯的笑聲從我嘴巴裡蹦出來。感覺好棒！太棒了！我記不起來上一次笑到把頭往後仰是什麼時候的事情了。

派西用她彎曲的指頭示意我靠過去，她溫熱的呼吸吹在我的臉頰邊。「那裡絕對有個男人，早在她把那個傑克拖進家門之前，就已經住在那裡了。我不記得那個男人是什麼時候搬出去的。」

所以，傑克對我說謊了。為什麼他要這麼做？如果一個房客在那屋子裡自殺，傑克也不會被有關當局為難。他是要掩蓋什麼？那些事和那座花園有關係嗎？一連串不間斷的疑問，在我腦海中盤旋成為極具破壞力的龍捲風。一個接著一個，不斷攀升，呼喊著想要立刻獲得解答。

快一點，快一點，快一點！

呼吸。專注呼吸。

一、二、扣上我的鞋子。

三、四……

我沒辦法緩和下來，就是沒辦法，絕望的利齒深咬進我的神經裡。我的藥在哪裡？該死！在那幢屋子裡，在我的房間。汗水沿著我的頭髮滴下來，脊椎骨一節接著一節地僵硬起來，直到我整條脊椎變成一根冰棒。我的腳底一如往常地跟著疼痛起來。我整個人開始發抖，震顫不已，彷彿即將崩潰成碎片。

派西直直地望著我，關心地睜大眼睛，就像我媽媽會有的那種反應。

在我承受著痛苦的時候，從廚房門口傳來一陣男性的專業話語。「我已經寫好一份完整的說明……」男人發現我的存在後，立刻停住話頭。「麗莎？」

看見這個男人理應讓我墜落深淵，然而，我的自制力卻立刻歸位。

「亞歷士？」

10

「過去」最大的問題就在於：有時候會用很糟糕的方式，一頭撞進你的未來。我和我那個「從前從前有一個」的男朋友，現在就瞪著彼此，場面尷尬又難堪，兩個人都不曉得該說什麼才好。

派西好奇的眼神從亞歷士身上看到我這邊，然後又看回亞歷士。她沒發表什麼意見，只是說：「我泡了一壺上等的白茶，亞歷士，我朋友從斯里蘭卡回來總是會幫我帶很棒的白茶。等你準備好了……」

貝蒂和戴維斯興奮地跟著派西走出去，留下我們兩個人。

我們就站在那邊，互望。我在慢慢地接收亞歷士整個人散發出來的訊息；只有天才曉得亞歷士評估我的時候腦袋裡在想什麼。亞歷士的外型一如以往地乾淨俐落——勁瘦貼身的深灰色西裝，黑色領帶，雪白襯衫。不曉得他現在還會不會穿不成對的襪子？

「我不想跟別人一樣。」是當年亞歷士興高采烈的說法。

亞歷士打破了兩人之間震耳欲聾的死寂。「麗莎，妳怎麼會在這裡？」他的語氣裡帶有一種「哇嗚」的意外感，彷彿他以為我是被魔術師變出來的。

我防衛性地將手臂交握在腹部。「我住在隔壁。」

我不曉得自己為什麼要告訴他這件事。我們大約是六個月前分的手，而我希望繼續維持這種關係。

我們是在去年底認識的，會認識完全是巧合。亞歷士是一個高級城市銀行的團隊成員，該團隊代表一位口袋很深的俄國客戶，與我們公司有業務往來。一開始，我並沒有注意到亞歷士，我一如往常地全神貫注在電腦上的操作。他是在第三次來訪時吸引到我的注意力，因為那時候我身邊的兩位女性同事決定硬拉我加入「看看是誰翩翩而來」的八卦閒聊團體。

「嗯，屁股很翹。」雪柔的評語像是吃到了鎮上最美味的大餐、幾乎要舔著舌頭讚不絕口似的。「他才剛滿三十歲，我聽說。」

「還有那個身高！」黛比輕聲讚歎，完全沒考慮到自己是個已婚婦人。「我不會介意去把他當成一棵樹來爬。妳覺得如何？麗莎，妳會讓他變成妳的樹嗎？」

我一直努力想去忽視她們，這兩個我原本認為是成年女性的同事，像荷爾蒙分泌過剩的女學生一樣吃吃笑著。而且，我在工作時的第一要務就是——工作。同事只是熟人，並不是朋友。我的朋友們不可避免地漸漸飄散；他們從來沒說出口，但一段時間之後，朋友帶著懷疑的眼神裡都刻著這句話：「妳的怪異，我們真的可以不要參與」。但這兩個女人完全不肯放過我，所以我被迫去看那個神奇的男人。

我的目光被吸引住了，這讓我自己大感意外。並不是因為他的長相、或是他的屁股、或是他渾身散發出的「來把我當樹爬」特質。而是因為他微微擺頭的方式，是那麼地輕巧，而且他笑了。我對於喜歡笑的男人，無法抗拒。笑容會令人遺忘煩惱，將所有煩心事拋諸腦後——至少可以暫時忘卻。

那天稍晚的午餐時間，我們一起搭電梯下樓。

「我叫亞歷士。」他出乎我意料之外地說：「妳是軟體部門的一員。」

我整張臉脹熱發紅。男人通常不會注意到我，我從脖子包到腳趾的穿衣方式會讓他們望而卻步。不曉得是誰說過：妳必須在櫥窗裡有所展示，才能引起男人的注意。這麼說吧，我的櫥窗從上到下掛了窗簾，又從左到右拉上了布幕。

不知道為什麼——沒有人記得是怎麼發生的——我最後帶亞歷士去平時午餐最喜歡去的餐廳。他堅持要我和他一起用餐，不容我推託婉拒。他說服我的時候，眼角隨著笑容泛起可愛的紋路。吃完兩盤鮮嫩菠菜豆泥沙拉和熱熱的全麥口袋麵包之後，我們深入認識了彼此。而一切就是那樣開始了（讓雪柔和黛比驚訝得像貓咪一樣嘴巴開開的）：一連三個月的晚餐約會、雞尾酒會、看電影，亞歷士教會我再次展開笑顏。當然，我很清楚問題會發生在感情進行到下一個階段的時候：在床笫之間探索彼此。二十五歲的我，從來不曾讓男人看過自己的裸體。那是我祕密的羞恥，我藏著掖著、只給自己看。然而，我決定：亞歷士就是「我命中注定的那個人」。

我強迫自己回到眼前的此刻。那個晚上的回憶，促使我推開亞歷士、大步離開派西的家，迅速離去。我不需要待在那裡等人告訴我說：他是我鄰居的律師，正在協助她搶回一片綠意盎然的英格蘭屬地。

「麗莎！」亞歷士追到門口焦急地大喊。

我把鑰匙插進瑪莎與傑克的屋子門鎖，然後一把甩上大門，將亞歷士的聲音關在門外。接著我就後悔了，因為我想起來：我根本不想讓房東發現我回來了。我待在門邊，仔細聆聽。然後，我聽見派西家的大門關上的聲音。

「我很高興亞歷士沒有追上來！」我這樣子說服我自己。但是，為什麼我感到一陣椎心刺骨的痛呢？

我衝上樓，吞下兩顆我的藥丸，然後倒在床上。

✦

過了兩天，我進到宅子裡聽見的第一個聲音是逐漸高亢的對話聲。或者，應該說是一個人說話的聲音。聽不出來是男聲還是女聲，就是一種尖銳又充滿怒氣的聲音。我沒辦法聽清楚說話的內容，那些被吼出來的聲音難以辨識；我也不想去分辨清楚。我生長在一個從來不顯露怒意的家庭，家人之間從來沒有衝突。如果我爸媽有任何議題需要討論——爸爸堅持他們之間沒有「問題」，永遠只有「議題」——他們兩個人會自動走進爸爸的書房裡，關上門好好地談清楚。即使是我幼年時期最糟糕的狀態，也是在一種很安靜祕密的語調中處理的。

啪啷！

一個激烈的聲響，讓我瞬間跳回現實。那是肉打肉的巴掌聲；那個混蛋出手打了瑪莎！我有點遲疑，不確定自己該怎麼做。我可以像一陣風一樣捲進門廳、一把拉開通往廚房的門、把傑克的頭扯下來……或者，我左思右想。當面和傑克起衝突，可能會讓瑪莎的處境變得更艱難。而且，以我住在他們屋子裡的身分，我應該介入嗎？當你在別人家裡作客時——雖然是有付租金——在別人家的四壁之內，對於別人的私生活領域，你應該涉入多深呢？因為這裡並不是我真正的家，是他們的家，是他們的空間。在這裡，我只是個外來者。

我步履沉重地爬上樓梯時，還是對自己不去介入的決定感覺很糟糕。像瑪莎這樣一個有教養的優雅女子，究竟看上了傑克這種暴力原始人的什麼？我猜他們剛開始談戀愛的時候，傑克一定是個滿嘴甜言蜜語的陽光男孩，在她耳邊絮叨著情話，送給她各式各樣的小禮物。然後，一等到他在瑪莎的指頭上套上婚戒、他腳上的馬靴確實踏進這幢富麗堂皇的豪宅之後，傑克就露出謀財害命的真面目了。

爬到頂樓，我的腳步開始拖拖拉拉。經過充滿血腥的老鼠事件之後，我覺得我可以看見、也聽得到那些灰色的小混蛋無所不在。因此，我想要發出預告，讓牠們知道我來了。大聲敲響房門、在樓板上使勁跺腳之類的，讓老鼠（如果牠們膽敢四處閒晃的話）有時間可以跑去躲起來。對於瑪莎說傑克沒有放老鼠來嚇我這件事，我仍然不置可否。

我轉開門把，謹慎地站在門口，仔細觀察。血管裡的血液瘋狂沖刷著，我睜大眼睛檢查整個房間。每樣東西看起來都在原位，沒聽見奇怪的聲音。我的心跳越來越快，小心地檢查每一個角落和隙縫。我鬆了一口氣，站直身體，因為我發現一切都沒有任何異常。或者，換句媽媽會說的話：一切都像布里斯托港口的船隻一樣，井然有序。

在我走向床邊的時候，背後傳來一陣怪異的撕裂聲。我的驚恐指數瘋狂飆升、直接指向十分！我的下巴闔不上、嘴裡不斷噴著氣，雙眼立刻轉去瞪著房間門。我想跑！在我還有能力的時候儘快離開那裡！不管那是什麼東西，我都不想處理！

一口氣憋在喉頭，我極盡緩慢地轉過身去。低頭看向地板，我皺起眉頭，那裡沒有東西。那陣聲音又出現，將我的注意力轉到房間另一頭的牆壁上，在屋頂天窗下方。我的目光迅速往上跑——啊！問題出在那裡！天窗朝著牆壁的方向，那塊原本約手指頭寬的受潮區現在看起來變大了，變成像蜘蛛網般往外張開的手掌大小。下雨造成的潮溼，導致閣樓採光窗周圍的白色壁紙剝落，有一部分脫垂下來。白色壁紙底下露出一層米色的壁紙，印著浮凸的花朵圖案。那種浮誇的風格是現代電視節目會告誡觀眾千萬別選用的裝潢。

該死的傑克！他應該算得上是某種技工，不是嗎？他應該比其他人都清楚：漏水對於建築物會造成多麼大的危害。說不定，傑克覺得等到頂樓開始崩塌的時候，他早已經把我趕出去了。

這一次，我可以走下樓去告訴瑪莎關於漏水的事情。不行，經過我在樓下所聽到的事情之後，瑪莎不會想見到我的。

於是我試著去修好壁紙，至少，暫作修整一下。我跳起來，想把垂落的壁紙貼回去，但是，令人沮喪地失敗了。壁紙再次垂落時，掉下更大一片。突然之間，我脖子後面的寒毛全都豎立起來——牆壁上有黑色的痕跡。

我站近一步，用力凝視。那是字跡嗎？是的，是字跡。

工整漂亮的手寫字跡，用黑色墨水寫的。有些地方因為受潮而顯得髒污，有些則黏在壁紙上跟著剝落。不過，足以看得清楚了；或者該說，如果那是英文的話，就夠看得清楚了。那是一套獨特的語言系統，我想，稱之為「字母」比較正確。我不覺得自己見過那種文字，然而，那個字體透露出一種熟悉的氛圍。那些字母的形狀和線條，都帶有一種古老的特質。

這是出自於寫下告別信的那個人的手筆嗎？

我急忙從枕頭底下拿出那封信，我一直把那封信和我的圍巾都藏在枕頭下。我又回到牆壁前，把信紙舉高來對比字跡。在我看來，兩邊的手寫字跡是一模一樣。我不是語言專家，但是那封信底部用鉛筆寫的訊息，看起來和牆壁上寫的是相同的語言。我終於明白：牆壁上的字跡所帶來的熟悉感，是因為讓我想起了這封信。

我慢慢地將剩下的壁紙往下撕，壁紙摸起來很涼，幾乎是溼的。我忍不住屏住呼吸——字跡一路往下寫到壁腳板。我稍微後退了一步，就像在美術館裡欣賞偉大的畫作時會做的那樣，以便完整地欣賞那些線條、光度、色彩、背景、前景等等。我沒有辦法將目光從那些字跡上移開。那就好像是一個被宣判死刑的囚犯，在等待行刑的牢獄裡，刻在牢房牆壁上的字句。對那位沒有姓名的男人來說，這個房間是不是變成了一座監牢？在這裡，能夠通往自由的方式，唯有一死？

我覺得有點冷，同時又在冒汗。發冷又發熱，無法抑制地顫抖著。我伸出手去碰觸男人留下的字跡……立刻又把手縮回來。如果我不小心把字跡擦掉了怎麼辦？會不會擦掉了整個故事的關鍵部分？

我強迫自己轉過身去，面對現實。我必須快速行動，依照降雨的速度，這項發現很可能在幾小時後就全部消失。我有點像是個考古學家，在開採的洞穴中有所發現，但挖土機卻已經在一旁蓄勢待發、即將大刀闊斧地開挖。或者，更準確地說：我就像是一個刑警，眼前的犯罪現場即將遭到破壞。

✦

我重新下了樓，離開這幢屋子。現在有點飄雨，我走了又走，終於找到大街。我花了大約十分鐘的時間確認每間店家門口的店名，直到我找到五金行。我離開五金行的時候，懷抱著一個箱子，裡面裝了輕型摺疊梯、黏著劑，以及一個附帶防盜鏈的門閂。箱子不太好搬，但我還是想辦法搬回了屋子。

我沒有立刻將壁紙貼回原處，而是在那面牆前面來回踱步。我需要將那些字跡翻譯出來；手機上有合適的應用程式嗎？我花了接下來的一個小時去翻找手機上所有的語言翻譯程式，但沒有找到任何用得上的。

我明白自己對這件事情太過偏執了，但我無法克制自己；我不想克制。我吞下了兩顆藥丸，幫助我在思考的過程中可以冷靜下來。我能夠找誰來幫忙翻譯呢？我認識的人之中有誰可能認得這個語言呢？我在腦中翻閱著許多人名。

等我意識到那個人顯然就是他的時候，我整個人啪地一聲倒在床上。

該死！我不想去拜託那個人，但我有其他選擇嗎？

11

艾美・懷絲的《黑色會》是我今晚選來「助我入眠」的音樂。時髦流行的節奏大聲地在我耳機裡抨打，我在房間裡一圈又一圈地跳著舞。我沉浸在扣人心弦的節奏之中，我胡亂揮舞著四肢的時候，睡衣在我皮膚上拉扯著，努力想讓我的身體筋疲力竭，好讓我一沾上枕頭就會落入遺忘萬物的空白世界。

音樂終止的時候，我伸展著將背部弓起，臉上覆了一層薄汗。用手指梳理了一下我的短髮，疲憊感在我體內湧起。很好，我讓自己的嘴角微微彎出一抹笑容。不讓這股疲倦有一絲逃離的機會，我跳到門邊去檢查新裝好的門鏈。測試一下門把，確認夜間的安全。

黑暗中，我把腳綁在床尾，然後躺平，等待著睡眠降臨在我身上。我專注在自己的呼吸上。

一、二、扣上我的鞋子。

三、四、敲敲門……

我凝視著牆壁上的文字，深深著迷，無法將眼神移開。下筆之人手力強勁，每個字母力道飽滿，筆觸粗黑。字形如此嶔崎，線條如此銳利。用最深沉的黑色墨水，交織成這幅作品。我伸出手去撫摸那挺直優雅的筆鋒，那些字跡竟開始變大，我嚇得倒抽一口氣！又大又充滿威脅感！筆畫延伸變成長長的腿，字形腫脹變成血盆大口，口中的尖牙變形成為巨大的刀刃。那些字跡跳下牆壁，直朝著我衝過來。我放聲尖叫，想要逃跑。太遲了！一柄利刃直接砍中我的背後，我摔落在地，劇烈的疼痛彷彿要將我撕裂。我苦苦哀求，希望對方放過我。現在，利刃變成一根巨大的尖針，朝著我的臉部刺來……

我猛地坐起身來，在床上嚇得喘個不停。雙手護在臉上，做出防禦性的姿態。可怕的事情沒有發生，我鬆了一口氣，小心翼翼地放下手來。不過是另一個糟糕的惡夢，至少，我還在房間裡，腳也還綁在床上。

有什麼東西刷過了我的顴骨，我本能地伸手去撥開。說不定，那只是我想像出來的東西。我的耳朵聽見了一個奇怪的、煩人的聲音，我不去理會。有什麼東西直朝著我的額頭俯衝下來，又有什麼東西在我的頭皮上爬行，還有一個在我的耳朵裡面！我整個人驚惶失措，兩隻手臂狂亂地揮舞，一邊跳下床。然而接下來我只能痛苦地大叫，因為我上半身頭朝下地摔落地板，而下半身因為腳還綁著所以糾纏在床鋪上。

我勉力仰起身往前傾，不斷喘著氣，一直挪動屁股直到我摸到床尾。兩隻手抖個不停，絕望的手指頭終於解開圍巾。現在我聽清楚了，我身邊四周傳來嗡嗡的呼咻聲。孤身一人站在黑暗之中，我看不見聲音的來源。恐懼讓我僵立在原地，那些東西撞上我的臉頰、在我的頭髮裡亂動、爬上我的睡褲的時候，我哭喊出聲。

有一隻在我下嘴唇的地方爬來爬去，嗡嗡亂叫。我生氣地揮手趕開，朝空中呸了一口。我超討厭蠕動的蟲子，那些細腳、那些纖毛，還有翅膀，都很噁心。我的恐懼感越來越高，我必須逃出這個地方，立刻！

我急急忙忙衝向房間門，根本沒想到要點亮燈。門邊也有那些東西在等著我，那些嗡嗡叫聲、那些噁心的觸感。那些東西難道已經吃進我的皮膚裡去了嗎？

打開門！快把該死的門給打開！快！我的雙手在木板上亂拍，想找到門把。我抓到了，立刻轉動門把。門沒有動靜。我發瘋似的拉！再用力拉！門還是沒有被拉開。門為什麼不開呢？我不懂。那是一道門，門的功用就是要被打開。

我轉過身，緊繃的背部抵在門板上。沒有別的辦法了——我必須面對我房間裡的恐懼。

喀噔。我打開燈。

難以置信的感覺緊緊抓住我。

一大群，渾圓的黑色身體，加上瘋狂拍動的翅膀，一大群在房間裡飛來飛去，形成一片黑雲左飛右竄。我的腹部湧起一陣噁心感，努力壓下嘔吐的慾望。牠們是怎麼進來的？這是神經病傑克最新的骯髒手段嗎？這個念頭突然讓我冷靜下來——我拒絕被他趕走。

我鼓起身為女人的勇氣。面向房門，看見了那條門鏈。在慌亂之中，我完全忘記了自己買了門鏈，難怪房間門打不開。我伸手要去拉開門鏈，但手停在半空中。如果我打開門、尖叫求助，那就會帶給傑克洋洋得意的滿足感——我不要；我不要再一次讓傑克看見我軟腳求助的模樣。去他的！

我把恐懼感強壓下深處去，面無表情地瞪著那些新室友們。我猜牠們是噁心的綠頭蒼蠅，那就表示房間裡有死掉的東西。我無法克制一波波毛骨悚然的感覺蔓延到我的全身，皮膚表面全都起了雞皮疙瘩。我明白自己該怎麼做，我必須找出那個死掉的東西。

我的目光環顧四周，思索著那個死掉的東西可能會在哪裡。五斗櫃？衣櫥？床底下那隻老鼠所在的地方？還是書桌？就在這時候，我注意到有些蒼蠅從小壁爐裡冒出來。現在我曉得蒼蠅是打哪兒來的了，不會再讓牠們有機會進來，我要去處理掉。

我沒有考慮太多，直接去做。我走到壁爐前面蹲下來的時候，蜂擁而來的蒼蠅幾乎令我窒息。我把壁爐的蓋子推到後面。

一隻鴿子的屍體掉出來，害我高聲尖叫，整個人往後摔坐在地上。蒼蠅群幾近瘋狂；死鴿子的模樣令人作嘔。鳥身上大多數的羽毛都已經脫落，肉色因為腐爛而呈現深度粉紅，還有……蛆。我再次反射性的想嘔吐，我捂住嘴巴，踉踉蹌蹌地站起身來。我把屋頂天窗打開，讓蒼蠅嗡嗡飛走。接著，我從小垃圾桶裡拿出購物塑膠袋，把手套進去。彷彿走在高空鋼索上一般，我緩慢地靠近那隻噁心的鴿子。要驅趕蒼蠅的唯一辦法，就是移除蒼蠅賴以為生的動物屍體。

手上套著塑膠袋，我俯身撿起那隻鴿子。鴿子摸起來好冰冷，死透了。我把塑膠袋口綁起來，朝著房門走去。解開門鏈，迅速打開房門，再關上。我安靜而堅決地走下樓梯，直達大門。一走出門外，我就把裝在塑膠墳墓裡的鴿子丟進垃圾桶中。

冷夜風寒，我光著腳往回走，伴隨著驚嚇與終於得來的安心感。

我走進安靜得詭異的屋子，再回到我的房間，前後花費不到一分鐘。在邏輯上，我承認：腐爛的鴿子屍體是開放式煙囪每天都可能遭遇到的難題。若真是如此，這件事情就和傑克沒有關係。但在我心裡，我懷疑就是傑克搞的鬼。

一般人遇上這種事情，應該就會直接打包行李走人。讓那個混蛋傑克稱心如意地發現：房客連夜搬家了。

我可不會這樣。

我望向留下了字跡的牆壁。

我不會離開的。

12

隔天，我踏進蘇活區的一間酒吧時，忍不住退縮了一下。酒吧內的光線並不是柔和溫暖的氛圍，而是鮮活炫目，一如裡面活潑的年輕酒客。人潮太過擁擠，音樂聲和此起彼落的交談聲都努力想要壓過對方。我幾乎想要立刻轉身離開，然後，我看見斜倚在吧台末端的亞歷士。他也看見我了。我下定決心，提醒自己來這裡的真正目的。

亞歷士並不像平時那樣帶著從容的微笑，顯然並不高興見到我。經過上次在派西家意外相遇、我卻轉身離去的經驗，我不能怪他今天有這種反應。提醒一下：當初是亞歷士甩掉我的，並不是我提出分手。

我朝著他走過去，無可避免地和周圍不斷迫近的肢體有所碰觸。

「你過得如何啊？」我從安全的問題開始。

亞歷士的回答將我帶往我不喜歡的話題。「我很抱歉我們之間是那樣結束的，我應該用不同的方式處理。」

「要結束一段關係，我不認為你可以找得到好的方式。你要不就是喜歡一個人，要不就是不喜歡，而你當時確定你並不喜歡我。」我的語氣裡帶著赤裸裸的痛苦。我當下就想把說出口的話吞回去；我總是沒辦法好好處理受到傷害的狀況。

亞歷士的臉壓向我，一臉怒意。「那樣說不公平，在那種情況下，我他媽該怎麼做？」

「你是認真的要我們開始唱《檢討過去》這首歌嗎？」我的怒氣也升上來，強烈意識到周遭人群的存在。我深深地、深深地吸了一口氣。生氣有什麼意義呢？我可不是來這裡被往事碾壓的。

「我需要你幫我一個忙，如果可以的話。」我恭喜自己，能夠重拾冷靜。

亞歷士保持提防與警戒。「當然，只要我能幫得上忙，我就會幫。」

「你會說很多種語言，對嗎？」

「沒——錯——」亞歷士語帶懷疑地拖長聲音。

我一把將包包放在吧台上，掏出手機。點開畫面，再將手機滑過去給亞歷士。「你看得懂上面的字嗎？」

照片上是那封告別信最末尾用鉛筆寫的一行字。亞歷士拿起手機仔細看，眉頭皺在一起。

「這是西里爾字母……」

「什麼？」我爬梳腦袋裡的記憶，根本想不起來有聽過任何國家叫西里爾或是相近的國名。在學校裡的語文課程有點像是強制的酷刑，我的強項在於數字，而不是文字。

亞歷士看了我一眼，然後又轉回到手機螢幕上。「是俄文。」原來如此！「我小時候都說俄語，我祖母是俄國人，她認為我們家裡每個小孩都應該學習俄文，否則這個語言就要消失了！祖母是對的。」他臉上浮現一抹微笑，顯現出他對祖母的孺慕之情，他們之間一定很親近。

我著迷了。我們從來沒有進展到談論彼此家人的階段，除了祖母之外，他一定也有媽媽和爸爸。亞歷士有兄弟或姊妹嗎？當然，派西告訴過我：她和亞歷士的祖母是朋友，而且派西把他當自己的親外甥看待。我望向亞歷士的時候，幾乎無法掩飾眼中的渴望。我迅速地轉開視線，低頭看著手機。我需要將感情擺在一邊，至少，不能讓亞歷士發現。

「你看得懂嗎？」

「可以。」

我沮喪地嘆出一口氣。亞歷士總是有點聽不懂別人的言下之意，有時候需要有人提點他一下。「我曉得你看得懂，你可不可以告訴我這句話是什麼意思呢？」

「啊，對哦，當然可以。」亞歷士有點不好意思，但臉上帶著微笑。我很喜歡他的笑容，真希望我可以將此時此刻的他凍結起來、打包帶回家。

「這是俄國詩人伊帝安・索拉諾夫的句子；他是普希金的朋友，非常好的夥伴。」

我想要假裝有聽過這名詩人，但最後決定不要裝；我連普希金都不太熟悉。「他是什麼人？」

當然，亞歷士知道這個人。「他是一個不太有名氣的詩人，有一段時間被譽為『俄羅斯的死神詩人』。妳曉得，就是如果有人即將要入伍參戰、或是被關進死刑監牢、或是想要自殺，身邊就會帶一本他的詩集來消磨時間。」

「那他後來怎麼樣？」

亞歷士笑了。「他和一個有夫之婦有染，挑釁對方的丈夫和他決鬥，最後害自己死在一個憤怒的男人槍口下。我想，那時候他大概二十六歲吧。」

「嗯，我猜他在派對上一定很出風頭。那句話寫了什麼？」

亞歷士仔細看了那段文字。「人們是等待著生命之燭被風吹熄，我則是自己將燭火吹滅。」

亞歷士看著我。「唉，真陰暗。」

那個寫下告別信的男人指的是他自己的生命之燭嗎？把他自己的燭火吹滅？我把這些令人沮喪的想法隱藏起來。

我選擇了其他比較安全的話題。「你怎麼會這麼了解那位詩人的作品啊？」

「我祖母是他的超級大粉絲，也收藏了他的俄文版全套詩集。」亞歷士的神情變得有些感傷。「在我青少年時期，祖母會念他的詩給我聽。」

「聽起來，你和你祖母的感情很好。」

亞歷士的臉龐發出光芒，無疑是沉浸在回憶之中——專屬於他與深切摯愛的女性之間的美好回憶。

「祖母來到英國的時候，真的是身無長物。她來到倫敦東區，在成衣工廠工作，領著極低的工資。但是，她和我提到生活的時候，從來不曾抱怨。」亞歷士的聲音裡充滿了平靜的情緒。「她總是告訴我：『所有美好的事物都屬於耐心等待的人』。」

「所有美好的事物都屬於耐心等待的人。」亞歷士心愛的祖母說錯了。在這一世裡，你等不起；有時候你必須出去搶回來。

「我可以請你幫我翻譯其他東西嗎？」我試探性地問道。

「沒問題。」

我謹慎地選擇問句的用詞，毅然決然地說：「我沒辦法把那些文字帶來，是在我房間裡。」

「哇！」亞歷士截住我的話頭。「我們真的要再次去到那個地方嗎？」

「哪個地方？」我有點意外，亞歷士是在大驚小怪什麼？

「如果我去到那個地方——妳的房間——接下來會發展到什麼方向？我們最後會上床，而我可不想再上演那一齣。」

房間，床，那一齣。

足夠清楚的提示了。和我做愛原來是這樣嗎？那一齣？

我憤怒地揚起頭來。「你知道嗎？亞歷士，你祖母在教你那些美麗詩句的時候，實在應該撥出一些些時間來教你禮貌。我對你的身體沒有興趣，懂嗎？我需要請你翻譯的俄文並不是寫在我的棉被上。」

亞歷士的手在空中瘋狂揮動，用以強調他咬牙切齒說出來的字句。「麗莎，我不能再牽涉到那些瘋狂的事情之中，那些怪異、狂躁的行為。」

一整桶冰水也比他在盛怒之下對我說出口的話還要溫暖。「不要叫我瘋子。」我現在很不高興，盡了最大的努力要克制住我的脾氣。「我．沒．有．發．瘋。」

「我不是說妳瘋了……」

瘋了！瘋了！瘋了！這個字眼在我腦海中盤旋，像個難以擺脫的佔領者。

「她是不是瘋了？」那次事件之後我住院了，媽媽用顫抖發緊的聲音問醫生這個問題。我處在半昏迷的狀態中，媽媽不知道我可以聽見周遭那些壓低了聲音的對話。聽見那句問話，我想要放聲大哭、想要沉入身下的床墊之中、消失不見。天崩地裂，心力交瘁，我那時候就是這種感覺。住過我房間的那個男人，一定也是這種感覺。現在，我也沒辦法面對亞歷士對我說出的那些話。

我抓起包包。「亞歷士，你這個混蛋！」

我走了，滿身怒氣地推開人群。有人在我背後抱怨我的粗魯，他們也都是混蛋！外頭的冷空氣迎面撲來，我立刻吸進身體，胸腔隨之起伏，充滿了我並不想要的情緒。我完全忘記了自己的任務，一心只想要離開。

亞歷士的手抓住我的臂彎，我粗聲喘氣，亞歷士拉著我轉身面對他。街上的人熙來攘往地經過我們身邊，因此，亞歷士帶我走到一家客滿的壽司吧旁邊沒有人的轉角。我倆的眼神碰撞，又閃躲著對方。兩人的腳不停的變換重心，又回到不安的情緒之中。

我先開口。「我不是故意要在裡面爆發的。」我嚥了一下口水。「我知道我不是你習慣交往的那種女朋友，但是我就是我，而我拒絕為這一點道歉。」

亞歷士舉起手掌阻止我繼續說。「我會去妳那邊幫妳看那些字。」他的神情黯淡下來。「從派西阿姨告訴我的事情聽來，妳的房東簡直是精神病俱樂部的正式會員——非常惡劣的一對夫妻。」

「傑克才是那個惡搞的傢伙，瑪莎只是個受朦騙的老女人，被年輕的翹屁股給迷住了。」

「選日不如撞日，我們走吧。」

亞歷士抬腳往前走，我用指尖碰觸他的手臂，使力讓他停下來。現在，要說出真正難以啟齒的部分，這個部分會讓他真的覺得我不曉得自己在幹麼。

「除了我父母之外，他們不准我有任何訪客。」

「我不懂，這樣我們要怎麼進行？」

我緊張地舔舔下嘴唇。「我必須要偷偷把你帶進去。」

✦

走到皮卡迪利圓環入口的時候，我的手機響起來。我站到一旁，避開蜂擁前來倫敦朝聖的觀光客。

是爸爸。我的嘴角忍不住逸出一聲咕噥，我懷疑他是打電話來查勤，看我有沒有去見威爾森醫師。

我努力裝出開朗活潑的聲調。「嗨！爸，你好嗎？」

爸爸清清喉嚨，這一向不是什麼好兆頭。「我很好，妳媽媽也很好。只是打通電話提醒妳：我們星期三會去看妳。」

我把差點脫口而出的咒罵聲吞回肚子裡。我怎麼會忘了這件事？我們之前說好了爸媽要來看我。

「爸，這個星期的工作量真的大爆炸，我快忙翻了！我很抱歉，但我們必須另外找時間。」

要是我以為爸爸會就這樣放過我，那我肯定是住在夢想中的世界。爸爸果然沒讓我失望。「妳媽媽很期待能去看妳。」停頓一下，爸爸的語氣很輕柔。「我們都很期待，這就是當父母的心情吧，我們必須親眼看到妳活得好好的。」

我想要勸退我爸、讓他照我的意思進行，然而，我在他的聲音裡聽見其他的東西。我上一次聽見是在醫院裡，爸爸握著我的手，低聲地對我說話——那是罪惡感。我嚥下喉頭漫湧上來的悲傷，我的好爸爸因為我試圖自殺（如果那真的是我的意圖，那也和爸爸沒關係，我是自己去做的）而負有罪惡感，這讓我內心充滿悲傷。不公平！父母親因為孩子自作孽而受苦，一點都不公平。

有時候，我會想要把最糟糕的那一天偷回來，從頭再來一遍。

「當然好！爸，我迫不及待地想要見到你們。」

講完電話之後，我往下走進地鐵站的階梯。經過一張新型電腦的巨幅廣告海報，上面的廣告標語是：「牆上的預兆」。

我到底該怎麼把亞歷士弄進我的房間呢？

13

瑪莎悄聲進入廚房的時候，我正在泡一杯即溶拿鐵咖啡。我從來沒看過其他女人像她那樣走路，彷彿腳不沾地似的。瑪莎穿著一件五零年代風格的夏季洋裝：淡粉綠上佈滿小小的草莓圖樣。

「麗莎。」瑪莎給了我一個萬分燦爛的笑容。「真高興在這裡遇見妳，因為我想問妳一件事。」

在我回應之前，我仔細觀察她的臉，想找出傑克打她的證據。但是，瑪莎的妝太厚了，我幾乎看不見她的皮膚。不過說不定，傑克根本沒打在她臉上。這是一個好機會，我可以問她這件事、告訴她我聽見了、給予她來自女性的支持。但是，我沒有這麼做。

「妳想問我什麼？」

「我看到一隻蒼蠅，很噁心的那種。」瑪莎肉眼可見地顫抖了一下。「有時候會有死掉的鴿子卡在煙囪裡，可憐的小鳥兒沒辦法飛出去，死了然後……總之，在我們發現之前，就會有房間飛滿蒼蠅。」瑪莎的手指頭在空中揮舞，像翅膀一樣擺動。

所以我想錯了，傑克並沒有放那隻鴿子來嚇我。說不定，他終於決定放過我了。

我挺起胸膛。「是有一隻死鴿子，我處理掉了。我不想打擾你們，所以沒跟你們提起這件事。」

瑪莎的脖頸伸長。「我希望妳在這裡住得開心。我從好久好久以前，就要傑克在煙囪上面加鐵絲網來防止鳥類掉進去。」她嘆了口氣。「我猜他是要磨蹭到他覺得舒服的時候才要做。」

瑪莎從櫥櫃裡拿出一小包燕麥餅，微笑著朝冰箱走去。

也許是因為她轉過身去，我才有了勇氣說出口。「妳為什麼留在他身邊？」

瑪莎伸在冰箱裡的手臂一時間凝住不動，過了一會兒，她才拿出一桶零脂肪的軟質乳酪。她迴避著我的目光，從在水槽邊晾乾的餐具中，挑出一把餐刀和一個小碟子。

「麗莎，妳談過戀愛嗎？」瑪莎將盤子放到中島上，終於開口問道，聲音輕柔而平靜。

我不知道該怎麼回答，我沒預期到她會這樣反應。不過，我告訴她實話。「我只交過一個男朋友，那是一場災難。我喜歡他……喜歡過他，而他覺得我不是他的真命天女。」

瑪莎依舊低著頭，打開了那桶軟質乳酪，開始小心精細地塗抹。「我打電話到『小夥子傑克』，找開著廂型車的雜務工來幫我做一些工作。哦！他讓我笑得好開心！」瑪莎的唇間發出銀鈴般的笑聲。「他叫我『老傻瓜』，但卻讓我有重新回到甜蜜十六歲的感覺——全身充滿活力，激動不已。」我完全能夠明白那種感受，亞歷士也讓我有相同的感覺。「女人到了我這個年紀，全世界都對妳視而不見。然而，我和旁人沒有什麼不同，都一樣渴望愛情。」

「那天我聽見他打妳了。」我的直白讓我自己都嚇了一跳。我應該再婉轉一點的，應該多花點時間去營造合適的氣氛。然而，該營造什麼氣氛去談論萬惡的暴力？

現在，瑪莎直接看著我。「我確定妳聽錯了。」她眼中的恐懼和她的話語不符。「也許妳聽見的是外面的聲音，或者是小孩子放學回家的途中隨意亂叫。」

如果瑪莎不願意承認她的丈夫是隻虐待人的豬，我還能怎麼辦？也許，要對一個其實不熟的人說出這些事情，實在太過痛苦了。我第一次去見威爾森醫師的時候，以及這些年來，我見過的所有抱持著「我們會治好她」的態度的那些心理治療師，都讓我有過那種感受。將恐怖的創傷拉出來攤在陽光下，就像是把你的心肝脾肺腎緩慢地、痛苦地從身體裡面往外掏，展示在眾人面前，骯髒血污、醜陋至極。一旦被掏出來了，你就不能假裝它們不存在。你也許有能力去處理，但它們永遠不會消失。

「如果妳需要找人談談，瑪莎，我就在這裡。如果，妳沒辦法自己打電話報警，我可以幫妳。」

我要轉身離開的時候，瑪莎的手掌握住我的手臂。她的一隻指甲刮破我的皮膚，讓我忍不住瑟縮了一下。「謝謝妳。」

然後，我提醒自己：要去處理自己的煩惱。這一次，我一定要找出答案，這樣子我才能夠將那些事情拋諸腦後。

永遠不用再理會。

✦

我轉進目前居住的街道，有兩個小孩在路中間溜滑板，抓住人們所謂「最後的夏日時光」。附近沒有其他人，這一帶不是那種鄰居之間會隔著籬笆聊天的社區，也不會有人坐在門口享受人生。

我的電話響起來。

「亞歷士？」接到他的電話讓我很意外。我們說好了，等時機到來，我會和他聯絡。到現在過了三天。

「龐德，詹姆士．龐德。」亞歷士用他最得意的嗓音去模仿史恩．康納萊，但其實不太像。我忍不住嘴角的微笑；他還沉浸在模仿的角色中。「我可以輕易潛入大魔頭瑪莎與傑克的邪惡組織，不論是攀爬牆壁或是從直升機垂降都行。」

這句話讓我大聲笑出來。亞歷士總是能精準拿捏我的笑點，這是他吸引我的特質之一。我很想念，想念他。

「M局長、曼妮潘妮祕書和龐德女郎普熙．蓋蘿爾都出去吃午餐了。」只要我一認了真，幽默的氣氛就被破壞殆盡。「你打電話來幹麼？」

「我正要開車去派西阿姨家，然後想到這也許是做那件事的好時機。」

我搖了搖頭。「現在不是好時機。我會打電話給你，好嗎？」

一陣空白。然後……「要不要在二十分鐘後到派西阿姨家來一下？」亞歷士咳了一聲；嗯，有點像是緊張時清一下喉嚨那樣。「也許我們可以喝杯茶聊一聊？」

『你不是覺得我太奇怪了嗎？太瘋狂不是嗎？』我沒有說出口。

「我再打給你。」

我掛掉電話。我最料想不到的事情，就是亞歷士會想要重拾我倆之間的往日情懷。也許，他想繼續當朋友？我腦袋裡一邊思考著這件事，一邊走到家。不可能，我們之間不會有友情，不可能持久的。亞歷士看過我的身體，知道我夜間的祕密，這些都是我們之間永遠不能碰觸的話題。

沒看見瑪莎和傑克的影子，所以我走到廚房去，倒了一小杯柳丁汁。我看向窗外的花園，看見傑克在花園深處。我靠近一點仔細看，傑克在對某個人說話。也許是瑪莎……不，是個男人。我看不見那個人的臉，但看見那人穿了一件淺藍色的牛仔褲，還有一件厚重的夾克。傑克把什麼東西交給那個男人，那人鬼鬼祟祟地四處張望，彷彿擔心有人會看見他們，比如說我。

我很快地往旁邊站，離開他們的視線範圍。我很好奇：傑克在外面幹什麼？他和那座花園到底有什麼祕密？

我走向我的房間。一關上門後就把包包丟在地上，走到窗戶旁邊，從高處的優越位置去觀察花園裡的動靜。

閣樓採光窗是開著的。這很奇怪，我沒有開這扇窗。難道傑克又進了我房間嗎？或者，是我搞錯了，我忘了關窗？老實說，我記不得了。保持一個安全的距離，我探頭向外看。看不見傑克和那個人的身影，他們可能離開了，或者是被後院茂密的樹林擋住了。

嗯，這件事就到此為止。

有點冷，所以我想把窗戶關上。但是，有一塊看起來舊舊的東西卡在窗框上，讓我沒辦法關上窗。我的表情有點困惑：那東西是從哪裡來的？也許是被風吹過來的。

那東西卡在裡面，窗戶就關不起來，所以我想辦法把它拉出來。那塊東西摸起來有點潮溼、滑滑的，而且飄出一絲絲貓尿的氣味。我用了更大的力氣去拉之後，才發覺那是什麼東西：貓咪的尾巴。

受到驚嚇的我，立刻把手抽回來。呆若木雞的我，站在那裡不確定該怎麼辦。我不能把貓咪放在那裡不管。一臉苦相的我，再次伸手去碰觸那段虎斑紋的尾巴；這次我抓得更緊，把整隻貓咪都拉出來到我眼前。貓咪顯然已經死亡。牠的腳掌縮在身體底下，雙眼睜得好大，彷彿受到嚴重驚嚇。牠的嘴巴微張，口吻周圍似乎有些白沫。屍體並不僵硬，所以死亡時間沒有很久。現在，貓屍就躺在我的窗台上。

我當場就知道：這一定又是傑克搞的鬼。這隻貓不可能自己爬到這麼高的地方來、然後在自己即將自然死亡之前、把尾巴放進窗戶裡。貓咪口吻四周的白沫，顯示牠可能吃到了腐爛或是有毒的東西。

我咬緊牙關，心裡感到厭惡及恐懼；我真的害怕了。因為我對生命有足夠的認知，看得懂：

如果有人能夠對無助的小動物做出這麼可怕的事情，那個人就有可能會對人類做出一樣的行為。我雖然下定決心要留下來住在這個房間裡，但這是我第一次感到害怕，甚至比傑克上來「開派對」那次還要害怕。

接著，事情變得更糟了。在那隻貓咪的脖子上有一個項圈，刻有花紋的昂貴皮革項圈。項圈上沒有地址，也沒有名牌。突然間，我發現我認識這隻貓。我早就該從虎斑毛皮認出牠來的。

那是隔壁人家的貝蒂。

14

傑克發出了一石二鳥的死亡通牒。他給鄰居下了一個警告：針對花園的爭議，如果派西不退讓的話，她的另一隻貓會有什麼下場。同時，傑克也給了我一個警告：如果我不搬出去的話，我會有什麼下場。

我把貝蒂留在窗台上，無助地沉進床墊中。我該怎麼辦？如果不告訴派西她心愛的貓寶貝發生了什麼事，那就太噁心、太殘酷了。但同時，我也沒辦法擔當通知她噩耗的那個人。而且，還有另一個考量：我和傑克與瑪莎住在一起。派西知道貓咪的事情之後，一定會立刻做出和我相同的結論：這是傑克和瑪莎最新使出的邪惡招數，而派西很可能會懷疑我也參與了這項惡行。有一度我想要找個地方將貝蒂好好安葬，然後什麼都不說。

但我知道我不能那麼做，我不是那種人，我不是毫無人性。我不是傑克。

我從行李中找出一條昂貴的絲巾，輕柔地將貝蒂包起來。我要帶牠到隔壁去。途中，我和殺貓的兇手在門廳狹路相逢，傑克一臉不爽地看著我。看到他臉上有一道暗紅色的瘀青，讓我很高興。希望那是貝蒂反擊所留下的傷痕。「妳幹麼那樣盯著我看？」

我狠狠地說：「你知道嗎？你是個殺人的混蛋！」

傑克的下巴掉了下來。「妳說什麼？」

我快步經過他身邊、走出屋子，因為我知道如果不這樣的話，我會一拳又一拳地暴打他。讓他嘗一嘗瑪莎的感受。走到派西家的門口，我立刻按下電鈴；我明白如果稍有遲疑，我就會馬上轉身，再次逃走。

派西打開門的時候，臉上帶著明亮的笑容，眼睛閃閃發亮。「妳好啊！亞歷士的麗莎。」

我張開嘴巴，說不出話來。

派西愉快地繼續說：「我真高興妳來了，因為我今天正想到了妳呢！我記起來那個向隔壁的惡魔夫妻租房間的男人的事情了。」派西將大門打開。「妳要不要……」

派西的目光凝聚在我懷抱著的絲巾上，接著她望向我，臉上的血色剎那間褪去。然後，她又看向我所抱著的東西。貓咪被包得好好的——我再三確認過——但是尾巴從旁邊露出來了一點。

「那是什麼？」

派西沒有給我機會回答，她把絲巾挑開，露出她的貓寶貝僵硬的臉龐。

「貝蒂！」派西尖叫出聲，伸出兩隻手臂，懼怕得直發抖。

派西悲痛萬分地握住自己的頭，然後，像個母親小心翼翼地捧著新生兒那樣，把她心愛的貓咪從我懷裡抱過去。派西整個人彷彿縮水了一般，臉色發白，嘴唇顫抖卻發不出聲音來。她抱著心愛的貓咪，彷彿捧著神聖的器物，一會兒之後走回屋子裡，關上大門。

我不確定接下來該做什麼。這個可憐的老太太受到巨大的驚嚇，而我想幫忙。再者，讓我老實說：雖然我知道她會崩潰，但我還是希望有機會可以問問看她想起了隔壁那個男人的哪些事情。也許，我終究是個殘忍的人。我在那裡站了一下子，不確定該怎麼做，然後，有人幫我做出了決定。

屋子裡傳來一陣尖叫聲，像是死亡女妖的哭喊。接著，大門唰地飛開，派西舉著一枝粗重的枴杖走出來，用枴杖指著我。

「滾出我的土地！」

「但是派西……」

我沒有機會把話說完、也沒機會解釋、或是致上慰問之意。派西朝著我揮舞枴杖，堪堪劃過我的面前。對我來說，這個女人已經不是派西了。她追著我一直追到街上，我跑過馬路才躲過一劫。但她真正的目標不是我，因為她大步走上了傑克與瑪莎家前面的車道。她不斷揮舞著枴杖，還沒走到大門口，就一路對著傑克和瑪莎高聲咒罵。

派西用枴杖敲打大門，把信箱都給推開了。「快點！出來！我知道你們在裡頭！你們這對可惡的雜種！殘殺沒有能力抵抗的動物！你們到底是什麼樣的人渣？」

被惹怒的傑克從樓上的窗戶探出頭來。「喂！滾出我們的土地！我們有法院對妳開的禁制令！快離開我們的土地範圍，否則我們會把妳關進監獄去，妳這個老瘋婆子！」

傑克的這位鄰居四下搜尋，像是在找東西來丟他。「你這個惡劣的懦夫！你幹麼不敢出來？膽子就跟貓咪一樣大，是不是？你這個沒有用的廢物！」

到這個時候，街上其他住戶也出來看熱鬧了。那些滑滑板的小孩也在看，其中一個用手機把一切過程都拍下來，毫無疑問他會在社交媒體上和朋友們笑談這件事。真是太不尊重人了！我想要去把手機從他手裡搶過來。可憐的派西心中充滿傷痛，而這小孩只覺得是個拍攝影片、上傳分享的好時機。

實際上，我不知道該做什麼。派西用枴杖猛打著門，但是她衰老的手臂以及久病的關節炎從中作梗，使她沒能在門上敲出任何痕跡。

現在，瑪莎出現在樓上的窗邊了。

傑克的聲音毫無波瀾，告訴瑪莎：「打電話報警——隔壁的瘋婆子又發作了，像巫婆一樣胡搞。他們真該把她關進瘋人院，那就是她該去的地方。女人真是麻煩！」

不過，不用去打電話，警察已經來了。

傑克瞪了派西一眼，眼神中滿是狂暴的怒火，讓派西嚇得退開門邊。「如果妳叫了警察——」

傑克開始大喊。

「我沒有！我發誓我沒有叫警察！」派西看起來很害怕。真奇怪，派西難道不希望警察來處理這整件事情嗎？

兩名員警，一男一女，從警車上下來，走上車道。男性員警溫和地從派西手中拿走枴杖，他的同仁則輕輕地，但是強制地，握住派西的手臂。

「把她帶走！」傑克大喊：「她不應該被放到街上和正常人在一起。瘋子……」

取下枴杖的員警抬頭往上看。「先生，可以請你下來嗎？我們問一下狀況。」

「除非你們把她銬起來，不然我不下去。」

我注意到瑪莎一句話都沒說。

派西崩潰痛哭，女警牽引著她佝僂的身軀，走回到街上。我穿過馬路去幫忙，但那是個錯誤。

派西瞪了我一眼，目光裡是赤裸裸的恨意；我出於本能地後退了一步。「她跟他們是一夥的！逮捕她！她跟他們是一夥的！」

我後退了之後才聽見口袋裡的手機響了，又是亞歷士。

「那裡到底發生了什麼事？我剛剛聽派西阿姨說隔壁鄰居謀殺了一個人，叫我要打電話報警。」

原來，派西回到屋子裡去是在忙這個。

「傑克殺了一隻她的貓。」

亞歷士語氣困惑。「他謀殺了一隻貓？」

「對。」

亞歷士的律師魂上身。「這其實不是我的專業領域，但我很確定人殺貓不能算是『謀殺』。」

「貝蒂，派西的虎斑貓，死掉了，我在我房間裡發現牠的屍體。」

「妳認為是傑克放在妳房裡的？」

我的聲音略為提高，也有點顫抖。「要不然你覺得貓咪是怎麼到我房間的？太恐怖了！」

「妳希望我過去嗎？」

「千萬不要！我確定瑪莎和傑克知道你的身分，而如果他們看見你和我在一起……」

「我聽妳的。」

我抬起頭，恰好看見派西屋子的大門闔上。我還能夠聽見她的啜泣聲，一直不斷地哭喊著死去貓咪的名字，一遍又一遍。

「貝蒂……貝蒂……貝蒂……」

✦

「你怎麼能做出那麼垃圾的事情？」傑克和瑪莎站在門廳時，我大聲地質問傑克：「我知道你們因為花園的事情有所爭執，但你怎麼能夠？你怎麼能夠啊？」

傑克嚴厲地看著我。「妳怎麼知道我們和她因為花園有所爭執？」

他的問題打得我猝不及防，我努力讓自己不要回答得支支吾吾。「那天我碰巧遇到她，聽她說的。她似乎很喜歡說話。」

傑克整理了一下他的小馬尾，剛才的喧鬧過程中，馬尾被扯歪了。「我告訴妳我是怎麼跟隔壁那個老瘋子說的：我沒有碰她的貓！」

「那牠怎麼會死在我房間的窗台上？」

傑克氣勢洶洶地逼近我；瑪莎則略帶敷衍地作勢阻止他。我堅持我的立場不退縮。「如果妳不喜歡，妳知道妳可以怎麼做：打包離開。」

哦！傑克就是想要這個結果。別妄想了！

我厭惡地搖搖頭，走開。等我快走到樓梯的時候，大門傳來敲門聲。

是那位男性員警。

「妳是麗莎嗎？」

我點頭。

「我想跟妳談一談。」

✦

那天晚上，我把腳踝上的圍巾打了兩個結之後躺下來。整幢屋子聽起來永無寧日，樓下的木板吱吱嘎嘎，我房間裡的加熱器管線也發出滴滴答答的咯咯水聲。

真是糟糕的一天！幸好和警察的談話很短暫，因為他相信我說的：我只是發現了那隻貓，已經死掉了。我沒有指控是傑克殺了貓，因為事實上我沒有證據。除非派西付錢為她的貓咪做法醫解剖——我根本不確定有沒有這種服務——否則沒有人會知道貝蒂是不是被毒死的。

下毒，會是傑克接下來要對付我的方法嗎？肯定不會，他的能耐應該只會弄死動物。不過，話雖如此，我決定接下來只吃外賣已經料理好的食物，並且在房間裡準備飲料。我會把飲料藏在衣櫃裡，小心不讓傑克發現我破壞「不在房間內放食物」的規矩，以免讓他找到藉口把我踢出去。

不會發生那種狀況的。我不會讓那種狀況發生。

被殘忍爆頭的老鼠，繞著屍體飛的蒼蠅，被毒死的貓，被哀傷襲擊、痛苦呼喊的鄰居。我的潛意識不需要任何幫助來折磨我，今晚也不需要平時聽慣的艾美嗓音──我不需要音樂來協助睡眠，我早就累過頭了。我的骨頭像是從身體裡逃開，只剩下一攤軟爛肉體。

我在飄浮……飄浮……我可以聽見派西哭喊著失去貝蒂的痛楚。我突然驚醒，發現那真的是派西在外面叫喊。我走到開著的窗戶邊；派西站在她的花園裡，狀似癲狂，用她最大的音量高喊著「兇手！」也不知道是要喊給誰聽，像個醉漢一樣。然後，那個聲音停止了。我會不會是在作夢呢？不，我不是。我聽見派西家的後門砰然關上。我的目光停留在發現派西貓咪屍體的那塊暗影上，我覺得我快要吐了，而且，我的心臟狂跳，彷彿我在恐懼之下往前狂奔。

我走回床上，綁好腳，躺下來，睡覺。

貝蒂在窗台上，牠的毛摻雜著血而糾結成團。牠的嘴角和鬍鬚上沾著白沫。牠直挺挺地坐在那裡，盯著我看。牠的尾巴隨著艾美．懷特的《愛情是一場失敗的遊戲》音樂左右揮動。

「兇手！」貝蒂用嘴形對我說。

接著再一次。「兇手！」貝蒂用嘴形對我說：「兇手！」一次又一次。我可以感覺到自己的手指往鴨絨被裡挖進去，我的腳不斷抽動、拉扯著媽媽送給我的生日禮物圍巾。

事情就是這樣開始的。

貝蒂低語：「妳就盡量叫吧……不會有人來的……妳已經死了，就跟我一樣……妳死了。」

貝蒂抬頭看屋頂天窗，因為那裡肯定有人；然後牠又看向身後，再望向門口，因為有人來了。貝蒂從閣樓採光窗跳出去，然後去到屋頂——我感覺有什麼東西在屋頂上等待著。

我的心臟在皮膚下猛烈跳動，幾乎要從嘴巴裡跳出來了。我必須離開。

離開。

否則一切就到盡頭了。

在屋子裡，有一個女人和小孩在尖叫。女人的尖叫聲像是動物痛苦時的哀嚎。絕望焦慮的腳步聲重重踏在屋子深處，也踏上每個階梯，尖叫聲和連續不斷的腳步聲合而為一。尖叫聲越來越多，每個人都在奔逃，我也必須逃。

在下方的樓梯平台上，我停下腳步。有許多身影迴旋而上圍繞著我，他們揮舞著刀刃和尖針，不斷地對著我大聲叫囂。我哭喊著媽媽，但是媽媽沒有來。她在哪裡？樓梯底下的門廳裡都是死人，一堆一堆佈滿鮮血的屍體，臉上盡是痛苦驚懼的表情。我沒辦法下樓到死人那邊。一股難以置信的痛苦緊緊抓住我，我不斷尖叫，開始墜落。

墜落……

我的眼睛悚然睜開。哦！天哪！我不知道自己身在何處。我在發抖、喘著氣、覺得肺裡呼吸不到空氣。我發現自己蜷伏著軀體，背靠在第二層樓梯平台的牆壁上，周圍一片漆黑。我的雙臂像是牢牢抓住救命繩索那樣、緊緊地環抱住屈起的膝蓋。我閉上眼睛，感到很絕望、心力交瘁、難以置信。我又夢遊了，或者該用我自己的說法，我又「醒著睡」了——我記得每次發生的經過。那就像是我醒著，被迫遵從雙腳的意志行動，我沒辦法控制或停止。每次的結局都一樣：我睡在不是床的地方，醒來時覺得那是我生命中最糟糕的一天。

那就是為什麼我在床腳綁圍巾，以免除我「醒著睡」的恐懼。自從我發明了綁腳的偏方之後，「醒著睡」就不再發生了。只有幾次，我醒來時發現自己躺在床邊的地板上，但至少我還待在房間裡。

我告訴過威爾森醫師作惡夢的事情，但不曾提過這件事，也沒告訴他我的問題的真正根源。我深切認為：如果我說了，威爾森醫師就會認為我真的瘋了。

我垂下頭，無助的淚水滑落我冰冷的臉龐。為什麼這件事情又發生在我身上？為什麼？我好害怕。

一個冰冷的東西碰觸到我裸露的手臂。我尖叫出聲，絕望地要找出到底是什麼在碰我。一隻小小的手。

「只是我而已。」瑪莎的頭陰森地出現在我面前，彷彿沒有連接著身體。難道我還在「醒著睡」的狀態裡？

等到瑪莎再次開口說話，我就知道我不是。「我要去旁邊開一盞燈。」不！不要！我的焦慮感陡升。我不可以讓她開燈，她會看見……溫暖的橘色燈光灑在樓梯平台上，灑在我裸露的皮膚上。

我想要轉身離開，因此我沒發現瑪莎盯著我身體時張大的嘴巴。瑪莎看著我手臂上、雙腿上交錯縱橫的傷疤。

我抗拒著不去看那些疤痕，開口說：「很醜陋，對吧？」我的聲音粗啞，只比呢喃聲稍大一些。

我屏住呼吸，等著瑪莎開口說話。亞歷士是最後一個看到那些傷疤的人，在我們做愛的時候。他很堅持那不是我們分手的原因；我不相信他。誰會想要一個看起來像我這樣噁心的女朋友呢？

瑪莎說出來的話讓我驚訝。「我陪妳上樓去吧，不用擔心傑克，他睡著了。」

我讓瑪莎扶著我站起來。我很感謝她環繞在我腰部的手臂，支撐我爬上樓梯所需要的力氣。我房間的門關得好好的。這也是「醒著睡」讓我覺得很沮喪的事情之一：彷彿我大腦中處理每日細微任務的區域還能夠正常運作——關好房門，走下樓梯，開關電燈。

我的房間一切平和安靜。牆壁上沒有露出字跡。沒有貝蒂（感謝老天爺！）。我們兩個小心地移動到床上，床腳掛著的圍巾像一面被遺棄的旗幟，永遠不會再度飄揚。你這個叛徒！我很想對著圍巾大罵。你怎麼可以令我失望？

瑪莎將圍巾拉過去，繞在她手上。「這條圍巾很漂亮。」

「我媽給我的。」

瑪莎轉過身來、正對著我看。「妳媽媽？」

不知道現在幾點了，夜裡的涼意浸到了我的骨頭裡。「在我青少年的時候，我媽給我這條圍巾。她從來沒說過這是傳家之寶，但這條圍巾對我媽來說似乎有些特殊的意義。」

「我從來沒見過我媽媽。」瑪莎神情哀悽，她臉上的妝容一如白天般的完美無瑕。「我爸爸已經盡了他最大的努力，但我們還是像沒有根的浮萍，被拖著到處搬家。在我小的時候，我會編故事：假裝我有媽媽、安定地住在一個漂亮的房子裡。妳曉得的，每天定時會有早餐、晚餐，和床邊故事。」瑪莎做了個深呼吸。「妳夢遊的情況持續多久了？」

我抬起一隻手去梳理頭髮。「從我還是個小孩的時候開始。對我來說，那不是夢遊，因為我記得自己所做的每一件事。」我悲慘地對著瑪莎笑。

「妳身上這些傷是怎麼來的？」

我倒抽了一口氣，雖然我早就知道她會問出這個問題。「就是些小時候狗屁倒灶的爛事。呃……如果妳不介意的話——」

「妳不想討論這件事情，我可以理解。」瑪莎站起身來，手裡還拿著圍巾。「我會將今天晚上發生的事情當成我們女生之間的祕密，沒必要讓傑克知道。」

等到瑪莎走出去、關上門之後，我起床做了一件好幾年沒做過的事情。我把全身鏡翻過來面對我。自從我搬進來的那天開始，我就把鏡子轉到我看不見的方向。我脫掉晚上穿的所有衣物，強迫自己去看鏡子裡面的身影。每一道傷疤的來由，我心裡都記得。左腿上的三條疤，右腿上那一道；兩條在我的右手臂上，而其中最大的那條疤很長，是橫躺在我肚子上的那道巨大的救命索。有些疤痕很長、有些短，最長的那條呈現鋸齒狀。皺皺的、褪色了、像骷髏——獨一無二的原創怪胎秀。

在我學生時代，為了對抗飲食失調的問題，我爸媽強迫我去參加一個團體治療課程。那裡的心理治療師說：這些傷疤只是症狀，但不是問題的根源。治療師說錯了，這些傷疤在摧毀我人生的問題中，也佔據了一部分地位。這些問題，我不打算繼續坐視不管，不再無所作為了。

我把睡衣穿上。走回床邊時，我發現瑪莎在圍巾上打了一串結。我花了一點時間，才把圍巾恢復成可以毫無障礙地在我指尖滑動的狀態。

是該睡覺的時間了。

我把腳綁在床鋪上。

15

我按下威爾森醫師工作室的電鈴。我本來不想要繼續回診的，但是，白天的時候我在處理工作上的一項企畫案，發生了一件事，讓我改變心意。

爸爸曾經說過威爾森醫師是他的老朋友，認識的時間可以回溯到他們念醫學院的時期。那就表示：他們之間的關係可以回溯到我出生之前。而那也就可能表示威爾森醫師知道，或者是聽說過我這一路以來發生過的事情，說不定可以解答我的某些疑問。關於我這些年來的狀況，爸爸會不會已經私下徵詢過威爾森醫師的建議？

然而，我的邏輯推論裡有個小瑕疵。除了最近，我以前從來沒在家裡聽過威爾森醫師的名字，也不曾在爸媽家裡見過他。不過，我爸媽也不是很熱衷社交活動的人就是了。

我上一次去見爸媽的時候，媽媽是怎麼說的？

「他幾乎把自己視為這個家庭裡的一分子。」

這些期待讓我興致勃勃地打電話問威爾森醫師：今天傍晚有沒有可能讓我安插個掛號？對於我改變心意，或是我急切地想見他，威爾森醫師都沒有一絲驚訝，很快地答應了。

我迫不及待地想要開始這次諮商，我也許有機會從威爾森醫師口中套出那些追尋已久的解答——要從他對我所說的話的反應來加以推測。我明白自己必須非常小心，因為我不希望讓威爾森醫師覺得我只是來這裡蒐集證據，而且，他顯然是個非常聰明的人。從另一個角度來看，我其實也不是很在乎。如果威爾森醫師發現了我的意圖，那我就直接問他：你對於我的童年了解多少？你知道我身上這些傷疤究竟是怎麼來的嗎？

威爾森醫師走到門口，帶我進入他的諮商室。這一次，我接受了他遞過來的茶：洋甘菊可以讓我保持溫和平靜。我有考慮過這一次要坐在椅子上，好讓我方便觀察威爾森醫師的表情，但我不希望引起他的疑心。很快地，我又躺上了那張長沙發，雙手在肚子上交握，像個乖順的病患。我房間裡的那個男人，這次並沒有陪我來。

再一次，威爾森醫師打開他的筆記本，筆也準備好了。

威爾森醫師開口：「我們上一次見面，最後站在門邊的時候，妳說妳覺得自己在活另一個人的人生，妳的身體不像是屬於妳自己的。我說得對嗎？」

「差不多。」

威爾森醫師邊寫邊問：「為什麼會那樣想？」

我很謹慎地選擇用詞。「似乎是在我五歲生日的時候，我們在薩塞克斯一個朋友家度假。大人們坐在花園裡的桌邊聊天，我和其他小孩在田邊庭院裡追來追去。我爬到一座農用機器上面，然後掉了進去。我傷得很嚴重，立刻被送進醫院，然後住了好幾個月才康復。因為我只有五歲，我不是個很乖的病患。我無法理解發生了什麼事，也不知道接下來要做什麼，不懂為什麼我不能回家。我的身體好痛、好痛。晚上尤其難熬，病房很暗，周圍都是陌生人。三更半夜會有小孩在啜泣，我的床邊地板上會有大人經過時的黑影。身體比較好之後，我回到家，有一陣子都很正常。然後，我就開始作惡夢了。」

我故意停下來。「我剛剛告訴你的事情，都是我爸媽告訴我的。這些事情我什麼都不記得——我是指『任何事』都不記得了。」

我偷偷地瞄一下威爾森醫師的表情，看他有沒有任何反應。並沒有。

他明確地點出觀察重點。「妳聽起來似乎有點懷疑妳爸媽的說法。」

威爾森醫師很厲害。我沒有說出口，但他知道我不相信。

「我沒有懷疑。」

「妳對於發生意外的那一天，有沒有『任何』印象？有沒有任何跡象顯示妳爸媽的說法是不真實的？」

我沒有直接回答威爾森醫師的問題。「我清楚記得三件事情，但我不確定是不是發生在那一天。我聽見一個女人尖叫的聲音。事實上，不是尖叫，更像是哀嚎，像隻受了傷的動物。」

我絕望地瞪著天花板，這個回憶帶來的恐懼感撕碎了我的意識。真的好可怕，那個女人聽起來像是腸子被扯了出來、生命從此被撕裂。

雖然喉頭湧起苦苦的膽汁，我還是努力讓自己繼續說：「接著是一段安靜。然後小孩子們開始尖叫——頻率很高，震耳欲聾——害怕地尖叫。接著又是一段安靜。最後，我記得有個男人在尖叫，不過他的叫聲不一樣，是夾雜著哭泣的尖叫，彷彿他的心碎了。然後，一切又安靜了。」

現在，我安靜了。我往威爾森醫師的臉看了一眼，他的嘴角扭向一側，他在思考的時候，眼睛快速地眨著。

「妳所記得的事情和妳爸媽的說法並不矛盾，對吧？如果妳掉進農用機器裡面，又受了重傷，旁邊的女人、男人和小孩都會尖叫的。妳的母親那時候一定很痛苦，無疑會顯露在她的尖叫聲中。如果是我的小孩發生那種事，我一定會那樣。」威爾森醫師的目光變得比較有壓迫性。

「我希望這個問題不會太過私密：妳身上有傷疤嗎？」

我的目光從他身上彈開的方式，回答了他想知道的所有事情。

「妳還記得其他可能讓妳覺得他們的說法不真實的事情嗎？」

我低聲回答。「沒有，我就是知道他們說的不是真的。」

威爾森醫師很謹慎地將筆放在筆記本上，我已經作好準備要聆聽「記憶有時候會混亂」的憐憫論調。

但威爾森醫師出乎我意料之外。「妳和父母親討論過這件事嗎？」

我直覺地因為絕望而翻了個白眼。我討厭翻白眼，那是個看起來超蠢的表情。「我怎麼能夠？當著父母親的面說他們是騙子？我不能做出那種事，他們非常自豪的特質就是誠實，即使說實話對他們無益的時候也一樣。誠實是最佳的策略，諸如此類。」

「那麼，他們為什麼會對妳——他們心愛的女兒——改變畢生奉行的行為準則呢？」

我沒辦法回答這個問題，所以沒說話。

「還有，薩塞克斯的那座農場，妳知道在哪裡嗎？你們家去拜訪的那些人裡面，有沒有人可以證實妳父母親的說辭呢？」

這一連串的對話，像一塊巨大的石頭壓在我身上。我指控爸媽說謊，但他們從來不曾說謊。而我還有那些在傑克和瑪莎家裡發生過的事情，全加在一起實在太沉重了。

我回答的時候帶著眼淚。「我記得薩塞克斯的農場，但是那裡的人現在應該都死了吧。」

威爾森醫師看見我的傷痛。「妳想要休息一下嗎？麗莎。」

「我不知道。」我用手背擦掉臉頰上的一滴眼淚。「我們還剩下多少時間？」

「我沒有設定鬧鐘。妳需要多少時間都可以，如果妳想要的話，也可以去花園走走。」

✦

我很高興能夠去花園躲一下，在那裡，我可以呼吸。威爾森醫師顯然是個玫瑰愛好者，因為我還沒走出門就聞到了花香。一排又一排修剪整齊的樹叢，點綴著堅挺的花冠，散發出陣陣花香，就像從香水瓶逸散出香霧一般。樹叢底下的綠草地，也經過仔細的打理。我重新整理好自己。花朵全都是鮮黃色以及像奶油一樣的白色，這些顏色都能讓我平靜下來。籬笆旁邊是一座噴泉，乾淨的流水從經典的石雕像上滑下來。噴泉旁邊有一張長椅，我坐在上面——比較像是癱在上面。

我知道自己已經穿過了某種像火一般的面紗，因為我告訴威爾森醫師：我不相信我爸媽關於我五歲生日的說法。我以前從來沒有告訴過任何人，我一直很擔心後果，不曉得我說出來之後會發生什麼事。有時候，我自己都會相信爸媽的說法，不然我還能怎麼解釋出現在我身上的傷疤呢？現在，我大聲說出口了，有種解脫的感覺，雖然幫助不大。我想知道究竟發生了什麼事，然後，我就能真正的自由了。現在，我已經走到這個地步，我不會停止努力找出真相。現在已經沒有回頭路了。

我回到威爾森醫師的諮商室的時候，沒有躺回長沙發上，而是坐在上週六醫師招呼我坐的那張椅子上。醫師看起來有點意外，但沒有不自在的樣子。

「威爾森醫師，我可以請教你一些問題嗎？」

我想他大概已經預料到我會這樣問。「當然。」

「那場意外發生在我五歲的時候，那時候你已經認識我爸媽了。你記得我出過這場意外嗎？你記得我爸媽他們那時候有提過這件事嗎？」

我仔細觀察威爾森醫師的表情。他還是沒有什麼反應，這次我覺得被打敗了。

「我沒有印象；讓我解釋一下為什麼我會沒有印象。我是在醫學院認識妳父親，從那時候開始保持聯繫。但我們並不是非常親密的朋友，比較像是同事關係。這些年來，我遇見妳父親的場合大多是研討會以及專業聚會。但除了很少數的機會之外，我們並沒有太多社交互動。在我們這種有點距離的關係裡，有很長的時間我根本沒見過妳父親，而妳的意外可能就發生在這類時期當中。而且，妳曉得像我們這樣的家庭是什麼樣子——非常注重隱私，安靜而低調。這就是英式作風。」

「但你現在還繼續和我爸保持聯繫吧？我確定他會和你查核，好確定我有來見你，也可以知道諮商進行得如何。」

「是的，妳說的有部分正確。我和妳爸會聊天，但如果我告訴他關於療程的任何事情，包括妳有沒有來諮商，都算是違反了醫學倫理的保密原則。」

雖然我曉得威爾森醫師會堅定保持專業態度，我還是問了：「下一次和我爸談話的時候，不曉得你能不能技巧性地問他關於這件意外的細節，看看他會怎麼說？」

威爾森醫師很驚訝。「不行，不可能。麗莎，我是個心理醫師，不是私家偵探。這件事情不可能，那會是嚴重的濫用職權。如果妳對於父母親的說法有意見，我強烈建議妳和他們談一談。」威爾森醫師稍微停頓一下，接著說：「不過，我要說一件事情，也許對妳有幫助。妳懷疑父母親對於事發經過的說法不真實，然而，其中有一個部分非常可能是真實的。他們說這樁意外發生在妳五歲生日的那一天？」

「對。」

「在我的經驗裡，人們編故事的時候通常會避免說得太具體，因為那樣很容易驗證真偽。如果妳父母明確地說出這件意外發生在妳五歲生日的那一天，就不太可能是編造故事。如果是編造的，比較可能會選隨機的日子。」

我從來沒有想過這一點。不過，我還沒完。「謝謝你，這一點非常有幫助。我可以請教你另一件事情嗎？」

這一次，威爾森醫師看起來沒那麼熱心想幫忙了。「可以。」

「如果我跟你說：我所謂的自殺意圖是真的，會怎麼樣呢？如果說我找不出關於五歲生日意外的真相，我就沒辦法獲得平靜；因為如此，我遲早會一手拿著一罐藥丸、一手拎著一瓶伏特加，跳下比奇角斷崖……那麼，你會願意和我爸媽談談嗎？」

即使是我自己聽起來，這些話都很惡劣。不過，情緒勒索本來就很惡劣。

「妳是說：妳之前是真的想要結束自己的生命嗎？」威爾森醫師將我的話帶回他想要討論的主題上。也許，這是他在心理系學到的第一個諮商策略。

但我也很聰明。「你很清楚我在說什麼。」

醫師闔上筆記本。「我已經解釋過我在這件事情上的角色，麗莎。如果妳有任何問題想問，應該要去問可以為妳解答的人。那是妳的父母親，不是我。」

從我的角度看來，我們今天的諮商已經結束了。我們在門口互相道別。雖然威爾森醫師想要隱藏，但我已經看見那個表情閃過他的臉上然後消失——他並不希望我再回來。

16

「我看起來怎麼樣？」我坐在餐廳裡的時候，瑪莎這樣問我，緊隨而來的是一陣令人眼花撩亂的少女式轉身。她穿著性感的靛藍色露肩晚禮服，兩側開衩以展現她傲人的美腿。瑪莎熱衷於上健身房，每個禮拜至少去兩次，成果在此展現。

自從鄰居家的貓咪死亡事件之後，我一直謹守在自己的空間裡，主要是為了避開傑克。同時，我也只在我確定他們不會在場的時候，才去餐廳吃飯。但今晚不同，瑪莎和傑克要出門，瑪莎的一個朋友要舉辦豪華生日派對。我必須出現在樓下，以確保他們兩人離開。

「妳看起來很漂亮。」

瑪莎傾身過來，小聲說：「傑克說我露太多了。」她的腿誘人地若隱若現。

「妳不用管他說什麼，妳要享受自己的人生。」瑪莎值得享受，尤其在傑克那樣惡劣地對待她之後。

說曹操，曹操就到。傑克在大門那邊喊著：「妳好了沒？再拖下去，我們就要大遲到了！」他老婆的光彩黯淡下來。「就來了，親愛的。」接著瑪莎提醒我：「記住，別鎖門哦，我們會進不來。」

「瑪莎啊——」傑克催命似的刺耳大叫。

瑪莎說了再見，離開去和傑克會合。我坐著不動，聽著廂型車的引擎聲發動，然後開走。等過了兩分鐘，我拿出手機發訊息：

可以了。

一個豎起大拇指的表情符號發回來。

我在大門焦急地等待。他怎麼會這麼久？我緊張起來。會不會出了什麼狀況？會不會……門外一道身影壓來，我迅速打開大門，把亞歷士拉進來。

「穩著點，麗莎。」

「你怎麼會這麼久？」

亞歷士顯得有些慌張，又略帶疑心地看著怪異瘋狂的我。我搶在他開口之前說。

「你該不會想要抽身不幹吧？」

「我知道我答應過妳，但這個——」他用手指指門廳和屋子。「很……奇怪，有點詭異。」

出於某種不知名的原因，我們兩個人幾乎是頭碰頭地縮在一起，小聲說話。

我不管亞歷士剛發表的評論，轉身走向樓梯。「我們必須上樓。」

「這不是那種郊區有錢人的時髦性愛派對吧？」亞歷士聽起來興高采烈又充滿希望。

「你作夢。」

我可以感覺到亞歷士的目光在環視著整幢屋子。「如果不是派西告訴過我關於住在這裡的那對夫妻的事情，我會說妳中大獎了，這幢房子真的是很棒！」

我們走到了我的房間，我打開門。亞歷士看著裡面，臉上流露出欣賞的神情，讓我心裡湧起一股奇異的驕傲感。他眼中的光芒在他看見我床上的圍巾時，消失殆盡。我們都陷入了最後一次同床共枕的回憶之中。

「麗莎……」亞歷士語帶嘗試地開口，但我今晚不想處理「那件事」。而且，也沒有時間處理。

我一手抄起圍巾，胡亂地塞到枕頭底下，掩蓋住我們的過往——至少暫時掩住。

「我要給你看樣東西。」

我走向那面牆時，心臟狂跳。亞歷士的神情有點防衛；他在擔憂我的精神狀態，想說我是不是在跟他開玩笑。我不怪他，如果有人要我緊盯著一面看起來一片空白的牆壁，我可能也會有同樣的想法。我踮起腳尖把手舉高，抓住壁紙的邊緣往下拉。一整張壁紙從磚牆上剝落，慢慢地，露出了底下的東西。

「見鬼了！」一臉困惑的亞歷士走近去看牆上的字跡。「這是什麼？」

我不能告訴他：這是一個死人在對我說話，是一幢房子在透露它的祕密。因為那樣的話，亞歷士就真的會說我瘋了，而且不會再收回這個評語。

所以我說了部分的實話。「雨水從屋頂天窗漏進來，壁紙掉下來，就看見那個了。」我對亞歷士做出我最無辜的表情。

「真有趣！」他的眼睛離不開那些字跡。

我站在亞歷士身邊，兩個人都被牆上的字跡深深吸引。

「你看得懂嗎？」我終於問出口。

亞歷士沒有回答，而是舉起一根手指，跟著一個接一個的句子在空中比畫，口中無聲地跟著念。

我不想催促他，但是……「告訴我你目前看懂了什麼。」

亞歷士不耐煩地斜瞪了我一眼。「給我一點……」

聽見車子駛近屋子的引擎聲，我們兩個人都僵住了。我偷偷往窗外窺看。

該死！是傑克。

恐慌感像一記重拳打在我肚子上，我開始喘不過氣來。我該怎麼辦？

「亞歷士，你必須躲起來。」

「什麼？」

我必須讓他明白事情的嚴重性，才能讓他開始行動。「那是傑克，他回來了，有可能會上樓。記得派西說過他是個什麼樣的人，他該死的殺了她的貓！」

但亞歷士不為所動。「我不懂為什麼不准妳有訪客，這裡又不是監獄。如果妳給我看租約，我確定我可以——」

樓下的大門砰地關上。

我開口懇求。「亞歷士，拜託躲到床底下去。」

他非常溫柔地握住我的雙臂。「我們不是在演喜劇，麗莎。這是妳的房間，妳付了可觀的租金住進來的。如果傑克上來這裡，妳不要開門。就這麼簡單，妳有門閂和門鏈可以擋住他——」

急切之中，我伸出一根手指頭壓住他的嘴唇。下方的樓梯平台傳來腳步聲；這房間裡只聽得見我們兩人粗啞的呼吸聲。

樓下地毯下方的木板被人的腳踏出嗚咽聲響，有一扇門的絞鏈發出被打開的吱呀聲。

寂靜無聲。

我和亞歷士深深凝視著彼此。他的肩膀輕微抖動，因此我知道他的心跳和我的跳得一樣快。他的手緊緊握住我的上臂，掌心因而溫暖出汗。

那道絞鏈又發出抗議聲，門關上了。

我們靜靜地等，繼續等。

樓下又有動靜了，但這次的腳步聲更近，好像是朝著可以上來我房間的那道樓梯走來。

拜託！讓他離開！讓他離開！

寂靜無聲。但這次有點不同；我想像著傑克站在樓梯下方呼吸的樣子。

那陣腳步聲又響起，往樓下走，大門又被關上。我終於呼出了憋了好久的那一大口氣；我和亞歷士繼續望著彼此。我應該要走去窗邊……但我無法脫離眼前的魔幻時刻。我們之間一直有種微妙的張力，我無以名之，應該是某種特別的情愫吧，我猜。

「如果是特別的情愫，你們兩個怎麼會分手？」我腦袋中悲觀的部分提醒我自己。

我把自己從亞歷士的掌握中拉開，走到窗邊，恰巧看見傑克的廂型車再次駛離。我留在窗戶旁邊，還沒準備好該怎麼面對過去的戀人。

「麗莎。」亞歷士輕聲呼喚。

我轉過身來，公事公辦的態度。「你剛才正要說牆壁上寫了什麼。」

亞歷士看起來有點心痛……不，是受傷了，彷彿有人搶走了他最喜歡的電腦遊戲。我嚴厲地提醒自己：當初是這個人甩了我，不是我負他。

我們將全副專注力都放在牆面上。

亞歷士開口說：「我覺得這像是一種日常事件記錄，開頭也是引用了伊帝安・索拉諾夫的詩句：『你沒有犯錯卻遭受指責的時候，永久沉睡將安撫你的靈魂』。」

我又感受到了那股魔力，這一次是被亞歷士的嗓音吸引。他繼續說……

17

以前

今天可能是最不應該來漢普斯特荒野出遊的日子。時值春季，陽光閃耀，有一陣柔和的微風。花朵正綻放，嫩葉將發芽，極目所及盡是一片綠油油。看起來好像半個倫敦的人口全都跑到這片荒野上來了，也全都帶著小孩一起來。所有的小孩全都跑來跑去、嬉鬧尖叫，開心又活潑。約翰自己的小孩似乎瞬間充滿活力，滿心歡喜得像是與周遭自然環境融為一體。即使是他最大的孩子，那個男孩，這天看起來也不像平時那般嚴肅。約翰的爸爸認為自己的孫子以後會成為學者，所以驕傲地稱之為「俄國人」。兩個小的女孩子則被稱為「那兩個英國人」，因為她們總是在玩、在笑。這一天，三個小孩都很可愛。

他的太太並非總是像兩個女兒那樣懂得享受生命，但就連她也似乎被氣氛所感染。她坐在鋪在綠草地上的野餐墊上，輕輕按摩露在外面的雙腿，一邊用手遮擋陽光一邊說：「在今天這樣的日子裡，光是活著就很值得了，不是嗎？約翰。」他聽了就點點頭，什麼也沒說。

全部都錯了。

這應該要是冬天才對，這片荒野上應該要完全沒有人。應該要有怒風狂吼，摧殘草木；要有冰雨從天而下，削人肌膚。眺望倫敦，則應該是被黑色迷霧包圍，一片空白。或者，這應該要是夏天才對。就像典型的夏天那樣：高溫即將破表，厚重的雨雲高掛天際，將太陽以陰影阻噎，然後再來一通悶雷大做、閃電無數。小孩應該要感到害怕、跑去找掩護，而不是跑來跑去玩球。這太荒謬了！

真的全部都錯了。

兩個女孩兒決定要放她們帶來的風箏。約翰試著微笑，說：「哦，真抱歉，兩位小姐，我忘了帶了。」

孩子們以為他在開玩笑，老大提醒他：「風箏在你的腋下！」

真的就在腋下。他把風箏從車子裡拿出來，然後就忘了自己一直夾著它。最小的女兒想要解開風箏線，但是解不開。所以大女兒就搶走風箏，想要解開風箏線。然後，大女兒和自認為應該帶頭的哥哥就開始吵架，因為哥哥覺得自己年紀最大，又是男孩子，所以應該來負責放風箏。在這個時候，小女兒說不對，她是第一個來的，應該由她來放風箏。約翰被迫要居中調停這場紛爭，由他自己來放風箏，然後告訴三個孩子：他們全都可以放風箏，要玩得公平。

「好了，放風箏先生，可以了，過來坐下吧。」

約翰轉過身，看見太太把野餐拿出來擺在墊子上。但他不想坐下。光是坐在他太太身邊，感覺就像是種背叛，是種「一切都會變好」的象徵。然而，一切都不會變好，對那些小孩來說，一切也都不會變好。也許小孩們再小一點或是再大一點，就會好些，但就不是現在。過去這幾個月，約翰一直有這樣的想法。孩子們太小了，無法理解。但是那個想法不會再飛走，不會飛得比那邊的小女孩手中的風箏更高了。

「你到底要不要過來坐下啊？」這次妻子的語氣更加堅持了。所以，他坐下去——背叛清單上又多加一條。「你還好嗎？」

「很好啊，當然，我很好。我怎麼會不好呢？」

「我不知道啊，你說呢。」妻子看起來很美麗，但是很脆弱的樣子。她一直都是那樣：美麗而脆弱。

早在當初約翰開始和她約會的時候，她最好的朋友就曾經警告過他：「你會發現你新交的這個女朋友偶爾會處在崩潰邊緣，你知道的，情緒稍微過度激動，有點脆弱。當然啦，她是個很可愛的女孩子。」

當時聽起來，這段話有點是眼紅的嫉妒。約翰是帶有俄國血統的帥氣黃金單身漢，而她是大學裡每個男生都想要交往的女孩。事實上，她朋友的評論可能是出於嫉妒，但也的確真實。

現在，就是這樣。

「我很好。」

妻子舉起手把頭髮從眼睛上撥開。「我覺得你工作太忙了，你應該多花點時間在家裡陪我和孩子們。你真的不需要花那麼長的時間工作，有時候我覺得你喜歡工作多過於喜歡我們，是不是？你是不是喜歡工作多過於喜歡妻子和小孩？我最好的朋友都比你更像個父親和丈夫。」

妻子給了他一個絕佳的機會。上！告訴她！約翰預計在當天晚上，等他們從漢普斯特荒野回到家、把玩累了的孩子們都安全塞進被窩裡之後，就要告訴妻子真正的問題所在。很簡單地，真的。「聽著，我有件事情要說……」他一定要說出來。但其實，他上個周末也打定主意要說出來，再上一個禮拜也是。在內心深處，他曉得自己不會說出口，現在不會，以後也不會。他太懦弱，以至於無法去做正確的事情；也因為太懦弱，而無法停止不去做錯誤的事情。他和自己的祖父沒有兩樣——祖父假稱自己曾經是俄羅斯皇家衛隊的禁衛軍，是個在革命後逃離祖國的戰爭英雄。但其實祖父是為了躲避軍役，逃到西方國家，以免死在俄國的戰爭或其他任何的戰爭之中。

孩子們放夠了風箏，爭相跑回來看看有什麼東西可以吃。最小的女兒抓住約翰的腿，好靠在上面去看野餐墊上有什麼食物。妻子因為要照顧孩子們，所以不再去管他好不好、工作會不會太累。約翰用手捂一捂自己的臉，躺到草地上去曬太陽；女兒坐在他的肚子上吃三明治。

說不定，他根本不需要做任何事情。說不定，每件事都會自己找到出路；真的是這樣。說不定，他的妻子會受夠了他一直長時間工作而另外尋覓春天。她會找個律師來強迫他搬出自己的房子，這樣她才能夠讓新歡搬進去。孩子們長大後，會怨恨他們的母親摧毀了他們的童年，進而討厭那個男人。如此一來，在世人的眼中，約翰就不會是個無法下定決心的可憐男人，而會轉變成一個悲劇英雄。

或者，說不定他的家人會在一場可怕的意外中全部喪生，他就變成一個獨居老人，帶著鮮花在墓碑旁邊流淚，偶爾唸出他鍾愛的俄國詩人的幾段詩句。不消說，約翰並不希望家人們去世，完全不是那麼一回事。他只是希望所有的問題都能消失，而意外猝死是其中一種解決辦法。到那時候，他就真的變成英雄了，就沒有人會怪他去另一個女人的懷抱中尋求慰藉，有許許多多的詩句都可以佐證這件事。

或者，說不定那些事情都不會發生，但所有問題依舊能夠找到解決辦法。

但到了最後，也都不重要了。

他堅信：最好的做法就是什麼都不做，看看會發生什麼事。

18

亞歷士讀完之後，我們兩個人都沒有說話。老實說，我不確定自己為什麼沒有興奮地在房間裡跳來跳去。寫下告別信的男人再次對我說話了，告訴我更多他的生活資訊，以助我解開他的死亡之謎。然後，我明白自己感覺到了什麼——一股巨大的失望。我期望從牆上的文字中獲得更多的訊息，可以解答我讀了那封遺書——告別信——之後的所有疑問。他叫什麼名字？他犯了什麼錯？他提到的那些無辜之人是誰？

我終於開口說話，其實是呢喃。「他沒有說出他的名字。」

亞歷士擺出了典型的律師風範。「這些看起來就是典型的俄羅斯歌劇，一對夫妻帶上小孩，外人看起來他們的生活是滿滿的玫瑰幸福感，內裡早就爛成一團了。寫下這些文字的人一定是在寫劇本，一齣非常悲劇、非常俄羅斯，就我所知就是那種類型的劇本。」

「那是個悲劇。」我平靜地回答：「那不是劇本，全都是真實的。」

亞歷士的表情困惑得縮成一團。「妳怎麼會有這種想法？」

現在我必須做出決定：該不該讓亞歷士看那封告別信呢？信中充滿了痛苦與懊悔，是非常私密的內容，如果把信給其他人看，感覺像是一種背叛。但若不給亞歷士看信，我還能怎樣讓他理解我需要這麼做的原因呢？

我走去拿包包的時候，亞歷士有點驚訝。我取出信件交給他。

亞歷士讀完信之後，用不安的眼神射向我。「這是什麼？」

話語滔滔不絕地湧出來。「那是一封遺書，但我比較想將它視為告別信。我搬進來的那天，發現這封信被塞在床邊矮櫃的抽屜後面。信件末端用西里爾字母寫的句子就是我在酒吧給你看過的那句，筆跡和牆壁上的字跡一樣。是同一個人，他想要……」

我不斷地訴說著，東跳西跳地，說話的方式有點怪異，顯示我可能已經失控。而從亞歷士臉上的表情越現驚恐看來，我想我應該是失去自制能力了。

亞歷士終於舉起一隻手，堅定地打斷我的話。「妳說這是一份遺書，寫的人曾經住過這個房間？」

我很快地點頭。「但是瑪莎——好吧，其實是傑克——堅稱在我之前沒有人租過這個房間。」

我深吸一口氣，吞下去。「我認為他是在這裡自殺的——」

「什麼？在這個房間？」亞歷士極度驚訝。

「是的，我需要找出他自殺的原因。」

亞歷士用指尖掐著那封信還給我，好像信裡面有最糟糕的病菌似的。他看著我的樣子，讓我知道他心裡在想什麼。

我爆炸了。「你不准說我是瘋子！」

「我沒有要那樣說。這整件事情很詭異、讓人心裡發毛：一個男人在我們現在所站的地方親手殺死自己，還用外國文字留下一封遺書和牆上的字跡。而妳的態度卻像是我們剛剛讀的不過是《衛報》上的一則新聞，還要我繼續翻譯！」

我興致高昂地揮手朝向那面牆。「牆上一定還有更多字跡，我們只看到開頭而已。」

為了證明我的觀點，我開始撕下旁邊那張壁紙，但並沒有其他字跡露出來。一定會有的，我不能停下來。

「麗莎，住手。」

亞歷士命令式的口吻讓我踉蹌後退了一步。我開始過度換氣，全身抖個不停。雖然房間氣溫偏低，我的皮膚卻感覺像著了火一樣。

「這實在令人毛骨悚然到讓我起雞皮疙瘩了。」亞歷士說道。

亞歷士走出房門，快下到樓梯平台時，我才追上去喊他回來。

「拜託！亞歷士，幫我找出其他的字跡！」

他猛地轉過來面對我。「說不定已經沒有其他字跡了，那個可憐的男人說不定在他還能寫下任何東西之前就已經自殺了。這件事到底為什麼對妳那麼重要？」

我閉緊嘴巴。然後說：「我想要你幫我找出他是誰。」

亞歷士無力地嘖了一聲，就走下樓了。我沒有跟去，一直留在樓梯上。亞歷士的身影被淹沒在陰暗的屋子裡，變成一道影子打開門，離開了我的生命。傑克堅稱以前並沒有別人租過這裡，那麼，我究竟該怎麼查出那個男人的身分呢？

我走上頂樓的時候，聽見我的手機傳來「叮」的一聲。是爸爸傳來的訊息，提醒我他和媽要來看我的事情。我沒有回覆，而是去把壁紙好好貼回去，蓋住一個死人留下的字跡。

✦

爸媽坐在房間裡的一側，我坐在另一側。媽媽捧著一個馬克杯，裡面是無糖的紅茶，爸爸則端著一杯白蘭地。爸媽準時在四點鐘抵達，進行這場事先談好的拜訪。我們一如往常地，在門口輕吻、擁抱。我們有來有往地對話，用一種奇怪而喋喋不休的語速進行著，尤其是媽媽，在每一句話的結尾都發出緊張的咳嗽聲。談話的內容都圍繞在安全的主題上：我的工作、天氣、國家的現狀。

眼下，我們面對著太過熟悉的靜默。這種安靜，是因為爸媽在仔細斟酌，關於他們這趟來訪真正要和我討論的事情。

不用說，此時此刻我最不需要的，就是父母親的到訪。從爸媽的角度看來，我目前是處於「預防自殺監控」中。就如同一個罪犯在世人懷疑的目光中永遠是個罪犯，一個有自殺風險的人永遠都有自殺風險，即使他從一開始就沒有自殺過。因此，當人們問起：「那麼你自己現在覺得怎麼樣呢？」他們真正的意思是：「你最近有沒有想自殺啊？」所以，我讓爸媽來，並暗自期望這一切不要拖太長時間。

我爸帶著自家花園裡摘的花過來，媽媽則帶了一籃水果。也許是教堂裡的朋友告訴她：水果對想自殺的人有益。也許是真的。

爸爸打破沉默。「那麼，妳自己現在覺得怎麼樣呢？麗莎。」

我知道爸爸真心關懷我的健康狀況，他很愛我，希望把最好的事物都給我。但是，我已經厭倦這些問題了。每一句都像針一樣，戳在我最脆弱的部位，其中有一些是我直到最近才願意從黑暗中釋放出來的痛點。

「我很好。」我知道接下來會問什麼問題，所以我接著說：「我有去見過威爾森醫師了。」這句話讓媽媽振奮起來，她的臉上充滿了寬慰的喜悅。「我真高興！我一直很擔心妳！」媽媽輕輕地咳了一聲，壓下她情不自禁顯露出來的激動情緒。

就是像這樣的時刻，會讓我覺得自己很丟臉，竟然認為爸媽會對我撒謊——關於我五歲時發生的那場意外。我真的很幸運，能夠擁有這樣的父母親。也許對我來說，是時候該忘記過去、面朝前方、展望未來了。

「我真的很抱歉，媽媽。我知道妳和爸一直都想要幫助我。」我的頭低下去。「我一定讓你們很失望！」

媽媽的回答既堅定又明確；她把杯子放下。「別再讓我聽見妳這樣說！自從妳來到我們生命中的那一天起，妳就是我們最大的喜悅。」

「自從妳來到我們生命中的那一天」——真是一種奇怪的說法。做媽媽的，一定會用類似下面這樣的說法：「我第一次將妳抱在懷中的時候。」『停止！停下來！妳又來了！總是要把事情解讀出根本不存在的意義！』或者，就像莎士比亞所說的：「只見虛幻不見真」。

「他很優秀，對吧？」爸爸的語氣顯露出他對於威爾森醫師的專業能力與有榮焉。

「他的態度很隨和，我們聊了一些。」我承認道。

「九零年代的時候，他曾經在加州開業。」

我爸爸顯然認為：能夠在美國西岸開業，足以證明他是個極其出色的心理醫師。

「妳覺得有幫助嗎？」媽媽的提問中充滿了期望，聽起來真令我痛苦。

我決定要說出我難以啟齒、而爸媽也不忍卒聽的事情。「我們談過我有沒有嘗試過自殺。」

就這樣，攤開來講，就像一股臭味的來源終於被找出來了。

爸爸的表情像是我朝著他腹部最柔軟的部位揍了一拳；而媽媽，可憐的媽媽，整個氣色像是個忍不住快要嘔吐的人。

爸爸很快地恢復正常，用以往當醫生的口吻問：「那妳有嗎？」

我第一次對父母親坦誠。「我不知道。我那時候壓力很大，生活步調好快，我發現自己很難跟得上。我想要讓每件事情——每一件事情——都慢下來、甚至是停下來，但是辦不到。我又開始作惡夢，以及夢遊。我去上班的時候，看起來就像個《陰屍路》影集裡面的喪屍。」我哀求地望著父母親，希望他們能理解。「我想要停止那種狀況！不要再繼續！」

媽媽一定感覺到我已經在落淚邊緣，因為她慈愛地用手臂環抱住我。我緊緊地抓住媽媽的手，像是溺水求生一般。我深深地吸進媽媽的氣息，安全又舒適，這樣的感覺已經在我生命中缺席好久了。

「我們愛妳，親愛的。」媽媽輕柔地在我髮間低語。「永遠不要忘記這一點：我們愛妳。」爸爸平靜地說：「任何時候，妳都可以來找我們，我們永遠都會陪在妳身邊。」

我輕輕地從媽媽的懷抱裡退出來，好能看見爸爸的臉。生活中的壓力與掙扎，在爸爸的臉上留下痕跡。我站起身來走向爸爸，在他身旁坐下，把頭靠在他的肩膀上；爸爸伸出手來把我攬緊一些。

「妳還記得十歲的時候，我們來倫敦的那次嗎？」

我靠在爸爸的肩膀上點點頭。

「那次我們決定去哈洛德百貨公司，記得嗎？妳一直說好無聊、妳不想看老太太的衣服和老太太的燈籠褲。」

「愛德華！」媽媽嗔怒喊道。

我們的笑聲響徹整個房間。天哪！感覺真好！我們三個人再次像真正的一家人，共享天倫之樂。如果時光可以凝住，這是我會希望留下的模樣。我在中間，爸媽在兩旁，我們臉上都掛著笑容，眼睛也在笑，在世上過著最美好的生活。

「後來妳走丟了。」爸爸繼續說：「我們兩個都快急瘋了！直到我們聽見百貨公司的廣播，請麗莎·肯鐸的家長到服務台，我們才稍微清醒過來。」

我從來沒有告訴過爸媽的是：我被發現的時候，是在化妝品專櫃上瀏覽那些產品。有一位銷售人員看到我用手指頭在抹那些蜜粉試用品，把各種顏色均勻塗抹在我的手臂上。我們之間的對話，到現在我都還牢牢記得。

「妳的爸爸媽媽在哪裡呢？小美女。」銷售小姐配合我的高度，蹲下來問我。

我的下巴驚訝得掉了下來：她的臉龐是小小年紀的我所見過最完美的東西。

我沒有理會她所問的問題，指著那些蜜粉，說：「我想要選出適合我的顏色。」

她給了我一個燦爛的笑容，那笑容就如同她整個人一般完美。「妳說說看，為什麼會想要把這些塗在妳漂亮的皮膚上呢？」

「因為這些，我想要把它們遮起來。」

我捲起身上穿的夏季洋裝的袖子，給她看我的傷疤。我等著聽見「哦！妳這個可憐的小東西！」這種常見的反應，或者是像學校裡有些女孩會嘲笑我的那種「刀疤臉！」然而，這位女神完全沒做上面那些事，甚至連倒抽一口氣都沒有。

她臉上的笑容加深了。「親愛的，美貌只是表象。真正的美麗，是在妳的內在，以及這裡。」她握起我的小手，放在我的心口上。

我應該把她的話奉為人生的座右銘，讓那些話指引我度過生命中的難關。說不定，可以平撫我一路以來無數的心痛。

「妳曉得那天我為什麼那麼為妳感到驕傲嗎？」爸爸開口將我的思緒帶回眼前的房間。「服務台的人告訴我妳有多麼勇敢！」爸爸溫柔地親了我一下。「妳一直都是我們勇敢的小女兒。」一陣純然的喜悅與歸屬感像閃電一般貫穿我的全身。這句話對我的意義深重！有好長一段時間，我一直覺得自己是發生在爸媽身上最糟糕的事情。

我們坐在那裡，一起聊著天、分享回憶片段、共同歡笑。媽媽問：「他一直沒有結婚，你們不覺得有點奇怪嗎？我的意思是，他明明是個很有吸引力的男人。」

「妳說的是誰啊？」我問道。

「湯米．威爾森。」啊！媽媽的八卦魂飄向那位優秀的醫生了。基本上，媽媽是不喜歡道人八卦的。然而，偶爾總是會沒辦法克制住自己的好奇心。「哦！你們覺得他該不會是……那個……你們知道的那個？」

「同性戀？」我補充正確用詞。「那不是個禁忌辭彙，媽。社會上有很多解放的同性戀者，如果威爾森醫師是同性戀的話，會有什麼問題嗎？」

爸爸稍微拉開和我之間的距離，然後對著媽媽皺眉頭。「我們可以不要談論湯姆的事情嗎？」

「我只是隨口說說，親愛的。你不是說你們在醫學院的時候，他很受女生歡迎嗎？魅力十足、時髦帥氣，還很會跳舞，不是嗎？哦，對了，他主修女性心理學，我猜這一點更是幫他加分不少。他追求女孩子的時候，一定完全知道該怎麼做。」

很難想像那位優秀的醫生是個萬人迷。爸爸似乎也是這麼認為，他臉上露出史上難得一見的冷峻表情。

但是媽媽沒注意到爸爸的表情變化，又繼續說：「也許他從來沒有遇到過真命天女，或者是他曾經心碎過，然後決定再也不近女色、將餘生奉獻給病患。當然，我比較希望是後者，聽起來更是浪漫得多。我跟你們說，有時候遇到那種輕浮的人……」

我爸嚴厲地打斷她。「妳可以別再說那些無聊的事情了嗎？芭芭拉，妳聽起來就像個愚蠢的女學生！」

媽媽一臉驚訝。我也嚇了一跳，我從來沒聽過爸爸用這麼嚴厲的態度對媽媽講重話。爸爸不是那種認為「男人是一家之主」的人，他向來最自豪的就是和媽媽之間是真正的好伴侶關係。

媽媽瞪了回去，心裡的怒氣整個上來了。「你少那樣批評我，愛德華．肯鐸。湯姆不只是你的朋友，也是我的！自從他在麗莎小時候那場意外幫助過我們之後……」

媽媽的嘴巴突然緊閉。爸爸和媽媽的臉上都出現緊張、焦慮的神情。

「什麼?!」我的問題既尖銳又直接。

爸爸站起身來。「我們真的該走了。」他望向媽媽。「不是嗎？」

「對，沒錯！」媽媽也站了起來。剛才所有的歡愉全都從她身上流失，媽媽似乎沒注意到她自己下意識地絞起了雙手。

在我能夠開口說話之前，他們已經往房間門外走去，想去拿掛在大門旁的外套。

「威爾森醫師在我出意外的期間幫助過你們？我五歲的時候？」

爸媽的臉上又出現了「那種」表情，這一次，媽媽看起來快要哭了。

爸爸搖了搖頭。「你媽媽記錯了，她說的是意外發生後在醫院幫妳治療的那位醫生。」在我能夠問出任何話之前，爸爸牽起媽媽的手臂。「現在，我們真的必須離開了，否則我們會被卡在尖峰時刻的車陣裡。」

我們之間的高牆又回來了，一座以謊言為泥堆砌起來的厚厚磚牆。爸爸在說謊，從他不願意對上我的目光這一點就能看得出來。我一直都是對的，但我並沒有預期中的覺得洋洋得意，相反地，我被濃重的悲傷淹沒。為什麼他們不對我說實話？我想要對爸媽大喊，但是爸爸已經打開了大門，護著顫抖的媽媽走向他們停在街邊的車子。

震驚之下，我一直站在門口望著爸媽的車子開走，將我和那些謊言拋諸腦後。我想要追上去，要求他們說出真相。但不會有用的，爸爸會堅持自己的說法。在他擔任醫生的時期，他一定學會了各種技巧，可以封閉自己的情緒去處理病人的痛苦。面對我的痛苦時，他的反應怎麼可能會有所不同？

最後讓我重獲力量可以起身的原因，是因為我想起了在空房間裡發現的那封告別信，裡面有一段話：

沒有必要去問過多的問題，那沒有辦法幫助你或幫助我。現在我已經不在了，就讓我安息吧。

那個結束了自己性命的男人說的完全不正確！我有好多好多問題，那些解答可以幫助我，我還在，我拒絕安息。

如果我爸媽不願意給我答案，我知道還有誰可以告訴我真相。下定決心之後，我套上一件薄外套，抓起我的包包，打開門。

在我發現有人擋住我的去路時，我稍微往回跳了一下。等到我認出來人是誰的時候，我的心臟整個沉了下去。

「你在這裡做什麼？」我發出飽受驚嚇的聲音質問傑克。

傑克站在我房子的大門口。是的，我的房子。不是我向他及瑪莎分租的那幢屋子，而是我位於倫敦東區的房子。

傑克瞇起了眼睛。我曉得他在想什麼：如果麗莎自己有房子，她為什麼要來租我和瑪莎的空房間呢？

19

我瞪視著傑克的時候，和一個剛從旋轉木馬上爬下來的小孩子有相同的感覺：你的眼睛告訴你木馬已經停了，但你的耳朵卻說木馬還在旋轉，然後你快要吐了。這就是我的感覺：快吐了，真的要吐了。

傑克雙手交叉在胸前，看起來很得意的樣子。我應該要把門甩在他臉上的，但我只是呆呆地站在那裡。

「妳好啊，麗莎。」

我結結巴巴。「傑……傑克。」

他上下打量著我的房子。「地方不賴啊！」

的確不錯。位於倫敦東區達爾斯頓的高級地段，一幢半獨立式維多利亞建築。我搶在東倫敦鐵路線延伸到這一帶、房地產價格飆高之前買到這幢房子。現在，這一區充滿了專門賣松子和藜麥給文青雅痞的小餐館。傑克和他的小馬尾倒是很能融入當地的氛圍。

自從我搬進傑克和瑪莎家之後，我就準備好一套說辭，一旦他們發現我自己有房子的時候就可以派上用場。我編了一個很好的故事，也站在鏡子前面練習了很多遍。現在，我一個字都想不起來。

「不是，這是我朋友的房子。她去度假了，我來幫她看房子，收收信、開關一下窗帘什麼的。你知道的……小偷……」我聽起來很可悲，我明白。

傑克的聲音帶著濃濃的諷刺意味。「妳人真好。不在家的時候，能夠有個朋友幫忙看房子，真不錯。」他的聲音又是得意洋洋的。混蛋！「但妳曉得最有趣的是什麼嗎？我敲了隔壁鄰居的門，問他們麗莎是不是住在這裡，他們說是的，她住在這裡。不過，根據鄰居的說法，最近麗莎都不在家，他們猜想麗莎是去度假了。真是巧啊！妳的朋友也叫做麗莎……」

傑克探頭從我的肩膀上方往我的屋子裡面看進去，我把大門拉得靠近我一些。

「你在這裡做什麼，傑克？」

「這是另一件有趣的事。我今天進了城，然後看見了誰正準備回家呢？對了，就是妳！我心裡就想：也許麗莎會想要有人作伴，一起回我們住的地方。但是妳走得太快了，我沒跟上妳。然後，妳搭錯車了，我就想：真奇怪，難道她忘了自己住哪裡嗎？」傑克的語氣像個輕蔑嘲諷的老師或警察，逮住了個倒楣鬼，正在享受著逗弄獵物的每一秒鐘。

「最後，我在這裡趕上妳了。不過，妳看起來有同伴，所以我想等到那些人離開，再敲門告訴妳：妳走錯家門了。他們是妳親戚？也許是父母親？對了，沒錯，他們應該是妳的媽媽和爸爸。」

他提到幾分鐘前還坐在我客廳裡的爸媽，讓我的神經整個緊繃起來。我回到這裡，就是為了讓爸媽來看看我。絕對不可以讓爸媽知道我其實分租了一個空房間，住在一幢宏偉的古宅頂樓。

他們如果知道了，只會不停地用問題來轟炸我、想弄清楚我到底在搞什麼鬼。

我告訴傑克一半的真相。「對，這是我的房子，我要租出去賺點錢。剛剛你看見的那對夫妻就是來看房子的，準備要搬進來。很顯然地，我需要有地方住才能讓人來看房子，所以我才會租了你和瑪莎家的房間。有什麼問題嗎？」

傑克不理會我所說的話。他再次上上下下地檢視我的房子，又看了我的前院。然後轉回來看著我，嘲諷的表情不見了。他語氣尖銳、略帶威脅地說：「妳到底在搞什麼把戲？妳有什麼目的？」

我現在稍微恢復了一些自信心。「我沒有在玩把戲，也沒有什麼目的。同時，我也不喜歡被房東跟蹤，我確定那種行為已經構成騷擾，也許我應該去找我的律師談談，看他對這種情形有什麼看法。」

傑克舉起一隻手，看起來像是要掐住我的喉嚨、用力捏碎。全身上下的每一個直覺都告訴我：應該要跑回家裡、關上門來保護自己，但我拒絕那麼做。

他的手喀啦喀啦地握成了拳頭，放回他身邊。「妳以為我不知道妳在密謀什麼嗎？妳以為我那麼笨嗎？我完全曉得妳在搞什麼小手段，現在我警告妳：如果妳不放棄，不趕快打包離開我們家，會有什麼後果我可不負責！」傑克的臉逼上來，口水飛濺到我臉上。「妳聽清楚沒有？」

「我的理解是：租約合法保障我六個月的期間，我擁有自己的房子，並沒有違反租約裡的任何規定。」

傑克的嘴唇扭曲、眼中怒氣橫生，視我如街邊的糞土、充滿鄙意。「是這樣嗎？讓我提醒妳一句：要剝貓的皮可不止有一種方法。❷我剛剛說了『貓』嗎？」傑克假惺惺地伸手去拍打自己另一隻手的手背。「哦！我真不乖！這樣講話太沒禮貌了，畢竟隔壁那個老太婆養的貓才發生過那種事。」傑克用手指頭指著我的臉。「別說我沒有警告妳。」

「你是在威脅我嗎？」

傑克不屑地再瞪了我一眼，轉身走下前院小徑、用力甩上前院的門之後離開。雖然我表現出堅強反抗的樣子，但我其實嚇得不敢動了。如果我回去傑克和瑪莎的家，誰曉得傑克會準備什麼把戲來對付我。我不懂他為什麼這麼生氣。就算我自己有房子，對他有什麼影響呢？他還是可以收到房租啊。而且，瑪莎偷偷告訴過我，傑克需要那筆收入。

答案很明顯：傑克隱藏著不為人知的祕密，就像他隱藏了在我之前的那任房客所發生的事情一樣。

然而，隱藏著祕密的人並不是只有傑克一個。

❷要達成目標有很多手段可用。

「我小時候發生意外那陣子，你明明有幫助過我們，你為什麼要假裝沒有？」我坐在威爾森醫師診療室裡的椅子邊上，對著他的臉直接問出這件事。

看到他停下筆、不繼續寫那本該死的筆記本的時候，我感覺自己贏得一場勝利。我很想從他手裡搶過那本筆記本，撕成碎片。威爾森醫師看起來並沒有很開心見到我，但我猜他的專業精神不允許他把我趕出去。說不定他以為如果不讓我進來，我就會做出很糟糕的事情，像是我四個月前做的那種事。

「妳有像我建議的那樣，和妳父母親談過了嗎？」威爾森醫師反問道。

這個男人是他專業領域裡的箇中高手，不論我在他的路上放了什麼障礙，他總是知道如何重新掌握方向盤，進而將車流導向他想要的方向。

我勉力堅持，幾乎要坐不住椅子。「還有我爸提起你的樣子……你們不只是認識而已，而是常年的好朋友。」

對於我的指控，威爾森醫師只是挑起了一邊的眉毛。「麗莎，這就是妳的感受嗎？人們，所有的人們，都在對妳說謊？」

現在，他試圖扭曲我的話來對付我，讓我覺得自己太過偏執。「你知道我說的是什麼，我在說的是你當著我的面說謊：你告訴我那起意外發生的時候你不在現場，但你明明就在那裡！」

威爾森醫師在本子上做筆記，然後又抬起頭來。「誰告訴妳這件事的？」

「我媽媽。」

「麗莎，我只有在三個場合見過妳母親。一次是在妳爸爸的高爾夫球俱樂部——」

「你為什麼要對我做這種事？」

「做什麼事？」

我咬緊牙關，準備好要造成嚴重的破壞。我彎腰脫掉一隻鞋子，把它丟到診療室的另一頭。

威爾森醫師挺直身軀。「我不容許在這裡有任何暴力行為。」

「不用擔心，醫生，我不會傷害到你那顆充滿謊言的頭上的任何一根毛髮。」

我脫下另一隻鞋，也一樣丟到診療室的那一頭。

「我希望不需要叫警察來，但在這種情況下，我可能別無選擇。」

我沒在聽他說話，直接跳上那張皮沙發。我指著腳底給他看，指著從來沒有別人看過的那些傷疤。威爾森醫師的臉上失去血色。

「這些傷疤很醜，對吧？我小的時候，仿照《白雪公主與七個小矮人》裡的命名邏輯，幫每道疤痕都取了名字。」我把一隻腳蹺在另一隻上面，好去摸我的腳底。「這一個叫『腫塊』，因為看起來很不平整，好像以前有東西想要咬掉我一大塊肉似的。還有這邊，這個叫做『丟丟』，因為我小的時候如果碰上冬天，這個疤就會好痛，痛到我跌倒。我像是被丟下去的，丟丟，懂嗎？」

「麗莎——」

我不讓威爾森醫師拖慢我的速度，我換到另一隻腳。「如你所見，這隻腳上只有一個我的好朋友，叫做『忘了我』。那麼小，幾乎像是不存在。但我永遠沒辦法忘記，不可能忘記任何一道疤，它們是那麼地令人厭惡！」我把腳放下去。「我需要你告訴我，究竟發生了什麼事。是什麼樣的意外，會在我的腳底留下這樣的傷痕？」

威爾森醫師把我的鞋子撿回來交給我。「妳看得見自己的行為有多麼不合邏輯，正常人不會把鞋子到處亂丟。」

「正常人？你為什麼不乾脆說出心裡真正的想法——我瘋了！」

我套上鞋子的時候，威爾森醫師退回他的位置。「我覺得今天不應該繼續談，但我希望妳明天再回來這裡，到時候我們再接續今天的話題。」

就在我將要開口表達同意的時候，我看到了那張照片，在威爾森醫師的桌子上。我以前怎麼會沒注意到呢？那和我爸掛在起居室牆上的那張是同樣的，醫學院時期和兩個同窗好友的照片。不過眼前這張有點不一樣，照片裡的人都沒有戴上誇張的手術口罩，他們的臉龐都展露在眾人面前。我看到爸爸一臉帥氣的模樣，已經準備好投入世界大展身手。有一個人我不認得，另一個我就認識：威爾森醫師。

他發現我的眼光停留在那張相片上，就走過去，冷酷地把相框蓋在桌面上。威爾森醫師無畏地迎向我的目光。我可以慢慢地向他打聽那張照片的事情，不過應該沒有用，威爾森醫師什麼都不會說，只會巴啦巴啦地扯一些心理學的理論。沒關係，我其實不再那麼需要他的坦誠了。

在大門口，我告訴威爾森醫師：「用這雙帶著傷疤的腳，我踏遍了倫敦的街道，想要找出我記憶中的那幢屋子。這麼多年來，我一直在找，我不能放棄。」

「什麼屋子？」威爾森醫師搖搖頭，困惑得皺起眉頭。

「我五歲的那場意外真正的發生地點，我知道是在一幢屋子裡。」

「麗莎，沒有什麼屋子。」威爾森醫師憐憫地看著我。「那場意外事發生在一座農場上，就像妳爸媽告訴妳的那樣。」

「你錯得很離譜。」

威爾森醫師察覺到我的回答中有些異樣，幾乎是屏住氣息問出來：「妳是什麼意思？」

「我找到了，那幢屋子。」

「麗莎？」威爾森醫師看起來失去了醫生的派頭，而像是被人朝肚子狠狠揍了一拳的模樣。

「我現在住在那幢屋子的一個空房間裡——那幢在我惡夢中出現的屋子。」

20

我無精打采地看著面前那盤壽司捲——辣味小黃瓜配上鮪魚和照燒雞肉——這是一家快餐式的日本料理店，而我知道他不會來。該死！如果我是他，我應該也不會出現。

店門打開。我的精神振奮起來，因為他來了。

我覺得有必要站起來迎接他，好像這樣才能對他表現出至高無上的尊敬。

「這是幹什麼？麗莎。」亞歷士看起來很不高興，口氣有點怒意。

「你可以坐下來嗎？」我指著餐桌對面的那張椅子。「我點了一些壽司捲，照燒雞肉。」你最愛吃的口味。

亞歷士沒有上這個話裡暗藏的鉤，隨便地坐在椅子上。「我不餓，我想——」

「我以前住在那幢屋子，瑪莎和傑克的屋子。」好了，我說出口了，現在亞歷士也曉得了。

我向亞歷士說了幾小時前告訴威爾森醫師的話，而且，有點不敢相信我真的這樣做了——說出了我的祕密。我和倫敦街頭那些隨機的租客不同，我是瞄準那幢屋子，租下那個房間，好讓我得以登堂入室。

我的腦袋瞬間回憶起終於找到那幢屋子的那一刻，從我有記憶以來，就一直纏繞在我腦海裡的那幢屋子。正如同我對威爾森醫師所說的，好幾年來，我踏遍了倫敦街頭，執迷地要找出在我惡夢中如妖怪般越來越巨大的那幢屋子。在那次事件兼意圖自殺之後，我作出決定：要挽救我的健全神智，唯一的辦法就是不要再去尋找那幢屋子了。要放棄一件已經宛如呼吸一般自然的習慣，並不容易。找出那幢屋子原本對我來說的重要性，就如同手臂、腳腿、第二顆大腦一樣重要——這件事啃食著我、從不放過我、尖牙利齒狠狠地咬住我，直到我發現真相為止。然而，事實是：為了找那幢屋子，讓我墜入深淵。沒錯，我要大聲說出口：這件事讓我瘋了。

那是一個充滿夏季陣雨的星期二，我吃過午餐之後回到辦公室，發現雪柔和黛比躬著身在看雪柔的蘋果平板電腦。我快要走過兩人身旁時，雪柔招呼我過去。

「這些空房間裡面，妳覺得黛比該租哪一間？」

我遲疑了一下。我最不需要的事情就是：和她們嘰嘰喳喳地討論她們的私人生活。我知道黛比和同居男友分手了，她需要另外找棲身之所——一個可以讓她生活恢復正常的空間。

我對黛比感到同情——也感到忌妒——她將一段感情經營了長達七年之久，而我沒辦法維持超過四個月。不過，要全部從頭開始展開新的生活並不容易，所以我走過去，彎下腰去看平板電腦的螢幕。

雪柔說：「在肯頓那邊有這間溫馨的小房間。」

那是一個位於一樓的房間，全白而明亮，有落地雙扇玻璃門通往花園，還有一座1930年代的壁爐附帶鏡面，非常漂亮。每個月的租金，也漂亮得讓人流淚。

「還是這間……」黛比用手指頭輕敲螢幕，一幢屋子的外觀照片就跳出來。

生命中總會遇到某些時刻，你會沒辦法說話、無法正常呼吸、時間彷彿靜止一般。我認出了那個圖案：在石頭上刻了一個圓形，圓裡面有一把鑰匙。認出那個圖案讓我全身都顫抖起來，彷彿那一把是專屬於我的鑰匙，讓我得以進入我尋尋覓覓這麼多年的那幢屋子。

黛比點出那個空房間的照片時，她們兩個人都沒有發現我的反應很怪異。

我轉開頭沒去看照片，混雜著難以置信與滿心期待的興奮之情流竄我的全身。我站直身體，屏氣凝神地對雪柔說：「租肯頓的那間吧！雖然貴了點，但是肯頓非常時尚，所有時髦有格調的人們都在那一區活動。」

我必須說好話鼓吹黛比，她可不能搶走了我那幢屋子的空房間。那是我的；我像是花了一輩子的時間在倫敦街頭尋找那幢屋子。我簡直不敢相信，終於可以揭開我過往的祕密了。或者，是我自認為的過往。

我從她倆身邊離開，拿著手機去廁所。一進到廁間，我立刻註冊了那個租屋網站，找出了那幢屋子。接著，預約安排好要去現場看房子。

直視著那幢屋子，讓我目眩神迷。那種感覺像是找到了一個老朋友——或者是找到了敵人。

現在，亞歷士直視著我，雙唇微微張開，就像威爾森醫師聽到我說出祕密之後的模樣。這位好醫師，以能保持超然態度而自豪，很快地掩飾了自己的驚訝，要求我繼續訴說。然而，就算我想說也說不出來了。我整個人像是竭盡全力、被折磨殆盡，幾乎沒辦法思考。

「我不懂。」亞歷士輕輕搖了下頭，說：「妳說妳以前住在那個屋子裡是什麼意思？派西阿姨家隔壁那個屋子？」

「不，我指的是聖誕老人在北極的家隔壁那個屋子。」我尖酸刻薄地應道。「我說的當然是現在我租了房間的那幢屋子啊！」

「妳什麼時候住在那裡？」看到亞歷士拿起他最愛的壽司捲，讓我很滿意。

現在說到了最困難的部分。「我不知道。」

壽司捲懸在亞歷士嘴邊，他長長的睫毛下投過來滿帶懷疑的一眼。「我今天處理了一個很難纏的客戶，那種標準的『你曉不曉得老子是誰』的討厭鬼，連午餐都沒有時間吃。現在我最想做的事情是：灌下半品脫的啤酒，然後上床睡覺。」

他看上去真的很累的樣子。眼睛下面掛著深深的黑眼圈，膚色也蒼白得像是需要直接注射一針維他命D。

「還記得我們走回你家那天晚上發生的事嗎？」

誰能忘得掉？

亞歷士勉強地點點頭，把壽司捲丟進嘴裡。

我一鼓作氣地說：「我會作惡夢，有時候會夢遊，從小時候就開始了。惡夢的內容都一樣：一個女人在尖叫，還有小孩在尖叫，有人在追我，那人手裡拿著的刀後來變成怪異的刺針。有一隻老鼠，睜著大大的、死灰色的眼睛瞪著我。惡夢結束在一個男人的尖叫聲中，一種非常奇特的叫聲。接下來，我就發現自己在一輛車裡面，車子載著我離開那幢屋子。」

我用舌頭很快地舔一下嘴唇，接著說：「那幢房子的外觀有一個很特出的地方，是一個石頭上的圓形雕刻，圓裡面有一把鑰匙。我相信你去拜訪派西阿姨的時候，一定有看到過。」

亞歷士瞇起眼睛，努力回想。想到的時候，眉毛挑了起來，露出「啊哈！」的表情。

「那是一種梅森石刻標記。建造那幢屋子的人……這是他們的標記，就像一種簽名，告訴世人這幢屋子是他們建造的。我研究過梅森石刻標記，沒有找到和這種一樣的。這是獨一無二的標記。我推測：如果我能找到這個標記，賓果！我就能找到那幢屋子；而我真的找到了。」

亞歷士吞掉剩下的壽司捲，他的喉結上下滑動。「這些事情聽起來很沉重：尖叫、刀子、刺針，還有梅森石刻標記。」

「還記得你在我身上看到的那些傷疤嗎？」

在我認識的人裡面，亞歷士是唯一看見我的疤痕卻沒有憐憫或嫌惡地轉開頭的人。即使是我們第一次上床的時候，他也沒有把臉轉開。沒有問我這些疤痕會不會隨著時間淡化；沒有問我整形去疤手術的事情；什麼都沒有問。

亞歷士對我說：「我對那些傷疤從來都沒有意見。」他的語氣有點受傷。

「我知道。」

那些傷疤並不是導致他向我提分手的原因。

「你相信我說的這些事情嗎?」我語帶懇求。

「我絕對相信妳會作那些惡夢,但是其他的……」亞歷士攤開雙手。至少,他沒有逃走。

我微微地苦笑了一下,胸腔中湧起一股強烈的情緒。「我知道那聽起來很瘋狂。」

「不是那樣的。」亞歷士變得有點躁動:擺弄著雙手,聳起肩膀,眼神四處飄。「而是,我們的意識有時候會對大腦耍很多把戲。幾年前,有一次我醉翻了,醒來之後覺得我有向女朋友求婚。我在腦袋裡看見那些場景,一幕接著一幕,彷彿真的發生過。是真的!我當時都快嚇死了——我女朋友是很可愛啦,但是要當我太太?謝謝,不用了。結果發現我根本沒有求婚,一切都只是我喝醉之後的幻覺。」

「你?娶老婆?」我逗他。

亞歷士翻了個白眼。「我——知——道——把我載去看心理醫生吧……」他玩笑的口氣猛地一收。「麗莎,我不是那個意思——」

「沒有關係!別再把我當成易碎的水晶藝術品了,我爸媽這輩子都是這樣對待我的。」

「妳問過妳爸媽關於過去的事嗎?還有那幢屋子?」

「我問過,他們否認了。」沸騰的怒意又再次襲來。「我知道他們沒有對我說實話。」

「他們為什麼要騙妳?」

現在換我有點躁動了。「那些事情我都告訴過我的心理治療師了。」我並沒有告訴亞歷士:

我懷疑威爾森醫師也跟著一起騙我。我繼續說：「那個自殺的男人和牆壁上的字跡……我不知道該怎麼解釋，就算是第六感吧，我覺得他和我的過去有關係，和我在那幢屋子裡發生過的事情有關係。」

我發現那封告別信的時候，就像是能夠拼湊出我的過去的拼圖，有一小塊被放進了正確的位置。這就是為什麼我需要找出寫那封告別信的人：通往那人的道路，就是通往我的過往的途徑。

「而妳希望我去幫妳看看還有沒有其他的字跡，如果有的話，就幫妳翻譯出來？」亞歷士的總結很正確。

我不再拐彎抹角，直接問：「你願意幫忙嗎？」

亞歷士沒有立刻回答，吃起了另一個壽司捲。我的腎上腺素升高，熱血在我體內僨張。如果亞歷士不想助我一臂之力，我不曉得還能怎麼辦。

亞歷士舔著手指頭上的醬汁，身體向前靠過來。「我們來做個交易：如果妳的房間裡還有字跡，我就幫妳。如果沒有，我希望妳立刻終止租約，搬離那幢屋子。」

一聽到這句話，我整個暴怒！他以為他是誰？竟敢這樣命令我？他真的以為我千辛萬苦找到那幢屋子之後，可以直接站起來就離開嗎？我還不如切開喉管自殺算了！不過，亞歷士不需要知道這些。

「成交。」

我們握手訂下約定。

「妳希望我什麼時候過去？」

「房東他們明天晚上不在家，瑪莎說他們要去戲院看《馬克白》。到時候我再打電話給你。」

一幢帶有獨特梅森石刻標記的屋子，我找了它好幾年。現在，我搬進去，試圖找出二十年前究竟發生了什麼事情。這一切的根源，都是因為我記得一些尖叫聲，以及隨後被汽車載離那幢屋子。那個時候，我五歲。這些不只是聽起來瘋狂，根本就是很瘋狂。

我沒有喪失理智，對吧？小時候的我真的在那幢屋子裡出過事，對吧？

✦

我抬頭仰望著這幢屋子，就如同我第一次到訪時那樣。現在，我的祕密已經不再是祕密，屋子看起來也不一樣了。屋子的石牆不再是歡迎人親近的餅乾色澤，而是帶有敵意的黑色深沉，屋子對於居住其間的人們、居住其間的家庭，究竟是過著什麼樣的生活，全都默不作聲。蔓生的長春藤變得令人毛骨悚然，四下生長、到處爬溜到足以將屋主絞勒至死的狀態。帶有一把鑰匙的梅森石刻標記，牢牢抓住我的目光，那是整幢屋子唯一沒有改變的地方。那是我的幸運物，是我記憶中的北極星，一路指引著我來到這裡。

我打開大門的時候，唯一的目標就是趕快進到我的房間，因為我不想再為了我自己有房子這件事情和傑克起爭執。但說穿了，他能怎麼做呢？我又沒有違反任何法律。我倒想看看傑克要怎樣把我趕到街頭；就讓他去大喊大叫、威脅恐嚇吧！我是不會走的。儘管我不斷地鼓起勇氣，但心裡頭有一顆恐懼的種子總是無法停止生長。現在我已經暴露了，我搬進這幢屋子的真正理由已經被另外兩個人知道了。而且，傑克一直碎念著我自己有房子這件事。

也許，那就是為什麼我沒有直接走上樓，而是被吸引到屋子正中心的那張黑紅相間大地毯上。我一站到地毯上，冷靜的情緒就從我受過傷的腳底往上蔓延。那種溫暖、喜人的感受，帶我遠離了所有的煩憂。經由鼻子和嘴巴，我讓自己的肺部盈滿新鮮空氣。我覺得自己重新獲得平衡、重新安定下來、重新回歸。

走到樓上，我關上房門，扣上門鏈。我沒有開燈，仔細凝望四周，尋找傑克可能作怪的任何蛛絲馬跡。

每一樣東西都在原位。

我應該要吃點東西，但是我不餓。我走到那面牆邊，壁紙已經遮蓋住字跡；我伸出手掌去撫摸。我發現那些字跡之後就一直想這麼做：用指尖跟著每一個字母前進，冀望那些字能夠帶領我與過往溝通。我轉向其他牆面，差點想要出手將每一片壁紙都撕下來。我決定抗拒這種欲望，要等亞歷士來。自己一個人做這件事，讓我有一種很強烈的恐懼感。這種感覺是從哪裡來的，我不清楚。

我準備好上床睡覺，手指頭滑過柔軟的圍巾，然後將自己的腳綁在床上。今晚我累得跳不動舞了，但還是需要音樂的節奏來改變身體的律動，進入睡眠的狀態。

我躺下來，將耳機戴好，按下播放鍵。

艾美的《淚已乾》撫慰了我。

我閉上雙眼，衷心期盼。

21

隔天晚上，我下班回家，整幢屋子靜悄悄的。沒有任何會讓你感覺到有人在的聲音；人類活動時會發出微弱的聲響，讓你在沒看見的情況下，也能知道有人在附近——那種聲響也都沒有。很好！瑪莎和傑克已經出門了。我沒能忍住臉上露出滿意的微笑。

我走到自己的房間，傳訊息給亞歷士。二十分鐘之後，他的回訊傳來：

「到門口了。」

我跑下樓去把他拉進來。亞歷士的額頭和眼睛裡有擔憂的痕跡，他的頭髮因為用手指梳抓而略顯凌亂。來這裡讓他不開心。我心裡有點罪惡感，但隨即狠下心來驅逐掉那點罪惡感——我需要亞歷士來幫我找出真相。

亞歷士盛裝打扮過，穿著一套黑色的正式西裝，也打上了領帶。他見我打量著他，說：「我必須出席一場由超級重要的客戶舉辦的宴會，我跟他們說我會晚一點到。但我不能太晚出現，所以我沒有太多時間。」

我不禁懷疑亞歷士想要盡早擺脫我，他之所以會來，只是出於對前任女友的愚忠。你知道，就像華特．雷利爵士為了伊莉莎白女王脫下天鵝絨斗篷鋪在地上那樣。我們在爬樓梯的時候，我回想起亞歷士和我之間的關係是如何從美好演變成災難的。

那是一個平凡的周六夜晚，地鐵上擠滿了人，倫敦的街頭也是人潮洶湧。我真不曉得怎麼會有足夠的空間、可以讓我們這麼多人都住進這個精采的城市。我之所以為人潮感到驚訝，是因為天氣真的好冷。那種冷天，是會把人的骨頭都凍起來鎖死的那種冷。亞歷士想辦法弄到了市中心最熱門、最搶手的五星級歌舞劇門票。儘管表演的確精采萬分，但要我站起來和所有觀眾一起熱烈鼓掌，實在沒有興趣；我還是想要繼續在座位上躲著。亞歷士完全沒有意識到我的想法——他把我拖起來，一隻手臂環繞著我的腰，一把將我抱進他溫熱的懷抱裡。亞歷士的興奮具有高度傳染力，我不由自主地笑了起來，像是沒有明天了似的跟著大家一起拍手。之後我們去了一家酒吧，灌下過多的瑪格莉特調酒。腳步不穩的我們，輾轉回到了亞歷士住的地方。我不敢相信：這個愛講笑話、不會想要解析我的腦袋、享受活在當下的優質男人竟然屬於我——全都是我的。

我們一進到他的屋子，沒有多餘的閒聊，直接上床做愛。我們第一次發生關係，是在兩個禮拜以前，我很驚訝自己沒有緊張，也沒有和他說任何關於我身上疤痕的事情。我什麼事情都沒有告訴過他，也沒有告訴他這是我的第一次性經驗。在現在這個世道、在我這個年紀，這一點很重要嗎？「處女」這個辭彙還收在現代的字典中嗎？

亞歷士，親愛的亞歷士，什麼都沒有說，只是輕輕地將我的衣服脫下……現在想起來，我的眼角還是會泛起淚光……他親吻了每一道他看見的傷疤。溫柔輕快的啄吻，就像是在每一處播下一顆愛的種子。我們之間的性愛強烈又甜蜜，事後，我蜷縮在亞歷士的臂彎裡。

我們共度的第一晚，我沒有用上那條圍巾，暗自祈禱我不需要綁。結果，真的有效。長久以來的第一次，我是神清氣爽地醒來迎接新的一天，而且，最重要的是：我仍然躺在床上。第二次和第三次也一樣美好。當然，我太傻了！我早該知道——我的人生從來不會那麼好過。

那天晚上，夢境回來了，很糟糕的惡夢。亮晃晃的銳利刀鋒幻化成冰錐般的尖針，移形換影、斑爛炫目。狂奔、狂奔、狂奔。我像彈簧刀一樣猛地醒來，大汗淋漓，亞歷士驚訝的臉龐懸浮在我眼前。

「妳還好嗎？」亞歷士問了一個笨問題，因為我顯然很不好。

我可以對他說謊——現在回頭看，也許我當初就該說謊——但是，他對我身上疤痕的反應，讓我誤以為自己可以告訴他其他的祕密。我給了亞歷士一個輕吻，然後下床翻找我的包包。再次轉頭面對亞歷士的時候，我拿著自己真正的好朋友：那條圍巾。亞歷士在床上坐起來，我不能怪他看我的時候流露出的警惕神情。

他試著緩和氣氛，說：「先跟妳說，我以前從來沒有玩過綑綁性愛。」

「不是那種事情。」我只能擺出最正經的姿態。沒有任何人（甚至包括我的父母親）知道這條圍巾的事情。「我必須把腿綁在你的床上。」

「妳說什麼？」所有的玩笑氣氛蕩然無存。

「我有時候會夢遊，會作很嚴重的惡夢。這個——」我舉起圍巾。「通常可以讓我不會在睡夢中四處遊蕩，但並不是每次都有效。」

亞歷士看著我的表情：從難以置信演變成疑慮困惑，最後是拒人於千里之外。我知道：我失去他了。

他下了床之後，沒有靠近我；我也固執地不願意再多做解釋。如果他沒辦法接受我，那我在這個原本承諾了無條件的親暱關愛、現在卻冷冰冰的房間裡又能夠做些什麼？

「我去睡沙發，妳——」亞歷士指著我，手勢範圍包含那條圍巾——「睡床吧。」

痛苦淹沒了我。為什麼我敞開心房，又要遭遇到這種拒絕？那個晚上我哭了，真的痛哭，用我的圍巾捂住嘴巴，不讓哭聲溢出來。隔天早上，亞歷士格外有禮地對我說，他覺得我們也許不該再見面了。他會這麼說，我並不意外。

我又再次孤單一人了。

我們兩人走進我的房間，亞歷士一定是感覺到了我在想什麼，因為我們在床上坐下的時候，他的臉色變得沉重起來。他的目光低落了一秒之後，再抬起來看著我。「那天晚上的事情，我真的非常抱歉——」

「聽好，亞歷士，我這裡已經有夠多煩心的事情了，你不要再感傷過去的事來拖慢我的行動。」

「我的哥哥，他比我大很多歲。」亞歷士仍然堅持說出他想說的故事。「他是個軍人，從伊拉克戰爭回來之後就變了一個人。作惡夢，夜裡尖叫……」亞歷士舉起手摀住嘴巴，顴骨緊緊繃住。

「亞歷士，你不需要這樣——」

他一口氣說出來。「這就是為什麼那天晚上我表現得像個笨蛋！我不想再經歷那些了。我爸媽帶我哥去做所有的治療，但一切的過程就是個地獄！」亞歷士深深地望進我的眼中。「我不想要有個帶有那種創傷的女朋友。我知道那很自私，但是看我哥那個樣子，日復一日，我感覺我自己的內心深處已經漸漸死去。喬爾是教我騎腳踏車的人，他背著我爸媽讓我嚐了第一口酒，我第一次出國度假也是他帶著我去的。」亞歷士抬起頭，巨大的傷痛讓他的臉色蒼白。「我知道他覺得：讓我看見他回來之後變成那樣是很丟臉的事。他一直以大哥的身分感到自豪。」亞歷士的語調變得激動起來。「我永遠不會覺得他很丟臉！但同時，那種經驗我真的不想再經歷了。」

目瞪口呆的我，為亞歷士感到很難過。我一直以為亞力士很特別，但實際上，他就和我一樣。我們讓世人看見不同的一面，但內心深處還是有傷、有痛、有窮追不捨的悲傷回憶。而且，我有深切的罪惡感，因為我的惡魔讓亞歷士想起了他的心魔。

我站起身來，將我想做的事情擺在一旁。「亞歷士，你不需要留在這裡。」

「別笨了。」亞歷士抓住我的手，把我拉回床上坐好。「我不希望妳覺得被冒犯了，但是我再三思考過後，覺得妳應該尋求專業的協助。」這句話讓我很不爽，所以我準備開口反駁，但亞歷士不讓我插嘴。「我並不是說妳告訴我的那些不是事實，我沒有要反駁妳所謂的真相。我最重要的考量，是真正對妳好的事——」

我怒火中燒。「對我好的事？你為什麼不說出你心裡真正的意思？這女的太奇怪了！不太正常！發瘋了！腦袋有洞——」

亞歷士抓住我的雙臂，拉近一些。「那些字眼我都曉得，麗莎，人們就是那樣說我哥的。那些都是不對的。真正正確的是：他需要治療，需要協助，正確的協助。」亞歷士的聲音變低。「那也是妳所需要的：正確的協助。」

我把手臂從他手中掙脫出來，悽慘地搖著頭。「你還不懂嗎？亞歷士，這幢屋子……」我張開雙臂。「這就是我的治療。我可以接受各種各樣的治療、坐在數不盡的冰冷診療室中、面對數不盡的心理醫師，但是你知道嗎？這幢屋子還是會繼續糾纏著我，直到我死掉那一天！我不想再繼續那種生活了！」我必須停下來，以免情緒激動到我不希望亞歷士看見的模樣。所以，我停止說話。

我再次開口說話的時候，已經稍微冷靜下來了，至少從外表看來是這樣。「我不能繼續這個樣子。」我再次站起身，眼睛朝著房間四周看。「你要幫我找出牆上其他的字跡嗎？」

亞歷士站起來，開始去撕壁紙——從我第一次發現的那些字跡旁邊的壁紙開始撕——我大大地鬆了一口氣。我也上去幫忙，我們小心地拉掉兩捲壁紙。隆隆升起的挫折感伴隨而來——那裡沒看到字跡。他媽的！

亞歷士轉頭對我說：「如果其他地方都沒有字跡了，怎麼辦？我上次來這裡的時候就問過這句話。」

我的頭抗拒地搖動著。「會有的，我知道那些字跡都在這裡，這幢屋子就是透過這些牆面在對我說話。」

亞歷士忍不住對我皺起了眉頭，一臉「那太瘋狂了」的表情。

「這樣好了。」亞歷士建議：「我從窗戶那邊開始，然後妳繼續往這裡撕，好不好？」

接下來的幾分鐘，我們就這樣分頭進行，直到亞歷士興奮地叫出：「我找到東西了！」

我趕過去，心裡頭不敢置信，因為我已經開始覺得可能不會再有了。我們一起將壁紙往下撕到壁腳板。我的呼吸梗在喉頭，一如我每次盯著牆上的字跡時那樣。這裡的字跡並不是那麼清晰，墨色比較淡，有些地方歪歪扭扭的，彷彿寫字的人抖個不停似的。

我完全等不及。「上面寫了什麼？」

亞歷士沒有回答我，認真的看著那些字。然後轉向我，說：「這次上面寫了日期，1998——」

「那是我滿五歲那一年，我的五歲生日！」我很興奮，這是我和告別信作者之間的第一個真實聯結。

「妳的生日和這些有什麼關係？」

「就是那一年，我猜想，我在這幢屋子裡發生過的事情，就是在那一年發生的。」我睜大了雙眼懇求他：「你現在相信我了嗎？」

亞歷士什麼話都沒說，而是專注在那些字跡上。「又是我們的老朋友，死亡博士索拉諾夫。這些從他的作品中摘錄下來的句子寫著：『如果你愛上一個美麗的女子，你就是在自掘墳墓，以及挖好其他親愛的人的墳墓。』」

我不太認同。「這樣看來，這個人不太喜歡女性啊。」

「說不定他愛了一個女人，愛得太用力，然後發生了不好的事情。很多男人都曉得那種感覺。」

亞歷士沒有給我機會去問：他剛才那番評論是否和我有關？

他開始翻譯。

22

以前：1998年

茫然之中，他在街道上行色匆匆。他趕到那幢屋子的時候，心裡預期著會看到四處都點亮了燈，預期著會聽見一些讓他聯想到家人的聲響、即使家人們都睡著了也會有的那些響動。但當然，眼前沒有任何燈光，沒有任何聲音——以後都再也不會有了。

他打開大門，沒有走進去，站在門口，不敢走到裡面。按理說，他的心跳速率快到應該會讓他心臟病發作。老天爺啊！他真希望自己心臟病發，快發作！這樣他就不用去面對自己明白應該面對的事情了。

他踏進屋子，「喀噠」一聲平靜地關上門。將鑰匙放在玄關的桌上，眼睛看向四周的景象。現在，最糟糕的已經結束了。實際上，那不是最糟糕的，還有更糟糕的會出現。現在，他必須開始說謊，一直說謊，直到天荒地老。還必須演戲，一直演下去，就和以前一樣。什麼男人能夠一直這樣下去？然而，他知道自己別無選擇。他欠所有人的，他欠家人的，尤其，他欠她的。他必須這麼做，無論得要付出什麼代價。

因為他是罪魁禍首。

他點亮了樓梯下方壁櫥裡的一盞燈，所有他需要的東西都在裡面。裝滿之後不會輕易爆開的綠色垃圾袋、拖把、抹布、刷子、掃把、清潔劑、漂白水和鋼絲絨刷。他要在整幢屋子裡進行地毯式的搜索，確保他找出所有能顯露事發經過的痕跡，並且消滅所有的證據。

最簡單的方法是用汽油，把那種有害液體潑灑在所有事物上——家具、衣服、書本、照片、玩具——然後一把火將這個地方燒掉。但是，不能那麼做。眼前唯一的辦法是說謊和演戲，因為這是他欠人們的，而且他是罪魁禍首。

都怪他。他的雙腿一軟，整個人跌在牆邊。膽汁湧上喉頭，讓他不斷嘔吐在地上。他沒有辦法再這樣繼續下去了！眼淚閃現在他眼眶中，順著顴骨流下來。

或者，也許還有另一個辦法。

他走回樓梯下方的壁櫥中，找到那一盤繩索。他拿起繩索，盯著看了一會兒，然後放回原位。總有一天，會用到那盤繩子。但現在，先把說謊和演戲做好。

他從餐廳開始著手。一片混亂——桌子因為被推到一旁而傾斜，椅子翻倒，食物散落一地、被踐踏到地毯裡面、也被塗抹到牆壁上。破碎的杯盤餐具掉落在各種奇怪的地方，彷彿是故意擺放展示似的。有一個玻璃杯還正常站立著，裡面裝滿橘子水，放在高處的架子上。當然，還有玩具，到處都看得到玩具。

他拿著綠色垃圾袋，站在那裡好一會兒，任憑垃圾袋從指間溜掉。他現在沒辦法做這件事，反正這件事也不急。沒有人會來，可以等到明天再做。他需要多久時間都可以。

他走回頭，穿過不正常的寂靜空間，進到晨間起居室，坐在鋼琴前。琴蓋是開著的，顯然之前有人在彈琴，因為這幢屋子裡有個規定：鋼琴不彈時要把琴蓋闔上。一定是他的兒子，他可愛的兒子未來會是個很棒的鋼琴家。

說謊。演戲。

想都沒想，他碰觸了琴鍵，彈奏一首拉赫曼尼諾夫的《升C小調前奏曲》，彷彿兒子就坐在他身邊。琴聲撫慰了他痛苦的靈魂。為什麼這首曲子總會列在英國人最愛作品的名單上呢？只有俄國人才能了解那些音符真正的意涵，英國人根本不懂音樂。的確，出生在英國的他不算是真正的俄國人，但他父親是俄國人。俄羅斯祖國的血統與傳承，也一樣流淌在他的血管之中。俄國人都懂，他們都懂流血與死亡的意義，他們的歷史沉浸其中。

他的電話開始響起。隨著音符逝去，他從口袋中掏出電話，接聽起來。

「很抱歉，現在不行。發生了很糟糕的事情，但我現在沒辦法談。我會再找時間打電話給妳。」

已經開始說謊和演戲；但他其實不需要那麼做。

她的聲音既魅惑又嘲弄。「沒錯，我知道發生了很糟糕的事情，而且你曉得誰是罪魁禍首，不是嗎？」她等了一會兒，才送上致命一擊。「就是你。」

23

因為亞歷士剛剛讀完的內容而受到衝擊，整個房間裡只聽見我的呼吸聲和亞歷士的呼吸聲，急促而嘶啞。

我們側過臉來看向彼此，我開口說：「所以，他以前就想過要自殺。」

亞歷士慢慢點頭，深深地呼出一口不太平穩的氣息。「那些不太好讀，我差點在中途讀不下去。」

我轉回去看那些字跡，皺著眉，掩飾我心中的期望。但我敢說出來：「那些食物、破碎的盤子——」

「地上的玻璃杯。」亞歷士接著說：「妳覺得那是妳的生日派對嗎？」他仔細地審視我；我仍舊可以聽得出來他語氣中的懷疑。

我內心深處有極大的渴望，希望那就是我的生日派對。但是……「我不知道。」我整張臉因為認真思索而擰皺起來。

「我並不想戳破妳的夢想泡泡，但是食物和摔破的杯盤可能代表任何事情。」

亞歷士說的沒錯。我開始踱步，手臂緊繃地交疊在我蹣跚的軀幹上。我很沮喪，原本希望牆上的字跡可以觸發一段回憶，但是並沒有。那個時間點的事情都沒有真實感，唯一感覺真實的只有我喧囂的惡夢。

亞歷士輕聲地說：「妳想聽聽我的看法嗎？」

我一邊踱步一邊點了點頭。

「好的，以下是我從讀到的內容獲得的資訊。」亞歷士轉過來完全面對著我。「年代是1998年，時間符合妳滿五歲的時候。然後，妳有一場生日派對。」他等我確認這些訊息，我點頭示意。

「他回到這幢屋子的時候，看到一片混亂，整個地方像被龍捲風掃過。他一直責怪自己，責怪到想要自殺的地步。」

我退縮了一下；那個字眼很冷酷。

亞歷士繼續說：「這看起來像個分手後的經典場面。他們先吵了一架，然後動上了手，屋子裡就變得亂七八糟。等他離開家去上班之後，她就打包了自己和孩子的行李，離開這個家。在他回想一切經過的時候，他責怪自己，希望他們從來沒有吵過那場架。」

「但說謊是怎麼回事呢？還有演戲？為什麼特別選擇這些字眼？」我張開雙臂，大步走向亞歷士。「就一場吵架來說，選用這兩個辭彙很奇怪。」

亞歷士用手指刷過頭髮。「在我接受律師訓練的期間，曾經在一家專精離婚案件的律師事務所工作。有一個很特別的客戶想要阻止妻子和他離婚，堅稱妻子是最近才離開他。那表示他的妻子還必須再等上幾年，才能開始進行離婚程序。後來發現這個客戶一直都在家人、朋友和我們律師面前『說謊』和『演戲』，他的妻子早在一年半以前就已經離開他了。他一直對所有人假裝生活一切正常，妻子也一直住在他們家裡面。」

亞歷士做出一個「天曉得」的聳肩動作。「我懷疑這裡的這個男人也是同樣的意思：他必須對每個人說謊和演戲，讓大家覺得一切都沒事。妳知道我們那個客戶為什麼要這樣做嗎？」亞歷士沒等我回應。「他覺得太丟臉了，害怕人們發現他的婚姻走到了盡頭。」

我仍然不肯退步。「他最後寫到的那個女人又該怎麼說？那個來拜訪他的女人？他似乎很訝那個神秘女子已經知道屋子裡發生過的事情——不論發生的是什麼事。」

「誰會曉得他家裡發生的事情？」

我語帶不屑。「不論那個女人是誰，她根本不同情他。事實上，她來這一趟簡直像個惡劣的潑婦。」

「她會不會是妻子的朋友？或是她娘家的人？」

我有一股衝動，想要伸手去撫摸亞歷士溫柔的臉龐。他是那種讓我想要共度餘生的男人，想要將我的頭倚靠在他的肩膀上尋求慰藉和支持。

現在，我可能即將要破壞兩人之間的和諧氣氛了。

「我必須盡我所能地找出和這個人有關的——」

亞歷士的眉毛高高挑起。「而且妳希望我幫忙。」

「你是個律師，所以你有管道接觸到各種東西，你可以幫忙找出和這幢屋子有關的文件。」

我雖然沒有下跪懇求，但感覺上也差不多了。

亞歷士在思考我所提出的要求，那陣靜默很令人焦灼。「好吧。」我的臉上浮出笑容。亞歷士繼續說：「別忘了我們的約定：如果查出這些事情和妳沒有關係，妳就要搬出這幢屋子。」

「遵命！船長。」我立正站好，向他敬禮。接著，我想到另一件事。我的目光轉向旁邊的牆面。「你今晚讀到的部分像是故事的結局，我猜這裡還有其他的字跡，故事的中間部分。」我滿懷期望地望向亞歷士。「你可不可以……？」

「我沒辦法。」亞歷士看了一下手錶。「公司的聚會我已經遲到了，如果我沒出席，老闆那邊對我不會有好印象。」

我們深深對望的時候，房間好像消失不見了。我知道接下來會發生什麼事，亞歷士也明白。我們接吻了。沒有緊壓，不是舌吻，只是嘴唇甜蜜地碰觸，幾秒鐘就結束了。我們兩人都沒有去深究這個吻代表什麼意義，有些事情最好就用包裝紙包裹好，永遠不要打開。

亞歷士沒有直接回應我的凝望，就往房門口走去。我帶領他走下樓，到大門口時我問了他一個問題：

「那天派西原本要告訴我一件重要的事情，但後來她看到了我懷裡抱著她的貓……」

「妳想要我去問她？」

「如果你願意幫我問，那就太好了！」

亞歷士打開門，對我說：「在這段時間裡，別再找其他的字跡了，讓我先試試看能夠查出什麼消息。而妳，多休息，把妳的精力養回來。我會跟妳保持聯絡。」

然後他就離開了。我一回到房間，牆上的字跡就向我招呼。強大的吸引力又回來了，我無法控制自己想要把手貼在牆上的慾望，想要摩娑那些字跡。那種連結是如此強烈，幾近恐懼，幾乎讓我沒有能力控制。我倉促地從牆邊退開。

等到明天早上，我再把壁紙貼回去。

「多休息」是亞歷士給我的建議。

我辦不到。我知道我已經越來越靠近真相了。

我躺在床上，聽著這幢屋子再次呼喚我。

生平第一次，我很高興我讓自己不要睡著。

✦

午夜剛過，瑪莎和傑克回到家，兩人笑著說話。傑克的聲音聽起來有點醉，狀態不太好。

凌晨一點，樓梯吱嘎作響，我的房東先生和房東太太正在上樓梯。天曉得剛才那麼長的時間，他們在樓下做什麼。在餐桌上來了一場浪蕩不羈的瘋狂性愛嗎？不可能！我無法想像瑪莎會讓傑克弄壞她光鮮亮麗的外表。從另一個角度來看，我也無法想像傑克會做出任何會弄壞他小馬尾的事情。他們的臥室房門關上了。

凌晨兩點，整幢屋子安靜無聲。我準備好了。

我離開房間，輕手輕腳地走在黑暗之中。我往樓下走，去那份爛租約畫給我的廁所。解決完生理需求之後，我拉下那條老式的沖水鐵鍊。這個戶外廁所——咱們就別假裝這裡不是戶外廁所了吧——會隨著嘩啦嘩啦的沖水聲而整間震動起來。水箱的噪音結束之後，會緊接著一陣聽起來像是一千顆小石頭喀噠碰撞的聲音。我早就不會再因為被禁止使用樓上的豪華浴室而生氣了，這裡是他們的家，他們有權利享有他們的隱私權。奇怪的事情是：我變得有點喜歡這裡了，屋子裡最不歡迎人進入的小房間。通往水箱的管路又長又彎曲，透露出一些優雅的模特兒氣質。我喜歡四面堅硬的牆壁，也喜歡那扇窗戶，可以窺見那座不准我進去的花園。

而那就是我現在之所以在這裡的真正目的，花園。

我打扮得像個夜裡的強盜，穿著一件黑色的舊長褲，和一件套頭毛衣。我把頭髮都收攏在一頂帽子裡，帶著手機充當手電筒，準備出發。那扇窗戶一直都是鎖著的，這也解釋了那股芳香氣味。不過，我已經曉得：任何一把窗戶鑰匙都能夠打開那個鎖；我已經去店裡買好鑰匙了。唯一的一個小問題在於窗戶的大小，不過，這也是身材苗條的好處：可以擠過狹窄空間。

我爬上馬桶蓋，打開窗戶上的鎖。試著把窗戶往外推，窗戶文風不動，我不放棄。終於，帶著一段綿長幽微的吱嘎聲，窗戶被推開了。我繼續往外推，窗戶斜斜地卡住了。我不敢冒險使出更大的力氣，以免整個窗框摔落到外面的空地上。我側過身體，想辦法慢慢擠過去。把身體擠出窗外是很容易，但外面沒有任何東西可以讓我抓住。我把馬桶所在的那面牆當成跳板，雙腳用力一蹬，我擠出窗外，落在一個腐朽的木頭平台上，那裡有一堆器材在我落下時被撞開了。看來，那應該是某一個傑克做到一半就丟在一旁不管的維修工作。

我快速地走到遠離主屋的地方，躲在其中一間迷你溫室的後面；那種迷你溫室就是可以在園藝商場買來自己組裝的那種。這間迷你溫室上面的塑膠片都已經破爛翻飛，裡面什麼都沒有。我等了一、兩分鐘，以防傑克聽見什麼動靜下來查看——雖然，該怎麼解釋自己從窗戶爬出來的原因，我也不知道。不過，傑克並沒有出現。我繼續走到花園的深處，打開我手機上的手電筒來照明。

花園的植物很茂密，讓我很意外的是：花園並沒有受到很好的照顧與關愛。

「傑克對花園的佔有欲稍微強了點，他在裡面種滿了各式各樣的植物。」當初我想要往外走去花園卻被傑克猛地一把抓住手臂的時候，瑪莎是這樣子解釋的。她說的沒錯，花園裡是生長了很多植物，但傑克所謂的「綠手指」並沒有照顧花園裡的任何生物。大棵的果樹上長著蘋果和梨子，但雜草叢生。灌木叢如果有人修剪、澆水和施肥的話，應該可以開出很美麗的花朵。缺水的乾涸草地，漫出雜草的園中小徑，一台棄置的洗衣機，還有一輛掉了一個輪子的生鏽腳踏車。整座花園看起來像是受到詛咒了的樣子，只有兩邊的籬笆會讓人們以為花園裡一切井然有序。我想：幸好兩旁沒有插著十字架的長土堆。當懷感謝心。

難道我就是在找那個嗎？墳墓？那個在牆上留下字跡、寫下告別信的男人，現在被埋在這座花園裡？即使就我來說，這種情節聽起來也太像好萊塢電影了。不過儘管如此，傑克還是在這裡隱藏了什麼。這幢屋子深切刻畫在我的血液裡，我一定要盡我所能地找出關於它的一切祕密。

我繼續走進花園更深處，沿途散置著更多的垃圾、有更為繁密的樹叢林木。然後，景象改變了，彷彿我一腳踏進了一座完全不同的花園。一小畦一小畦經過澆水、除草、耕種的田地，上面架著藤枝，支撐著欣欣向榮、健康成長的植物。我的手機亮光照在那些葉子上，讓葉子呈現出鮮艷的綠色。這些植物雖然隱藏在這座叢林之中，但一定可以從天上獲得充足的日照。附近擺著一個盡心盡力的園丁會用到的工具：鋤頭、草耙和植物剪。旁邊還有一個水龍頭，長長的水管盤繞其上。和廁所窗戶上的把手及鎖頭不同，這個水龍頭的金屬部分看起來油光閃亮。沿著籬笆牆邊的地上有些金屬突起物，閃爍著小小的紅色亮光。

哇！我必須撤回對傑克的評價：他真的知道該怎麼栽種植物。

我困惑地望著這些植物，不太能夠相信眼前所見。為什麼傑克要把這片精心照料的綠洲藏起來呢？實在沒有道理。我繼續往裡面走，看到越來越多這種植物。我的手指頭在一片綠葉上摩挲；我不是園藝或植物專家，但是這些葉子看起來很眼熟。我努力再努力地回想，大腦運轉幾近過快……突然，我放在葉子上的手猛然縮回，像是被燙到了一般。我知道這些植物是什麼了，我發現了這座綠色花園骯髒的小祕密。

大麻。

24

傑克和瑪莎在這個安靜的郊區，避開世人的目光，照料著這座迷你大麻田。現在我懂了：在房間發現貝蒂的那天，我看到和傑克一起在花園裡的那個男人肯定是個毒蟲或是毒販。我不敢相信這是瑪莎會做的事，她不會把她精心修剪的指甲弄髒、去照料這些非法植物，所以，一定是傑克。他的妻子知道這件事嗎？我是不是找出了這兩人一直要把我趕出去的原因？或者，我心中又生出另一項疑惑：他們一開始為什麼要讓我租下這個房間？

我不能向警方告發傑克。如果我那樣做，就可能沒辦法再繼續住在這裡。然後，我就會被打回原形，沒辦法了解為什麼這幢屋子對我有那麼重要的意義。

農夫傑克的小農場沒什麼其他可看之處了，所以我找路走回花園。小小的紅色燈光像眼睛一樣觀察著我的一舉一動，我走路的時候都在閃。我走到屋子附近的時候將手機上的手電筒關掉，四下搜尋有沒有什麼可以站的東西，好讓我從窗戶爬回去。你可能會認為這個廢棄物堆積場一定很容易找到合適的東西，但其實並非如此。

突然一道熾白的燈光照過來，讓我什麼都看不見！出於本能地，我遮住雙眼。現在，有很多強力燈泡亮起來，包括從屋子往外照的、掛在樹上的、立在高杆上的。整座花園就像一座要在冬季晚間進行比賽的足球場，用了泛光燈照明一般。

我快速地眨眼睛好讓視力恢復正常，這時候聽見後門門鎖轉動的聲音，有人拉開了門閂。我已經來不及跑走、躲起來。後門被用力打開，傑克出現了。他一身凌亂，一副剛被吵醒的樣子。他腳上一雙工人用的橡膠靴，穿著一件破舊的平口四角內褲，兩條毛毛腿裸露在外。上身穿著一件白色汗衫，外面罩著一件騎馬的人常用的綠色羽絨馬甲背心。在傑克的外套口袋裡，可以清楚看見一把長刀的尖端，他的手上揮舞著一支棒球棒。他在門框裡站了一陣子，站姿像是一個男人決心要捍衛自己的財產，也像是一個內心壞透了的惡棍。我不知道該怎麼辦，只知道自己害怕得直發抖。

傑克認出我來，帶著邪惡的獰笑搖搖頭。「就是妳，對吧？我應該猜到的。」

他朝著我走過來，我嚇得完全不敢動。他會打我，對不對？把我打到鼻青臉腫，直到我答應幫他保守這個惡劣的祕密為止。我想起傑克把那隻老鼠打到血肉都飛濺在我房間的地板上的景象；而他現在瞪著我的樣子，就像在看一隻無法動彈的動物。我往後退，屈服地舉起雙手投降，跌跌撞撞地倒退了幾步。我想過要尖叫求援，但我知道那只會刺激傑克用球棒痛扁我。我也想過要大叫找瑪莎，但我已經知道她多麼願意忽視嚴重問題，而我不確定「痛打我」會不會是她選擇忽略掉的事情。

現在，傑克已經站在我的面前，光線清楚照在他的臉上，笑容充滿惡意。他用手指頭狠戳我的胸口，我往後跌了一步。

傑克冷笑，道：「妳是為誰工作的啊？是警方嗎？每個禮拜去酒吧向緝毒組的無聊警察領十塊錢英鎊？提供線報？是不是？不對，我覺得不對，警察對於和妳這種怪人合作是有原則的……我覺得不會是警察……」

這一次傑克手指的戳刺感覺起來更像是刀刺，我往後跌進一叢厚重的灌木叢，但輕輕地彈回來又重新站好。我轉身想跑，但我早就知道那道圍籬就像諾克斯堡一樣堅固，我不可能活著逃出去。

傑克接著自己的話接下去說：「還是我的哪一個客戶呢？決定要跳過中間人、在我的籬笆上挖個洞、等我這些大麻成熟之後、他再自己跑來採收……而妳是在這裡定期給他匯報進度的？沒錯……我估計就是這麼一回事。我告訴妳：妳跟我說那個混蛋是誰，我就從這裡接手處理後續的問題。如果妳乖乖的，我說不定還可以讓妳把租金拿回去，今晚讓妳打包行李滾蛋。不過，妳若老實說出那個人是誰，我就答應妳。」

我口氣也開始變得惡劣。「有個不滿意的客戶狠狠揍了你一頓，對吧？」發現貝蒂屍體的那天，我在傑克臉上看見的瘀青痕跡已經逐漸淡去，不過在耀眼的光線下還是可以看得見。

奇怪的是，傑克沒有回嘴，表情一度顯得有些尷尬。那些紅色小燈變成傑克眼神的延伸，我慢慢退回花園的時候，小燈一直閃爍著。我這時候才想清楚：這些小燈真的就是傑克的眼睛，那是紅外線。我踩到紅外線，所以傑克才會知道我在他的非法花園裡。

現在，傑克模仿我的腔調。「哦！傑克，我會找和我一起念高級私立學校的超級厲害律師朋友把你和瑪莎送上法院。你不會希望發生那種事的，對吧？」接著，他用自己本來的聲音說：

「妳這個上流社會的賤貨！」

傑克模仿我的挖苦言論瞬間讓我想起自己為什麼會在這裡，在這幢屋子裡。沒有任何事情、任何人，或是任何長滿雜草的植物，可以讓我離開。下定決心後，我的脊椎硬了起來，我要堅持我的立場。就算傑克一次又一次地推倒我，我每一次都會再站起來。

傑克從我大膽仰起下巴的姿態中看出我的堅決，他驚訝地微微後退了一步。

我對他說：「我不會對你那可憐巴巴的毒品事業講任何的廢話，我不會通知警方，也沒有為毒犯工作。我不需要賺那種錢，因為我的狀況比那種人好得太多了。我不是背負債務的毒蟲，你簡直大錯特錯！」

現在我明白了傑克發現我自己有房子的時候，究竟在指控我什麼。他追問我：住進這幢屋子真正的目的是什麼；他以為我是他毒品事業中需要使力除掉的間諜。如果眼前的狀況不是那麼恐怖，我可能會笑掉我的大牙。

傑克把球棒斜放在他的肩膀上，朝我往前走了一步。他的臉壓迫過來，剛睡醒的呼吸氣息吐在我的皮膚上。「妳是出來吹吹晚風，是嗎？只是這樣嗎？或者，妳只是個很好奇的人？妳曉得那隻好奇的貓有什麼下場……對吧？」

我的臉挺直往前侵入他的領域，我們兩個人的眼睛只有幾吋的距離。我不滿地說：「是啦！你對貝蒂做過那樣的事情，你的確很了解死貓的下場。」

傑克的眼睛快速眨了幾下，他的聲音聽起來沒那麼生氣了。說實話，他的語氣聽起來幾乎算是厭倦，球棒這枝致命武器也有點低垂。「拜託！別再提那隻貓的事情了，我他媽到底為什麼要去殺她的貓？」

傑克喪失了點氣勢，所以我用手指頭把他推開一些。「所以，貝蒂爬到屋頂上，把尾巴塞進我的窗戶，然後把牠自己毒死嗎？很有藝術美學的自殺方式，是嗎？」現在，輪到我來嘲諷他了。「我真該把牠的屍體保存起來，寄去參加明年的透納視覺藝術大獎。」

傑克看起來真的不曉得我在說什麼。「我根本沒動過她的貓。我幹麼要做那種事？我喜歡她養的那些貓，老太婆全身上下，只有貓咪是我唯一喜歡的事情。我在幫這些植物澆水的時候，還會餵貓咪吃些雞肝。妳那種想法太瘋狂了！」

傑克要不是在說實話，要不就是浪費了一身可以直接去西區劇院演舞台劇的好演技，卻在這裡當個失敗的工人兼三流大麻種植者。

我告訴傑克：「好，我現在要回屋子去了。我根本不在乎你在這座花園裡幹什麼。」他的肢體語言改變了。「如果妳需要任何好貨，可以來找我。我這裡有各種最新流行的、讓人愉快的好東西。」

這個厚臉皮的死傢伙！我快速從他身邊掃過，我感覺得到他熱辣的眼神緊盯著我看，但並沒有跟上來。我跨著大步回頭往屋子裡走，但突然停下腳步。因為樓上的窗戶裡有一個身影站在那邊，在晦暗光線下可以看見她的手臂交叉在胸前。瑪莎低頭看著我一會兒，然後轉身離開。

是瑪莎的香水味提醒我：她在等我。味道比她平常慣用的淡雅柑橘氣味更加濃厚，像是一整把百合花被人用手擰壓之後發散出來的壓倒性氣味。我的頭往後縮，想要避開那陣氣味，但那窒人的香水味不肯放過我。我很害怕。我不想承認這一點，但我又該如何解釋我的血管中沖刷而來的冰冷腎上腺素呢？眼前這個女人具有撕裂所有事物的力量，任何事物都會被她撕碎。

我走上最後一階，將視線往上抬。瑪莎就站在那裡，通往我房間的那道樓梯起點。

瑪莎身上那件大紅色的晨袍，讓她在壁燈柔和的光線下顯得非常醒目。這是我第一次真的看清楚：她的性感就如同第二層肌膚一樣自然。瑪莎的頭以正確的角度傾斜著，讓光線完美照亮她漂亮的骨骼結構——顴骨、下頷線條，甚至是鼻梁，全都完美無缺。人造填充物帶來的圓潤感讓我忽略了她嘴唇有多豐滿；現在，她的嘴巴有點不一樣，雙唇微啟，吸吐著細微的氣息。她的綠色雙眼散發著光芒，將我深深吸引進去。晨袍之間微微露出一條美腿，若隱若現。她優雅的頸項上戴著一條短項鍊，銀色的墜飾襯著黑色絲絨，對著我眨眼。認為瑪莎只有年輕的時候才是絕世尤物的我，真是錯得太徹底了！她現在依舊是個令人驚豔的美女。說不定，是傑克被瑪莎捕獲了，而不是反過來的情況？

「麗莎。」她叫我。她的語氣中不帶笑意，讓我焦慮緊張起來。「我需要和妳談一談。」

我的心跳快了一拍，傑克和他的大麻王國已經被我拋諸腦後，因為我知道接下來要面對什麼。我吞下堵在我乾燥喉嚨裡的一口氣，盡我所能地鼓起自信心，向瑪莎走過去。

「可以等到早上再談嗎？」

我真想搧自己一巴掌，因為我的問題聽起來充滿防衛心態，暗示著我有所掩蓋。

瑪莎依舊沒有笑容，眼睛上上下下地打量著我，像是第一次仔細觀察我那樣地衡量著我。

嗯——在我看來就是這種感覺。

「我今天聽說了一件事，所以我必須和妳談一談。」瑪莎說得很輕鬆，語氣中沒有壓力。但我知道接下來會是什麼。

我努力讓語調保持一樣輕鬆。「不論妳聽說了什麼，我確定我們可以找出解決的辦法。」

又說錯話了！我在暗示她：我做了不對的事情。

瑪莎抿溼了雙唇。

我知道接下來會是什麼。

「傑克告訴我：妳已經有房子了。」瑪莎繼續說道。困惑的皺眉減損了她的美麗。「我不懂，妳當初來看房間的時候，為什麼沒有告訴我們？」

我體內湧起自信心，因為我已經準備好說辭。「事實上，最近我在財務上遇到一些打擊，讓我落入困境。我把房子出租半年，獲得的租金可以解決我的麻煩。這段時間，我需要找地方住。」我已經看出瑪莎臉上的疑惑，所以繼續說：「我是可以回我爸媽家……」我裝模作樣地聳聳肩。「我爸媽人是很好，但是他們會把我當成沒長大的小女孩。而且，這是我自己的問題，我要自己去解決。」

瑪莎安靜不說話，臉上仍然寫滿困惑。「我要坦白地直接跟妳說：傑克告訴我的時候，我感到有點奇怪。我開始想：我是不是找了個騙子住進我們家？」

「我本意不是如此，我願意道歉。」瑪莎的表情看起來像是家裡住進了一個連續殺人狂。我想如果是我，應該也會有類似的反應。「事實上，我也覺得很尷尬，沒有人會希望別人發現自己無法處理好金錢的問題。」

瑪莎改變了姿勢；她的長腿收進晨袍裡，雙眼直接看進我的眼裡，被她的綠色眼眸凝視著，令人覺得緊張不安。「妳告訴我的是所有的實情嗎？還有沒有其他的謊言？」

謊言。我的心跳又變快了。瑪莎是想要告訴我什麼事情嗎？把我放在探照燈的熱力之下、好讓我坦白說出我住進她家的真正原因？「不要再想了！」我軟弱的內心聲音責備我。瑪莎怎麼可能會知道呢!?

我的眼神保持堅定，穩穩地看著她。「我向妳保證：我沒有隱瞞別的事情。我真的很累了，瑪莎，我要去睡一覺。」

瑪莎出乎我意料之外地向我靠過來，拍拍我的手臂。「我希望我們之間不會有任何的不愉快。」

「我也是。」

「很好。」眼前的女人終於笑了，顯得非常甜美，而且意外地安撫人心。「祝妳有個美好的夜晚。」

瑪莎從我身邊退開的時候，她短項鍊上的墜飾在我眼前閃了一下。一閃而逝，我看得不是很清楚。但我敢發誓：那個墜飾上有刻字和其他的東西。一個名字。

貝蒂。

✦

我的手指頭笨拙地將房間門上的鏈條拴上時，忍不住乾嘔，且用盡全力才能忍住不讓膽汁翻湧而出。我真的看見了我以為看到的那個東西嗎？貝蒂的名牌出現在瑪莎的短項鍊上？還是我疲憊的雙眼欺騙了我呢？晃動的速度太快，光線又太暗。墜飾上絕對有刻字，這一點我確定。但是，貝蒂的名字？我緊閉雙眼，在腦中重現剛才的情景。瑪莎細緻、修長的脖子。她呼吸時渾圓的胸脯，以及微微敞開的晨袍。她身上濃厚的氣味，變成覆蓋在我臉上的面具。墜飾在我眼旁搖晃……我看見一個「b」。這是真的嗎？還是我的大腦自行腦補？

我的眼睛倏地張開——我剛才所發現的事情，沉重得像是這幢屋子的磚塊砸在我頭上一樣。只有在一種情況下，瑪莎能夠取得那隻貓的名牌：她是殺貓的那個人。不是傑克，而是他的妻子。那麼老鼠呢？我的記憶滑回那一天……傑克反駁說他沒有把卡在捕鼠器上的老鼠放進我房間，他的語氣是很憤怒的。如果他說的是實話呢？有一次，我走到樓下的時候聽見樓上關門的聲音，那讓傑克有機會可以趕去我的房間裡放老鼠。但如果其實是瑪莎呢？站在她的臥室門後，細緻輕柔的手裡拎著噁心的捕鼠器和老鼠，聽著我走到樓下去。然後她打開房門，躡手躡腳地爬上樓，完成邪惡的舉動。還有鴿子和蒼蠅的事？那時候是瑪莎，而不是傑克，向我提起那件事，說她在屋子裡看見一隻蒼蠅。除了我的房間之外，我從來沒在屋子裡其他地方看到過蒼蠅。而瑪莎早就準備好完整的說辭，表示鴿子卡在煙囪裡是這幢屋子經常發生的事情。我想像著瑪莎在跟我說話的時候，她腦袋裡一定在大笑，津津有味地品嘗著我們談話的每個時刻。

而那隻貓？瑪莎真的殺死了貝蒂嗎？我的肚子翻攪起來。不然我還能怎麼解釋瑪莎戴著那可憐動物的名牌這件事？瑪莎是不是把那隻無辜的貓咪誘進家門，然後用藥或是腐敗的食物毒死牠？

我發現這件事情實在難以忍受。我的天哪！戴著她殺死的動物身上的名牌四處走動真是變態！真的很噁心！是純然的邪惡。

前提是：真的是瑪莎殺了貓。

我無法相信這一點；我不希望兇手是瑪莎。在我醒著睡的時候，她是那麼地有耐心照顧我。她很溫柔地幫助我站起來，像一個慈愛的母親對待受苦中的孩子一般，帶著我走回房間。甚至留下來陪著我，直到我稍微回復正常。還有，我聽見傑克打她的那次，該怎麼說？不會的，我再次說服我自己。兇手是傑克，不是瑪莎。也許是傑克強迫她戴上那隻貓咪的名牌？傑克一直在虐待她，出手打她，天曉得這種狀況持續了多久。人們不就是那樣說的嗎？受到虐待的婦女會選擇留在施虐者的身邊，因為她們太害怕所以不敢離開，她們的自尊心已然被擊打得殘破潰爛。

但是，那天我走進屋子究竟看到了什麼？聽見了什麼？一個拳頭貼肉的擊打聲讓我整個人嚇呆了。隔絕起居室的那扇門，表示我其實沒有親眼看見什麼。有高聲昂起的對話聲——不對，只有一個人在大聲講話。現在我想起來了，我沒辦法分辨出那是男人還是女人的聲音，因為那個聲音盛滿了怒意而扭曲。而瑪莎並不是臉上出現醜陋瘀青痕跡的那個人，是傑克。我回想不久前在花園裡，站在傑克的大麻窩的時候，我提到他臉上的瘀青，他顯得非常尷尬。如果那不是尷尬而是羞恥呢？被老婆狂揍的丟臉？

我看見另一種可能性就在我眼前，就像那面牆壁上的字跡一樣：如果真正想要我打包走人的，其實是瑪莎呢？我搖了搖頭，這沒有任何道理啊！傑克要趕我走，我可以理解。我對他的大獻殷勤無動於衷，他懷恨在心，無法接受有女人不想讓他成為入幕之賓的事實，因此他想趕我走。這個我懂。

但是瑪莎？我對她做了什麼事情嗎？是因為她不希望有個年輕女性在家裡和她競爭嗎？這並不是說家裡真的有什麼競爭的事情發生。瑪莎是不是承認過：她沒有算到讓一個年輕女子每天圍繞著她先生會帶來什麼後果？

「妳跟他上過床了嗎？」

瑪莎當時就是這樣問的。

我的腦袋裡一團迷霧，想不清楚到底發生了什麼事。我把椅子放在門把下，把書桌也拖過去。我嚇壞了，害怕到智商降低了。

這幢屋子裡，危險究竟是傑克？還是瑪莎呢？

或者，是我自以為看見了其實並沒有發生的事情呢？

25

隔天下午，我步出我的汽車時，媽媽看起來一臉無法置信的表情，她慌張地看錶確認時間。

「妳在這裡做什麼？妳是說要晚上過來的；妳不記得爸爸下午不在家嗎？」然後，媽媽又多想了，因為她明顯擔憂起來。「親愛的，發生了什麼事嗎？」

我翹了下午的班——假裝下午有約看牙醫——開車一路往南到薩里郡。我親吻媽媽的臉頰，向她保證一切平安。媽媽身上有丁香花的氣味；她愛喝的特製琴通寧調酒裡面，會把三枝丁香插在一片萊姆上。

「今天晚上突然有一件排不開的事情，但我又不想另外找時間來看你們。」我急促地背誦。「所以我就來啦！」我握住媽媽的一隻手。「如果要我老實說，媽咪，我不喜歡昨天那樣子結束，你們看起來很不開心。」

媽媽給了我一個包容的微笑，我常常覺得這類的笑容是專門保留給我的。只不過這次媽媽的嘴角有點不穩定，媽媽的眼睛裡也沒有增加光芒。

媽媽摟著我一起走進家門。「我今天有點不舒服，是更年期那些的原因。大自然可是儲備了好些垃圾事情給我們女人哪！」

「媽！」我很驚訝！我從來不曾聽見媽媽說過任何一句髒話。

媽媽沒有道歉。「不然，妳會怎麼稱呼生理期和更年期？『垃圾』應該是唯一可以形容它們的字眼了。」

我決定趁爸爸不在家的時候過來，這個選擇很正確。爸爸不在附近的話，媽媽表現得就會不一樣。我想媽媽偶然做出的這些表現，應該是像她年輕時候的樣子。不過，我並不是來閒聊的。不論我以前發生過什麼事情，媽媽是一個軟弱的環節，只要爸爸不在，我再好好的哄勸幾下，媽媽就會說了。我並不喜歡對爸媽使用這種不誠實的手段，但我還有什麼其他選擇呢？

屋子裡有琴酒和亮光劑的味道。媽媽對自家的房子感到相當自豪，在打掃時，毫無疑問地會配上自己最喜歡的飲料。

「我給妳來一杯鳳梨可樂達雞尾酒。」媽媽很快地笑著說：「我知道妳喜歡妳的鳳梨酒。」

我想要告訴媽媽：身為一個只喝瓶裝水的女孩，我近來已經不太喝鳳梨可樂達了。但是，我沒說出來，我需要媽媽盡可能地感覺舒服自在。而且，我今天忙到只在星巴克點了一杯外帶拿鐵，所以，任何能夠潤溼我的雙唇的飲料，我都會心懷感激地接受。

媽媽走進廚房後，我走到前面的客廳，立刻發現有東西不一樣了。這個房子裡的東西從來不曾變動過，所以一有變化，我馬上就會注意到。牆壁上，那張爸爸年輕時候和兩個醫學生戴著外科手術口罩搞笑的那張照片不見了，換成了一張我們全家人去法國度假的照片。

我站在那裡瞪著那張照片，媽媽走到我身邊。「很美的照片，媽。」

「哦！那張照片。沒錯，拍得很好，不是嗎？那是在……」——媽媽看著相框——「2001

年，在波爾多附近。我們在那一帶租了一個地方，我記得妳很喜歡那裡。」

媽媽在回憶一段珍貴的往事，那麼，為什麼她握著玻璃杯的手在顫抖呢？她的表情就像一隻失去了主人的牧羊犬，那個主人就是我爸爸，我所有針對過去所提出的疑問，都是由爸爸負責引導回答。

媽媽急忙把我的飲料交給我，迴避了與我的眼神接觸。「我去打電話給妳爸，說不定他可以直接回來。」

「沒關係的，他不需要在場。我可以單獨來探望我的母親，這又不違法。」

媽媽看起來很焦慮，用手指攏了攏頭髮。「但我知道妳爸爸很期待見到妳。他會很失望的。」

「那麼，妳可以等他進門的時候再告訴他：我一切都很好。」

我在沙發上坐下，說服媽媽也在對面的扶手椅上坐好。她的雙手在膝頭緊握，使得她的姿勢看起來像是某種中世紀的酷刑。

開車來的路上，我考慮要對媽媽設下一個圈套：誘使她進入一種安全感的假象，陪她聊一堆雞毛蒜皮的小事，然後再趁其不備一舉問出答案。但現在我在這裡，沒有心情再去煩惱那些把戲。

「2001年？那是在農場的意外發生之後的三年囉？」

媽媽伸手去拿咖啡桌上那杯喝掉一半的琴通寧。「沒錯，親愛的。我們在海邊租了一個小屋，我記得……」

不過，我立刻打斷她。「我對法國沒有興趣，媽。一點都不想聊法國。我只想知道：我的五歲生日派對那天，在農場上究竟發生了什麼事。」

媽媽的雙手握緊了玻璃杯，氣虛地說：「妳知道發生了什麼事：妳出了意外，非常痛苦的意外，但是感謝老天妳康復了！這是最重要的一點。」

我以為媽媽會迴避我的目光，但是並沒有。媽媽牢牢地盯著我看，眼神如鋼鐵般堅定。不管究竟發生了什麼事，媽媽堅持他們一貫的說辭，就算這艘船沉了，她也無怨無悔地跟著沉下去。就某方面來說，我很敬佩媽媽的堅定。但是，這對我沒有好處。

「既然妳之前已經搬演過這一套台詞，我們要不要乾脆跳過這些廢話呢？根本沒有在任何農場上發生過任何意外！」我的話語變得刺耳。「為什麼妳不告訴我到底發生了什麼事？為什麼不讓我知道真相？」

媽媽一口飲盡剩下的酒，小心地將玻璃杯放下。「這件事我們已經討論過一千次了，麗莎，我不懂妳為什麼不相信我們。」接下來媽媽說的話裡面有憤怒，但也有恐懼。「為什麼妳要這樣折磨自己？為什麼妳要折磨我們所有人？妳真的明白這些事情帶給每一個人的痛苦嗎？」

我也把杯子用力放下，身體挪往沙發邊緣。「因為那不是真相，原因就是這樣。」

「妳知道我們接到電話說妳在醫院裡洗胃，那是什麼感受嗎？」媽媽的聲音並沒有發抖，非常篤定。「我感覺像是我快要死掉了！等我看到妳躺在病床上，那就像是有人以使用刀子一樣的力道、把手直接戳進我的胸腔、想把我的心整個挖出來！」

媽媽用力地閉緊雙眼，承受著巨大的痛苦。這是她第一次真正地告訴我發生過的事，真正地對我說話。其他的時候，想說的話都包裹成「妳好嗎？」、「妳有吃飯嗎？」、「讓我抱妳一下。」因為我的舉動所帶來的情感衝擊，媽媽都平靜地封鎖起來。

到了這一刻，我才明白：在我們家所有人之中，媽媽永遠是將情緒小心藏好的那個人，彷彿是在說「這就是媽媽該做的事」。媽媽將全家人凝聚在一起，絕對不能崩潰。媽媽是這個家真正的骨幹。

「妳還是不懂嗎？」我哭著說：「我們這一家人會聊天、一起吃飯、相親相愛，但卻不會討論我們的情緒？從來沒有——」

「妳難道要說藥物過量的事情是我們的錯？」現在，媽媽聽起來真的像是有人要把她的心挖出來。

「不是。」我吸了一口氣，想冷靜下來。我張開嘴巴，又闔上。這實在太難說了。我說話的對象不是威爾森醫師，也不是亞歷士；這是我的媽媽。在我半夜會哭叫著醒來、會在這個家裡「醒著睡」的那些年，是這個女人將我抱進懷裡。我的傷疤腫脹繃緊的時候，這個人會按摩我的皮膚。媽媽值得聽見我坦白而真實（到某種程度）的話語，但不應該刺傷她。我不希望媽媽心碎。

我開口說：「我很多年沒有感覺到『我自己』了，那是因為我不知道『我』是誰。到了晚上，各種事物、各種影像都出現在我腦海中，告訴我：在我生命中，有一大塊時間遺失了。我知道，是和我五歲生日有關係。」

「這就是妳趁爸爸不在的時候來家裡的原因嗎？」媽媽現在的聲音聽起來就像是個標準的法務祕書，她遇見爸爸的時候就是擔任這個職位。「因為妳想要恫喝我，讓我說出妳想要聽的謊話？是這樣嗎？妳這樣太不值得了，麗莎。我很失望，我一直希望妳表現得更好一些。」

我不肯放棄。「威爾森醫師是不是知道我五歲生日那天發生的事情？妳自己說過：在我五歲生日的那場意外，他幫了忙。」

「那時候妳爸和我已經說清楚：是我說錯了。」

「那麼，為什麼牆壁上那張爸爸和威爾森醫師合照的照片不見了？在妳開口問我之前我先回答：我怎麼知道那是威爾森醫師？因為他的辦公室裡也有一張類似的照片，他們沒有用臉上的手術口罩搞笑。威爾森醫師把照片放在桌上展示，就像一般人會放親愛家人的照片一樣。」

媽媽看著天花板，彷彿是想尋求上帝賜予神奇的力量。「妳乖乖待在這裡，小女孩，等到妳爸回家。然後，我們一家人再一起做決定：看妳究竟需要什麼樣的協助。顯然，去看威爾森醫師已經沒辦法——」

我站起身來。「我會找出真相的，媽。我已經找到方向了，我知道在薩塞克斯根本沒有發生意外。我知道在哪裡……」我吞下原本要說出口的話，我不想讓媽媽知道我現在住在那幢屋子裡。「我已經找到正確的方向，會把拼圖的每一塊都放道正確的位置上。」

從某個角度看來，我很佩服媽媽。她對某個人或某件事情很忠誠，我猜她甚至覺得隱藏真相也是對我的忠誠。然而，並非如此。我不懂媽媽為什麼無法理解。也許，她已經和謊言共同生活太久了，到最後連她自己都相信了那個謊言；就像不貞的夫妻之間，已經說過太多謊言，到最後他們自己再也分不清真相是什麼。

媽媽的神情顯得非常困擾，我確定她想告訴我真相，但是她沒辦法說出口。

「我來告訴妳妳所謂的正確道路會通往何處，麗莎，妳正朝著精神全面衰弱而去。不只是我這樣認為，雖然我是妳的母親，我也能夠感覺得到；還有妳爸和威爾森醫師這些醫學人士也這樣想，而且他們已經看見所有的症狀。他們想要幫忙，但是妳不讓他們幫。妳要不要回來家裡住？在這裡我們可以幫助妳，確保妳的安全，幫助妳改善。妳為什麼這麼堅持要把車直直開下懸崖？妳難道不知道懸崖底下會有什麼嗎？」

我聽煩了這一套。「我不在乎懸崖底下會有什麼，只要我是落在真相上面。」

我朝著大門走去，媽媽的丁香和琴酒氣味緊跟在後。我猛地擰開門把，走出門外。

「麗莎！我們只是想幫妳！」媽媽的眼睛裡帶著沉重的絕望。

我像炮竹一樣爆炸開來。「你們不是在幫我，妳看不出來嗎？你們快把我搞瘋了！你們是在殺死我，你們親生的女兒，你們在慢慢地殺死我！」

我加速開走的時候，可以從後照鏡裡看見媽媽站在車道上。她看起來好孤單。我不知道她後來做了什麼事，因為我沒有再繼續看了。我要硬下心來。

媽媽做出了她的選擇，我也做了我的決定。

26

利用停等紅燈的機會，我從水瓶裡啜一口水。這時候，我的手機發出聲音。

我看一下簡訊。

亞歷士。

「到派西阿姨家見面。」

我立刻開車去派西家和他會合。亞歷士見到我，立刻帶我走進派西的屋子，那時候我都還沒整理好頭緒。感覺很奇怪，我無法解釋。彷彿我人不在現場，而是飄浮在空中，我的雙腳似乎沒有踏在地板上。有一種低沉的嗡嗡聲響，好像入侵我房間的那些死亡蒼蠅躲在了我的耳朵深處。我明白自己是因為和媽媽見面而太過緊繃，但我不應該有這些感覺。

亞歷士的嘴巴在動，但他好像在水底一樣，我完全聽不見他在說什麼。他的嘴巴不停扭曲成奇怪的形狀，越來越大，蓋過了他整張臉。一波巨大的疲倦感朝我襲來，讓我全身無力。我的腳站不住了，往旁邊倒在玄關的牆上，像呼吸不過來似地大口喘著氣。我發生了什麼事？

亞歷士一臉驚訝的表情也在問我同樣的問題。

「麗莎？妳怎麼了？」他的嘴巴恢復成正常該有的形狀和尺寸；他伸出手溫柔地撫慰我僵硬的手臂。

「我沒事，我很好。」

我當然不好，但我最不需要的就是亞歷士跟我說「妳需要尋求協助」，重複媽媽稍早之前說的那些話。說不定我該去找件短袖汗衫，上面印著「SOS我需要幫忙」的標語。

不確定是怎麼做到的，我勉強收回心緒，站直身體。我遲疑了一秒鐘，確認我不會跌倒出糗之後，從牆邊離開。突然之間，我體內綻開一陣精氣神。我覺得不可思議，像是站在世界的頂端，周遭的空氣讓我變得心曠神怡。派西家門廳上的壁紙顏色顯得活潑又強烈，很是出彩，讓人忍不住去撫摸。我完全搞不清楚發生什麼事，一分鐘前，我覺得自己像個醉漢，下一分鐘，我像是安裝上了渦輪增壓器。

我不再深究那種轉變從何而來，說：「我剛從我爸媽家開了很久的車回來，只是覺得很累而已。」

亞歷士關心的表情加深了。「麗莎，也許妳應該回家——回妳真正的家——先休息幾個小時。」

「我需要知道你發現了什麼事情。」

亞歷士對於我的回答並不滿意，將我帶進客廳。看到派西的時候，我停下腳步，她坐在一張老舊的扶手椅上，懷抱裡窩著戴維斯，一身防衛的姿態。是在提防著我，住在隔壁的屠貓兇手。派西的眼神又熱又辣，以我不曾犯過的錯誤指責我、凌遲我。我想要告訴派西關於瑪莎和貝蒂名牌的事，但最好別說，尤其在我不確定自己究竟看到什麼的狀態下。總之，我最不需要的就是重述整起事件，那讓我感覺太糟糕了。

「妳好，派西。」我尷尬地向她打招呼。我還能怎麼做呢？派西覺得我殺了她的貓。

派西還是戴著一頂毛線帽，這次是皇家藍，別上一朵毛線織的亮紅色小花。派西非常誇張的蔑視我，將目光轉向亞歷士。「你可不可以告訴她：只有我的朋友可以叫我派西。對她來說，我是霍根斯太太。我也不准她對我說話。」派西的語氣越來越憤怒，懷中的戴維斯發出不舒服的呼嚕聲。派西搔搔牠的耳朵後面，安撫牠，低聲說道：「別擔心，親愛的，我不會讓她抓到你，不會再讓她做出對我們最愛、最想念的貝蒂那樣的事情。」

我知道我剛剛的感覺很荒謬，但眼下這種情況真的很荒謬。走進一個人的家裡，但那個人拒絕和我打招呼。我轉開臉望向旁邊，覺得亞歷士才是那個需要醫生治療的人。

亞歷士很合宜地表現出尷尬的模樣。「我告訴過派西阿姨，妳沒有傷害貝蒂……」老太太不客氣地哼了一聲。「妳絕對不可能做出那樣的事情。」又哼了一聲，這次聲音更大。「我和妳談過之後，派西阿姨決定告訴妳一些她知道的事情，說不定會對妳有幫助。」

我立刻開口，直接對著鄰居說：「是妳那天原本想要跟我說的話嗎？就是那天我抱著……？」等我意識到這句話的結尾和貝蒂有關，我的聲音就逐漸消失。別哪壺不開提哪壺！

派西瑟縮了一下，腦中無疑浮現出她可憐的貓咪被裹在我的圍巾裡的模樣。「你可以提醒這個人不准對我說任何話嗎？」

我快忍不住了，這個情況開始要讓我受不了了！為什麼她不乾脆一點說出我想知道的事情？

真是受夠這種貓抓老鼠的遊戲了。貓和老鼠？他媽的！我這輩子都受夠貓和老鼠了！這種無可阻擋的欲望讓我想要直接走過去，抓住派西的毛線帽，不斷地搖晃她，直到她告訴我她所知道的事情。我的雙手憤怒地深深握緊成拳頭，垂在身側。

給我冷靜下來！這種想要把人揍昏的欲望是從何而來的？我也許有些問題，但從來沒有想過要對老太太施以暴力。說得更清楚一點，我從來沒有想過要以暴力對待任何人。

一、二、扣上我的鞋子。

三、四……

好多了，現在感覺比較放鬆。

我對亞歷士說：「請轉告霍根斯太太，對於她願意告訴我的任何事情，我都會感到無比的感激。」

派西抱著戴維斯站起來。「亞歷士，等你和這個人說完話，到花園裡來找我。那時候，我再決定要不要告訴她我所知道的事。」

派西經過我身邊的時候，鼻子高高地翹在天上，我很意外她沒有畫個十字架來阻擋我這個邪靈。

「妳看起來應該吃點東西。」亞歷士對我說。

我不記得早上有吃任何東西，我應該要餓了，但是我沒有。我現在處在一種「累到骨子裡」和「充滿活力」交替出現的不自然狀態。從我的腦袋深處，跳出一個小提醒。

給我自己的提示：沒有進食是妳的觸發徵兆，快去吃點東西。

「亞歷士，告訴我你有什麼發現。」我的聲音裡帶著明顯的期盼。拜託！請讓他的發現對我有所幫助。

我們坐在已然下陷的沙發上，椅背上有鉤針編織的布品，上面的花樣和派西帽子上的小花類似。啊，這是派西編織的。客廳裡沒有看見其他的毛線或鉤針。我想像著冬天裡火光熊熊的壁爐邊，派西坐在扶手椅上，貓咪滿足地團團窩在她腳邊取暖，派西手中的鉤針發出碰撞的聲響。幼年時期的我，在隔壁那幢屋子格局類似的客廳中，是不是也一樣坐在壁爐旁呢？

亞歷士坐下來，把他的帆布背包用力放在大腿上；我焦慮地坐在位子邊緣。他把手機拿出來，翻拉著頁面，然後伸到我面前讓我看螢幕上的東西。我沒有立刻看懂自己看到了什麼。

亞歷士看見我皺眉頭，就補充說明。「這張照片是那幢屋子所屬的選民登記簿，日期是千禧年初，2000年。」通常，他這種對小孩說話的語氣會惹我生氣；我當然知道千禧年是哪一年。但我現在不覺得受到冒犯，我甚至希望他把字母拼給我聽。

「你怎麼找到這個的？」

亞歷士給了我一個狡黠的笑容。「就算是我們做律師的自有門路吧。」他轉回去看著手機。「直到2000年為止，選舉人名冊上的姓名是約翰．彼德斯和他的妻子。」

約翰．彼德斯。我往記憶深處挖掘，沒有結果，這個名字沒有引起我任何印象，我甚至沒有結識任何叫「約翰」的人。

亞歷士談起另一張照片。「現在，這是2001年的人口普查影本。這是很重要的一年，因為距離1801年第一次人口普查，恰好兩百年。」

如果是其他的日子，我可能還會有興趣上歷史課。我臉上顯然露出了不耐煩的神情，因為亞歷士略帶歉意的揚起眉毛，繼續說明。

亞歷士指著說：「這裡記載了家庭成員的姓名，上面唯一列出的名字是瑪莎．帕默。」

「那是瑪莎……」我突然緊張地挺直脊背。「約翰．彼德斯和他的家人發生了什麼事？」

「他們顯然是離開了。他留下來的字跡裡，第二部分提到他妻子帶著小孩離開他了，記得嗎？」

我很焦急。「他們會去哪裡？」驀然，我站起來朝著門大步走過去。

亞歷士匆忙把手機放下，立刻跟到我身後。在我能夠進入門廳之前，他伸出手把我拉回來。

「妳這是要去哪裡？」

亢奮的精神又回來了，這一次還伴隨著堅持。我從牙齒縫隙擠出這些話：「我要直接去問派西，關於隔壁那一家人，她究竟知道什麼——」

「不行！」亞歷士厲聲說道。他吸了一口氣，比較冷靜平穩地繼續說：「妳把『親切的』派西阿姨留給我對付，如果妳現在出去找她，她可能會把戴維斯丟在妳臉上。」亞歷士靠過來仔細打量我，讓我感覺自己彷彿渾身赤裸、很不自在。「妳看起來有點神經質，不太像平常的妳。」他不需要加上「再一次」三個字。

我不用看自己的臉就知道我的氣色已經變得很難看。「你希望我能怎麼想，亞歷士？我當然會覺得自己快要崩潰了！你會怎麼想——」我用手指戳他的胸膛。「如果你認為自己的一輩子都是個謊言？如果你剛去見過你媽媽，然後發現她隱藏了重要的訊息不肯告訴你？」

從肺裡呼出來的氣息非常不穩定，我臉頰上的一條肌肉不斷地抽動。

亞歷士的手放開我。「我們回去坐下，因為我還發現了其他有趣的東西。」

我讓亞歷士帶著我回去，他去拿手機的時候，我倆之間的沉默令人很不舒服。

「這是土地登記資料。」亞歷士給我看另一個表格。「妳可以看到，那幢屋子現在登記在一家叫MP的公司名下。我猜那兩個字母代表『瑪莎．帕默』，妳目前的房東。登記的年度是同一年，2001。」

「所以，她已經持有這幢屋子十六年了？」

亞歷士略有遲疑，把手機放下。「看起來的確是這樣。2011年的人口普查顯示，在那一年，她的丈夫傑克也住在那裡。奇怪的事情是：普查結果顯示那幢屋子的前屋主約翰．彼德斯也住在裡面。」

我傻住了。「我搞不懂了。」

亞歷士聳聳肩。「我也不懂。」亞歷士深深地嘆了一口氣。「也許他的家人離開，就是那幢屋子在2001年被賣掉的原因。約翰．彼德斯和他的妻子離婚之後，就分道揚鑣了。」

我拚命地想分析所有的資訊，急切地想讓一切都有合理的解釋。

我慢慢地說出口，主要是幫助我自己釐清而不是為了亞歷士。「約翰．彼德斯擁有那幢屋子，和妻子小孩住在一起。之後，他把屋子賣給瑪莎。然後，過了幾年，傑克現在和瑪莎一起住在那幢屋子裡。還有約翰．彼德斯也住在裡面；為什麼她要回到那裡呢？」

「我在法律專業生涯中學到的一件事就是：人們可以過上千奇百怪的生活方式。也許，他搬回去是因為他知道可以向瑪莎租一個房間？如果瑪莎想隱瞞他住在那裡的事情，又為什麼要把他的名字放進普查資料中呢？」

「我來告訴你們為什麼。」屋子裡另一個聲音加入我們的對話。

我們轉頭看過去，發現派西站在門口，貓咪不在身邊。「以前那個時候，我還會跟隔壁的惡魔及他的信徒說話。有一天，我剛好在郵局碰見那個男的，他拿著普查報告要去寄。他告訴我那個傲慢的夫人太忙了、沒有時間填寫普查資料，所以把工作丟在他頭上。一定是他把約翰的名字填進去了，他搞不好都沒意識到自己不該那麼做。我們老實說吧，我的大腳趾都比那個男的聰明多了。」

「妳認識約翰．彼德斯和他的家人嗎？」

派西斜眼看過來，顯然準備好要做出「我不跟妳說話」的派頭。我的體溫開始升高。但派西出乎我意料之外。「我認識，很親切的一家人，他很愛自己的妻子和小孩。」

「他們為什麼搬走？」

派西搖搖頭，一臉悲傷。「我希望我知道原因。」她的語氣又變得有些惱怒。「妳之前問我認不認識以前住在那個房間的男人，那個人就是約翰。那時候我之所以沒有告訴妳，是因為我不確定。我要跟妳說的是：我很少看見他。他很少外出。有時候我會看見那幢屋子的客廳……但我也從來不曾看到他出現在那裡。也不會出現在花園，除了那一次之外。我有時候會想：他住了一天又一天、一年又一年，全都是獨自一人待在那個房間裡。沒有人陪伴，沒有人可以說話。」

戴維斯的喵叫聲牽走了派西的注意力。「唔——牠的吃飯時間到了。」

派西急急忙忙地走了，但我知道她其實是趁機逃離，回憶過往將淚光帶進了她的眼裡。或者，派西會不會也藏了什麼祕密？例如：貝蒂死掉那天，傑克提到警察的時候，她為什麼那麼害怕？

「關於約翰．彼德斯，還有一件事情妳應該要知道。」

亞歷士嚴肅的語氣讓我轉過身來。「什麼事？」我走上來靠近他。

「他的家族姓氏原本並不是『彼德斯』，而是『彼德洛夫』。那是一個非常常見的俄國姓氏，與『彼德』這個姓氏有關。所以，他的家族移民過來這裡的時候，也許希望表現得更像英國人一些，所以將姓氏改為『彼德斯』。」

終於！靈光乍現的時刻終於到來。「你是說……」

「寫下那封遺書和牆上字跡的人，可能就是約翰．彼德斯，這個曾經擁有過那幢屋子的男人。這一點，派西剛剛確認過。」

我抓住亞歷士的手，把他往玄關拉。亞歷士緊張地問：「妳要做什麼？」

我驚訝地看著他，不敢置信。「我們當然是要去我的房間啊！去找出剩下的字跡，好讓你翻譯給我聽。」

亞歷士立刻把手抽回去，看起來非常、非常氣惱。「妳先冷靜一下。」

他怎麼還不懂呢？我們必須解開這個謎團。我變得非常狂熱，無法理解亞歷士為什麼沒有動作。我又開始不知所措，現在我感覺自己的腦袋像是快要從肩膀上滾下來了。

「你少他媽的叫我冷靜！」我的怒吼聲在兩人之間炸開；我整個人都沸騰起來。「女人早就厭倦男人一直叫她們冷靜！你也許會害怕自己的情緒起伏，但我不會。我只需要知道：你到底有沒有要幫我？」

亞歷士的雙臂交叉在胸前，態度和我一樣固執。「我可以幫妳，相信我。但妳必須先吃點東西、睡一覺，還有——」

「你知道嗎？亞歷士，我不需要你了。從現在開始，你給我有多遠就滾多遠！」

在他能夠開口回應之前，我已經走出去了。

這件事不能再等了。就算我要把我的房間拆了，也要找出約翰・彼德斯的故事裡那些遺漏的章節。

約翰．彼德斯。約翰．彼德斯。約翰．彼德斯。

我帶著狂躁的決心踏進屋子的時候，這個名字在我的腦袋裡從一端蹦到另一端。誰還他媽的需要亞歷士？我會自己去挖掘約翰寫的東西。這麼多年來，我難道不是靠自己的力量去調查的嗎？我拒絕以下這種可能性——接下來也許是白費功夫，牆壁上說不定已經沒有其他文字了。整個故事還有遺漏的部分——可能不止一點點——我確定。

那股奇怪的感覺已經消失，讓我覺得我幾乎可以控制住自己。幾乎。一股疲憊感懸浮在我頭頂，揮之不去。我要上樓梯的時候，必須伸手抓住欄杆。幸好，完全沒遇到房東夫妻。

我話說得太早，因為就在我轉上二樓平台的時候，碰見了傑克。他看起來一團亂，衣服很髒，可能又在胡搞屋子裡整修工作。不過，他的小馬尾紮得好好的，彷彿他是舞會中最有魅力的人。

「我有話要跟妳說。」傑克走過來說道。他身上都是松節油的臭味。

「抱歉，要等一下子再說，我趕時間。」

我閃過他身邊，不理會他喊叫：「麗莎！」我現在沒有心情去管他髒兮兮的袖子上沾染到什麼東西。所幸，傑克並沒有跟上來，我急著爬上樓回房間去。

約翰・彼德斯。約翰・彼德斯。約翰・彼德斯。

這個名字越來越響，我加快了腳步。我上到房間所在的樓層，面對我的房門。對於即將要發現的事情，我預期越高，就越擔心我的自制能力會再度流失。我努力讓呼吸保持穩定。

一、二、扣上我的鞋子。

我準備好了。我希望約翰也做好準備。

我走到門邊，打開房門。

我搖晃地倒退了一步，呆若木雞，震驚不已。難以置信！驚恐萬分！

我的房間全都被油漆成黑色。

27

牆壁、地板、天花板、屋頂天窗、窗框……

不！不！不！牆壁！我失去意識，不知道自己在做什麼、在往哪裡去。我意識到的下一件事情，是我彎曲的手指頭狂躁地撕抓牆壁、想找到壁紙。但是，手指頭只碰到冰冷、堅硬的磚牆。沒有壁紙，所有的壁紙都消失了。這不是真的，不可能真的發生這種事。我又進入了瘋狂的夢境深處，或者我又醒著睡了。我的眼皮重重閉緊，努力想平復越來越急促的呼吸。

一、二、扣上我的鞋子……

節奏斷斷續續，我再試一次。

一、二、扣上我的鞋子……

我的眼睛猛然睜開。哦！天哪！這真的發生了。我顫抖的手摀住抖個不停的嘴巴，無助地繞了一圈。窗戶旁邊的牆壁是黑色的，床鋪附近的牆壁是黑色的，門邊……黑色的、黑色的、黑色的。閃閃發亮、無邊無際、黑檀木似的黑色。

約翰的字跡消失了。不見了。

鋪天蓋地而來的傷痛擊倒了我，差一點我就要倒在漆得很可怕的黑色地板上。

嘴裡不由發出哀鳴聲，我兩隻手啪地一聲打在最近的牆壁上，想要把油漆擦掉。用力擦、用

力擦、用力擦。油漆擦不掉，黏得牢牢的。茫然之中，我瞪著自己的手掌，彷彿覺得手掌上佈滿了鮮血。

狂暴的憤怒，像這個房間一樣黑暗的憤怒，吞噬了我。如果那個種大痲的混蛋以為他做了這種事還可以全身而退，他就是住在另一個星球。我衝出房間，大步走下樓梯，在廚房找到一邊吹著口哨、一邊泡茶的傑克。

「你竟然敢做這種事！」我用盡全身的力氣，對他吼出我的怒火。

傑克一臉噁心的狡猾笑容。「在妳鼻子翹上天、高傲地走上樓之前，我就想要告訴妳：房間已經重新裝潢過了。」

「裝潢？」我是用吼的，而且準備繼續吼下去。「誰給你權利進去『我的』房間改變任何事物？你沒有權利那樣做！」

傑克現在非常正經。「權利？首先，這是『我們的』屋子裡的『我們的』房間。第二，如果妳仔細看租約，上面寫得很清楚，像我臉上的鼻子一樣清楚，房東可以隨意更改裝潢。」

傑克講贏我了，我現在在氣我自己。「不管你用什麼方法，我要你把油漆弄掉。我不在乎你該怎麼做，就是要弄掉。」

傑克拿起馬克杯喝茶。「辦不到，親愛的。」他厚顏無恥地咧嘴而笑。「還想說妳會很高興我修好了屋頂天窗。雖然我告訴瑪莎我們應該放個幾天再處理，但我老婆叫我快點修。」

突然之間我僵住了，非常非常僵硬。「瑪莎叫你去做的？」

傑克吞下一大口茶，瞇起眼睛瞪著我。「妳有什麼問題啊？屋頂天窗修理好了。從妳搬進來就一直拿那件事來煩我，不是嗎？」他傲慢地仰起下巴。「如果妳不喜歡的話，妳知道可以怎麼辦嗎？」

我差點咆哮出聲，硬生生忍住。不要讓那個白癡志得意滿。

我決定用友善的態度氣死他。帶著最高等級的愉快活潑口氣，我對他說：「我會在這裡住滿六個月，我相信你會習慣這一點的。」

我腳尖轉向，離開現場。在我爬上樓梯的時候，腦中迴盪著一個名字，不是約翰・彼德斯，而是瑪莎・帕默。

瑪莎下令要她先生來把我的房間漆成黑色，只會有一個理由——要把我趕走。那隻老鼠、死亡蒼蠅、貝蒂……全都是瑪莎幹的。天哪！她脖子上戴著那隻可憐貓咪的名牌，像戴著榮譽勳章一樣。那不是連續殺人狂會幹的事嗎？從死者身上拿走戰利品？瑪莎是這幢屋子裡發號施令的人。我真的該為她精湛的演技鼓掌，扮演一個善良受欺負的妻子，把我騙得團團轉。她那種「我們女孩子應該要團結一致」的態度，表現得真是精準到位。

我感覺到瑪莎的冷血與算計，不禁泛起一身寒慄。

✦

那天晚上，我堅持待在我的房間裡。不吃不喝，也沒有艾美．懷絲相陪。黑色的牆壁似乎讓我的房間縮水了。通常，我很喜歡黑色這個顏色，有一種不是很多人能懂的層次感。但圍繞著我的這種黑色則令人窒息，就像我的絕望那般無止無盡。

「約翰，瑪莎也對你做了這種事嗎？」我躺在床上的時候，這樣子問房間。「事不是因為這樣，所以你選擇結束生命？因為她想把你趕走？」

不是。不管促使約翰向世界道別的原因是什麼，我相信都和瑪莎那個殺貓的變態無關。約翰的文字明白顯示出更深層的東西，更加傷痛，猛烈地將他推落深淵。到底是什麼原因呢？

現在，我可能永遠無法得知，因為他的文字，他的故事，都消失了。

28

隔天早上，大門口傳來一陣兇猛的敲門聲，把我從睡眠中拖出來。我絕望地看向牆壁，不禁呻吟出聲，還是葬禮般的黑色。四面牆壁似乎又往內縮了一吋，將過去的空房間轉變成通往地獄的隧道。約翰．彼德斯對這個房間是不是有同樣的感覺？人間地獄？

我伸手去拿水瓶，想要潤溼我乾得不自然的嘴巴。我的手了無生趣地轉開了瓶蓋，將水瓶抵向唇邊。

我聽見樓下傳來憤怒的叫罵聲，讓我停下喝水的動作。

「我的女兒在哪裡？你對她做了什麼？」

是我爸爸；我花了好一會兒才理解究竟發生了什麼事。見鬼了！我爸在這裡做什麼？還有，他是怎麼找到我的？

我使盡力氣讓自己離開床鋪，聽見傑克回應道：「我不知道你在說什麼，老兄。現在，快走開，乖一點，你現在站在私人土地上。喂！你想走到哪裡去!?」

聽起來，在門口有一番角力。我步履蹣跚地朝房間門走去的時候，混亂的腦袋覺得黑暗的牆壁又再逼近了一些。我的腳步不穩，搖搖頭，想要讓腦袋清醒一點。如果爸爸看見我這個樣子，不曉得他會說出什麼話。我爬下樓，感覺更像是滑下去的。在樓梯最下層，我搖搖晃晃地站穩腳步，停下來。數著數，慢慢呼吸。

一、二、扣上我的鞋子。

三、四、敲敲門。

樓下的吵架聲變得更大了。

沒有時間讓我數數字和慢慢呼吸，我必須快點下樓，就是現在。等我走到門廳，我在屋子正中心的地毯上停下腳步，被眼前的景象嚇了一跳。爸爸想要從我房東的身邊闖進來，但傑克不讓，用那雙大手把我爸爸往後推得更遠。

爸爸的目光越過傑克的肩膀落在我身上，他大喊：「把妳的東西整理好，離開這個地方，我們帶妳回家！」

我震驚得無法言語。

瑪莎現身，從我旁邊走過去，站到她丈夫身後。「你他媽的到底是誰？」

「我是麗莎的父親，如果你們不讓我帶我女兒走，我會叫警察。」

瑪莎上下打量著我爸，語氣平靜。「如果你不離開我家門口，『我』會叫警察。」

再一次，爸爸試圖擠開傑克進屋，也再一次地失敗了。

爸爸氣炸了！「沒帶走我女兒，我哪裡都不去！」

瑪莎轉過身，一臉好奇地看著我。「妳認識這個人嗎？」

我覺得很丟臉，就像青少年時期覺得爸媽很容易搞得你很丟臉那樣。「他是我爸爸。」

「那麼，妳最好出去講清楚。而且，讓我提醒妳——」瑪莎的語氣尖銳。「妳的爸媽可以來看妳，但必須事先徵得我和傑克的同意。」

垂著頭，我經過傑克身邊走到屋子外面。大門闔上，但沒有完全關好，我確定傑克和瑪莎兩個人一定喜孜孜地在門後偷聽。

爸爸抓住我的手臂時，我痛叫了一聲。爸爸拉著我走下車道，來到他停車的地方。坐在副駕駛座的是媽媽，臉上盡是做父母親的擔憂表情。

「現在到底是什麼情況，女兒？」爸爸還是在大吼，他的手指戳進我的手臂。我爸爸從來都不是個暴力的人。「這些人有沒有傷害妳？妳在這裡做什麼？」

我不知道該說什麼。關於我搬進有梅森石刻標記的這幢屋子這件事，我考慮過各種可能會發生的情況，但從來沒有想到我爸媽會到這裡來找我。

我努力讓自己的聲音聽起來冷靜，並且聽起來像是因為他們的干涉而憤怒；但我發現自己沒有成功。「我在這裡租了個房間，就這樣，這裡去上班比較方便。現在，請你們離開。」

「不准說謊！」

我的臉頰感到一陣刺痛。一時之間，我不確定發生了什麼事，直到我意識到：爸爸剛才打了我一巴掌。我從來沒有被爸爸或媽媽打過，我完全不敢相信會發生這種事！爸爸的表情因為恐懼及恨意而扭曲，而我這輩子第一次真正地怕他。與此同時，車裡傳來一陣痛苦的叫聲，副駕駛座的車門飛開，媽媽趕過來拉開我們兩人。

媽媽明顯在哭泣。「愛德華！愛德華，你在做什麼？不要打她。」

爸爸後退了兩步，看起來震驚又慌亂，和我躺在床上時的感覺一樣。

「我很抱歉，麗莎。妳知道我從來不曾傷害過妳。」爸爸的聲音變得很克制、很冷靜，聽起來比任何吼叫都更加冷硬。「上車，我會去打包妳的行李。」爸爸說完就轉過身去。

「你敢去試試看！」

我立刻跟在爸爸後面，但是媽媽抓住我的手臂把我拉回去。我們短暫地拉扯了一番，但媽媽意外地強壯，而我意外地虛弱，我無法掙脫。

媽媽用力將我轉過去面對她。「麗莎，親愛的，發生了什麼事？妳在這幢屋子裡做什麼？為什麼妳不再去住妳自己的家了？」

我本來要用「住這裡離辦公室比較近」那套說辭應付媽媽，但我說不出口，因為她看起來太難過了。

「麗莎，妳的狀況不好。妳看起來很糟糕，我美麗的小天使。現在，妳必須和我們一起回家。」

爸爸用力將那幢屋子的大門推開。我很意外瑪莎和傑克沒有嘗試要阻止他，連問都沒有問一句。也許他們看見了爸爸打我，所以不想介入。也或許，他們單純就是發現了：這是個不用上法院就能夠擺脫我的絕佳機會。他們真是走運！

爸爸一次踏上兩個階梯，快速衝上我的房間。

「麗莎？妳有在聽嗎？」媽媽再次抓住我的注意力。「妳看起來沒有好好吃飯睡覺。」她的聲音急切，泫然欲泣。媽媽張開雙臂環抱住我。

我靠在媽媽的身上，全身力氣突然徹底耗竭。好累，那種疲倦感讓我想要隨便躺在公園裡睡上一覺。

睡覺，睡覺，睡覺。

說出我會和他們走，看起來是個容易得多的選擇。向這幢屋子和其中的祕密告別，反正那些祕密對我可能是有害的。放棄這些年來的追尋，這些追尋已經逐漸摧毀了我。

殺貓兇手和種大麻的人現在面無表情地站在屋子外面，看著我和媽媽。爸爸大步走出來，提著一個塞滿我行李的運動包。雖然天氣並不冷，但我全身在發抖。爸爸將運動包丟進車子的後行李箱，然後抓住我的手臂，我讓爸爸把我放在後座。等爸爸坐上駕駛座，他把頭往後仰了一會兒，像是鬆了一口氣。車鑰匙發動汽車，我們出發了。

一度，我和爸爸一樣鬆了一口氣。但接著，我從汽車的後窗看出去。不是看還站在外面的瑪莎與傑克，而是朝上望向那幢屋子。大大的窗戶掩蓋住他們的祕密，不讓我和外面的世界知曉。磚造的結構隨著我每一次看它，好像都變得越來越陰暗，越來越令人望而生畏。梅森石刻標記和原來一樣，是我追尋過往的標誌。

在我記憶與靈魂深處的某個角落，我又變成那個五歲的小孩，被汽車載著遠離這幢屋子。我在幹什麼？我不能離開，現在不能。我必須留下來看清楚，不論我有多麼疲倦、崩潰、害怕。

如果不留下來，我就沒有辦法再繼續往前走。未來的路就會走向伏特加、安眠藥，以及……

我掙扎著去抓車門把手，媽媽尖叫著想要抓住我、不讓我從移動中的車子爬出去。爸爸轉過頭來大叫，但我聽不見他在說什麼。車身晃動，在我們開上大街之前就扭轉方向離開馬路。

我跳下車子，離開媽媽溫暖的懷抱，朝著那幢屋子走回去。我跌倒在一片帶有石塊的草地上，地上又溼又冷，我朝著那幢屋子的大門爬過去，像個尋求救贖的朝聖者。媽媽的啜泣聲一直沒有停止。

我抬頭往上看，爸爸站在我頭頂上方。他沒想要拉我起來，相反的，他把我的行李放在我旁邊的地上。

爸爸的聲音很平靜鎮定。「非常好，麗莎，妳想怎麼做就怎麼做。我們有其他的辦法可以救妳，妳不要忘記。」爸爸轉身離開，但然後又說：「我們這樣做，是因為我們愛妳。妳知道的，對嗎？」

我想說話向他保證，但是我開不了口。爸爸走回車上的途中，腳步在碎石頭上踩得嘎吱作響。車門被用力甩上，顯露出爸爸真實的情緒。我親愛的父母親開車離開了。而我心很痛，因為我帶給爸媽那麼多椎心刺骨的傷痛。但是，他們大可以停止這一切，只要他們告訴我真相。

現在，周圍一片安靜，鳥兒在歌唱。事實上，我可以一直躺在這裡，往上看著燦爛的藍天，呼吸那無憂無慮的夏日空氣。我想要站起來，但我不感覺自己辦得到。我不知道自己在那裡躺了多久，可能只有一、兩分鐘，然後一道身影站過來。是瑪莎，旁邊沒有傑克的身影。

瑪莎對我露齒而笑，表示認可。「妳是個鬥士，麗莎，我認可妳的勇氣；只不過，妳戰鬥的目標錯誤。妳應該和妳爸媽一起離開的。如果妳爸媽提早讓我知道他們要過來，而不是突然出現又表現得像足球流氓的話，我會幫助他們的。」

「那就是妳為什麼……？」我忍住沒有當面質問她把房間漆成黑色的事情，那可能會刺激她提升出怪招對付我的層級。

瑪莎稍微歪著頭，使得陽光不再對她友善，明白照出她臉上化了好幾層妝的線條和皺紋。

「我為什麼怎樣？」

「妳為什麼讓他們進門？」謊話信手拈來。

瑪莎伸出手想幫助我站起來，但我沒去拉她的手，掙扎著自己站起身。瑪莎聳聳肩，走回屋子去。等她不見蹤影之後，我用抖個不停的手指去撿起運動包，走一小段路回屋子，眼睛牢牢注視著梅森石刻標記上那把專屬於我的鑰匙。

不過，我的腦袋裡盤旋著另一件事情。

我的父母親能發現我住在這幢屋子裡，只會是透過一種方法。

✦

氣溫應該是溫暖的，但是吹在我身上的夏季微風感覺像是碎冰鑽進我的皮膚裡。隔天，我帶著狂躁的目的，走向威爾森醫師的工作室。我決定要攤開來跟他吵一架，他把我出賣給我爸媽，告訴他們我的住所。好個神聖的醫病保密原則！我向威爾森醫師說出我內心最深處的祕密，而他卻……他怎麼能夠那樣對我？

至少我睡了一晚好覺，沒有作惡夢，沒有醒著睡。也許我已經漸漸好轉，只是自己沒發覺。對啦！已經解散的披頭四合唱團也會重新組團、聚在一起。我吃了一些藥丸，來安定神經。我的雙腿感覺像是別人的，我彷彿是走在自己的氣泡中，穿越漢普斯特的高價位市場；我的腦袋無法忘懷威爾森醫師對我做的事。

一陣高亢的咯咯笑聲引得我轉過頭去，一個小女孩在推著嬰兒車的媽媽身邊跑來跑去。就是這個時候，我看見了她。一名女子從漢普斯特地鐵站走出來，穿著一身訂製的黑色套裝，不可思議的細跟高跟鞋，優雅的黑色平頂硬草帽以活潑時髦的角度戴在頭上。她提著一個別致的手提包，走路的姿態像是一個要去參加紐約時裝週的名模走在伸展台上的模樣。一開始我心想：哇～那個女人和瑪莎一模一樣。但是，她的神態和我所認識的瑪莎不同。

這個女人和我的房東太太具備相同的優雅，然而，這個女人散發出傲慢自大的氣勢。她的頭舉得高高的；眼神睥睨著周圍的人，彷彿這些人都不配和她一起走在北倫敦的街頭。我悄悄走進一間店面的門口，假裝在看櫥窗，等這副「別碰我的美」的凌人氣勢飄浮過去。

我的呼吸突然靜止在舌頭上——那個人真的是瑪莎。

在這裡看到她究竟為什麼會讓我這麼驚訝，我不確定。並沒有法律規定我的房東太太不能出現在倫敦的這一區，或是禁止她看起來比任何時候都像個模特兒。但並不是那些因素，我不習慣看到瑪莎像個擁有這片土地的女王。通常，她看起來甚至不像是擁有自己屋子的女人，更別說是漢普斯特了。

我走出來，看著瑪莎走遠。我沒有理由不去叫她、和她打招呼；我對瑪莎沒有意見。但我沒有叫她，而是看著她左轉進入一條小巷，一條我過去幾個星期走得很熟的小巷。那條路並沒有任何商店，瑪莎是要去？

我感到疑惑……

我加快腳步，跟上她。瑪莎轉進另一條巷子，和我幾分鐘前走過的是同一條。我謹慎地觀察她，她在掃視那些屋子和農舍。是在……找什麼？瑪莎的設計師款名牌包挺立在身體側面，這時候她看見了剛才一直在找尋的建築物；瑪莎走上前去。現在我必須小心一點，伏低身體，躲在一堆停好的車子後面移動，跟到距離瑪莎大約二十碼[3]遠的地方；只見瑪莎一臉輕蔑地看著門鈴上的黃銅門牌。眼前的情況毋庸置疑了，瑪莎真的是要來登門拜訪。

拜訪威爾森醫師。

瑪莎猛戳了一下電鈴，沒有人應門。瑪莎不耐煩地再次按下電鈴，而且把手指按在上面大約五秒鐘，清楚明白地昭示自己的到訪。大門緩慢地打開，我看不見站在那裡的人是誰，但我猜一

[3] 約十八公尺。

定是那位好醫生。瑪莎把頭向上仰高，彷彿在對僕人下指令；對方回應了幾句話，但我聽不見對話的內容。接著，大門整個打開，瑪莎走進去，門在她背後關上。

我站起身來，不敢置信地搖搖頭。我並不是不敢相信瑪莎會看心理醫生，這年頭誰不看呢？她的心理治療師和我的是同一個人，這個機率究竟有多小？這也太巧合了吧？還有，心理諮商的費用呢？威爾森醫師的收費並不便宜。和威爾森醫師通一次電話就要一千英鎊，更別提真正躺上他那張長沙發的費用了。瑪莎從哪兒弄來那種錢？雜務工人傑克並沒有接到什麼雜務活可做，也沒盡到什麼男人的責任，就連那幢屋子都快頹圮得需要到處找錢來修理。而且，瑪莎曾經告訴我：讓我搬進那幢屋子的原因之一，就是傑克需要額外的收入。

我太過於沉浸在思緒之中，差點沒注意到：幾分鐘之後威爾森醫師的大門又打開了，這出乎我意料之外的一對男女走到了街上。我再次伏低躲在汽車引擎蓋的高度之下，他們兩個人經過了我躲藏的位置。

他們經過我身邊的時候，威爾森醫師講的話就清楚地傳進我耳中。

「妳應該先打電話來的，我不喜歡像這樣的意外。」威爾森醫師的語氣像鋼鐵一般硬。一個心理醫生應該不會用那麼嚴厲的口吻對病患說話吧？

瑪莎的回應也一樣冷硬。「的確，我賭你不喜歡。」

他們兩人生氣的對話變得含混不清，逐漸消失在我的聽力範圍之外。不知不覺中，我的手握成了拳頭，指關節緊緊綳著。從昨天開始，我就對威爾森醫師感到很生氣，是他告訴爸媽我住在那幢屋子的事情。現在，我則是很害怕他會對我的房東太太說出（不論是故意的還是無心的）：租了她家空房間的租戶，真正的目的其實是她的那幢屋子。

我的猜測再回到：也許瑪莎是他的病患？「也許瑪莎是他的病患？」這句話一直在我腦海中迴盪，這是個我情願相信的事實。如果不是……我無法面對那種狀況。我無法面對瑪莎要把我趕出去這件事。如果她打電話給傑克怎麼辦？會不會等我回去之後發現：我所有的家當都被堆在人行道上？我已經走了這麼遠，我不會——也不能——讓任何事阻攔我找出事實真相。

一個迫切的氛圍環繞著我，讓我迫不及待地想要回去那幢屋子，然後……怎麼辦？把自己鎖在房間裡？假裝我沒看見瑪莎和那個好醫生在一起的事情，繼續住下去？對，我就是該這麼做。假裝，我很擅長「假裝」這門藝術。

我匆忙地走上街道，我的腳步碾壓在堅硬的地面上，將他們的身影保持在看得見的範圍內。不過，到底要跟到什麼時候，我也不曉得。腦中突然想到：也許可以不小心撞見他們，讓他們看到我知道他們倆認識。那是很笨的計畫！妳不能讓他們發現！

我瞥見他們轉了彎，走到一條通往大街的路上。等我走到那邊的時候，他們已經消失了。在血管中沖刷的腎上腺素讓我整個人都在發抖。他們兩個人走到哪裡去了？我往遇到的第一家酒吧裡頭偷看，沒有他們的身影。然後是一家咖啡專賣店——也不在那裡。我心不在焉地吞下一顆藥丸，以平撫我過度活躍的神經。

思考，思考，思考。

我走回頭，再次望進那家咖啡廳。啊！他們在裡面，坐在後面的一張小桌上，形成小小的兩人世界。如果我走進咖啡廳，他們就會看到我。所以我在櫥窗外觀望；你可以光靠觀察一個人，就得到許多資訊。

威爾森醫師說話吞吞吐吐，迴避著瑪莎的眼睛。瑪莎精心塗抹的紅唇往旁邊一扭，顯示出她在生氣。她站起來、用力地甩開椅子，嚇得我往後跳了一下。

瑪莎接下來所說的話讓威爾森醫師顯得很尷尬，但他沒有回嘴，而是伸出手示意要她再坐下來。然而，瑪莎從桌上拎起手提包，朝著威爾森醫師彎下腰去。她的話只在他耳邊說。瑪莎的嘴巴動得很快，兩片嘴唇像紅色的毛毛蟲一樣在她臉上扭來扭去。

我倉促地半轉過身，假裝看著隔壁的美容沙龍。喀噠，喀噠，喀噠，那是瑪莎大步走向店門口的聲音。一陣優雅的柑橘香氣飄到我的鼻尖——瑪莎回到街上了。我整個轉過身去，不能讓瑪莎看見我。等我回頭去看，他們兩個人面對面站在街上。

我想我聽見了威爾森醫師說：「她應該是妳最好的朋友……」

一輛卡車經過，我聽不見剩下的對話。

喀噠，喀噠，喀噠，瑪莎走遠了。

威爾森醫師在她背後大喊：「別想威脅我，瑪莎。我不會害怕，我問心無愧！」

「你不會害怕？」瑪莎肯定是轉過來面對他了。我想像她的姿態會像個好萊塢的閃亮明星，就像那天她和傑克試圖趕我走、晚上又降臨到我房間的女神模樣。「你這個可悲的小男人！我要毀掉你就像折斷一根樹枝那麼容易！」

瑪莎又開始移動，威爾森醫師沒有叫她回來。接下來有一陣汽車靠近的聲音，車子停下，車門俐落關上，引擎聲低吼，車子開走。我猜是瑪莎招了一台計程車。

威爾森醫師開始走遠，我現在敢轉過身了。他的肩膀縮成一團，而且沒錯，肩膀在抖動。威爾森醫師在哭嗎？這次我沒有跟上去。

我剛才目睹了什麼、又聽見了什麼？醫生和病患的關係變得太過親密？一個男人暴露了我最私密的事情？還是兩個朋友吵架了？站在街頭沒有辦法幫助我找出真相。我回到那幢屋子之後，只有一件事情可做：等待。

讓瑪莎先走下一步棋。

29

威爾森醫師就像是在等待我到訪一般。我們並沒有事先在他的行事曆上約好今天的門診，所以，在我按下威爾森醫師工作室的門鈴時，我預期會是他的醫療祕書來阻擋我、建議我下次先預約再來。

很意外地，是這個男人親自來開門，就像他為瑪莎開門一樣。「麗莎，我們有預約嗎？」

威爾森醫師看起來並沒有因為我的到來而顯得困擾。我猜想在他的專業生涯中，在他工作室的門階上發生過各式各樣的狀況。

我被接待進去，很快地，我們兩個人都坐在威爾森醫師的諮商室中。我坐在裡面提供的椅子上，而不是那張長沙發上。

威爾斯醫師伸手去拿筆記本時，我告訴他：「我希望我所說的事情只有你知我知，不要白紙黑字地記錄在你的本子裡面。」

威爾森醫師的手懸浮在一向信賴的專業道具上。「這一次是專業的診療嗎？」

我的手指頭因為純然的焦慮而在大腿旁伸展。

「你怎麼會認識瑪莎．帕默？」我立刻使出撒手鐧。威爾森醫師必須從剛才那句話裡搞清楚：我才是主導這場對話的人。

他沒有令我失望。「誰？」

很好！我們要玩「那種」遊戲，是吧？威爾森醫師沒辦法掩飾他嘴巴周圍膚色突然變得蒼白這個體質，也無法隱藏他一向超然的眼神迅速眨了一下的事實。這是第一次，我好像看見一直傾聽別人生活中的問題對威爾森醫師帶來了麻煩。這是一種很奇怪的感覺，我原本預期會因為緊張而變得越來越僵硬，但其實不然，有一股平靜的自制力籠罩在我身上，彷彿躺在長沙發上的是這位好醫生，而我則變成記筆記的那個人。

我的目光穩定。「我看到你和她在一起——」

「妳一直在監視我嗎？」威爾森醫師現在明顯生氣了。

「她為什麼出現在這裡？」

威爾森醫師恢復鎮定，又回復到面無表情的模樣，放鬆地坐進他的椅子裡。「我知道妳去看妳母親，並且對她和妳父親做出非常嚴厲的指責。」

「如果我沒記錯，是你建議我去和他們談的。去問他們：意外那天究竟發生了什麼事情。」

「那妳母親怎麼說呢？」

威爾森醫師沒有使用筆記本，那是他用來控制我們談話的道具。但即使不用筆記本，也不能阻止他認為他自己是主導者，是坐在貴賓席上發問的人。

他錯了。「你沒有回答我關於瑪莎的問題。」

威爾森醫師給了自己一些時間思考。「如果妳一定要知道，她是我一位常年的患者。我只能告訴妳這麼多，否則我就會違反保密原則。」他的手指在大腿上敲了敲，眼睛突然變窄。「瑪莎似乎對妳很重要，妳怎麼認識她的？」

我聽完差點笑出來，這個男人的厚臉皮程度真是不可思議。「我知道你做了什麼事，你告訴我爸媽——」

「說妳住在他們完全不曉得的地方？是的，我告訴他們了。」沒有任何的道歉。威爾森醫師伸長了脖子，像是要把我看清楚一點；他的眼光變得柔和。「正常的情況下，我不會那麼做。請記得，妳父親是我認識多年的朋友。麗莎，他們以為妳就住在妳自己的家裡，如果我沒有通知他們妳現在住在什麼地方，要是妳發生了任何事情，我會有什麼感受？」

我不能責怪他的忠誠。關於對我父母親忠實這件事，我自己都掙扎了好幾年——沒有告訴他們我已經花了幾年的時間在追尋那幢屋子以及我的過往。而且，關於我童年時期發生的事情，我也不相信爸媽的說法。

威爾森醫師切斷了我的思緒。「想當然耳，妳的父親聽見我說妳現在住在別的地方，他非常生氣。他們有到妳的新家找妳嗎？」

我低下頭。「場面搞得很難看，非常難看。我們家的髒衣服都揚在公共場合裡，讓路人看得瞠目結舌。媽媽最討厭這種狀況了。他們又把我當成小孩對待，你曉得的，命令我回房間，不准吃飯，直到我改掉叛逆、淘氣的態度為止。」

「那讓妳有什麼感覺？」

我猛然抬起頭，眼神集中看著威爾森醫師的眼睛。不行，醫生，我不能讓你這樣偷襲我。

「約翰．彼德斯。關於他的事情，你可以告訴我些什麼？」我把問題拋出來。我不指望威爾森醫師會知道瑪莎前房客的事情，不過，嘿！如果你不問，就不會知道答案。

擔心的神情又回到威爾森醫師的臉上。「約翰是什麼人？我敢把手放在心上發誓：我沒有治療過任何叫做約翰．彼德斯的人。」

沒有任何跡象顯示他說的不是實話。但我不會放棄。

「你告訴瑪莎什麼事？」

威爾森醫師的嘴巴動了，但沒有發出任何聲音。然後說：「我不明白，我能夠告訴瑪莎．帕默什麼事？」他的眉毛皺在一起。

「她說你可悲。」我故意說出他們最後的對話，用盡我所能地展現鄙視的口吻，因為我想要看到這個男人最直接的反應。然而，什麼都沒有，情緒在他身上都已凍結。「她說要毀掉你就像折斷一根樹枝那麼容易！」

彷彿我剛才根本沒說過話。「我再問妳一次：妳為什麼那麼執著在瑪莎身上？」

我沒有回答，而是更用力地將眼神牢牢盯著威爾森醫師，拚命地想找出方法去辨識他是否說謊。從他的眼睛，他的身形，他的姿態，以及雙手擺放的姿勢。我什麼都沒看出來，只看到一個關心著我的健康的男人。然而，我信任他嗎？威爾森醫師的專業就是處理情緒，協助人們處理各種各樣的情緒——背叛，憤怒，壓力，愛情，以及其他——這是他的謀生工具。在目前這種情況下該如何隱藏情緒，威爾森醫師完全可以掌控自如。

接著，我領悟了一件事。「我們都同意：是你告訴我爸媽我住的地方？」

「我沒有理由騙妳。」

「你怎麼知道那幢屋子在哪裡？」

威爾森醫師的頭微微往後退。「什麼？是妳告訴我的啊，麗莎，妳告訴我地址。」

我回想當初在這個診療室裡，我說出了自己的祕密。我有告訴他地址嗎？

「妳不相信我？」威爾森醫師直接問出我充滿懷疑的思緒。

「相信你？」我可以大笑或哭泣，都可以達到效果。「我最大的問題就在於對親近之人的信任關係，不是嗎？」

威爾森醫師幾不可察地微向前傾。「我不這麼認為。我相信：妳真正不信任的人，是妳自己。那些扭曲的夢境，源於妳無法面對在五歲生日當天所發生的真相。這個約翰．彼德斯，以及妳對於瑪莎的執念，我相信都屬於妳狀態不穩定的一部分。而且，妳知道我還相信什麼嗎？」

威爾森醫師輕柔話語的重量，將我牢牢釘在椅子上，即使我極度渴望著要站起來走出門去。我沒有說話，不能將眼神從他身上轉開。

「妳要找出與過往和平相處的方法，只能依賴長期的照護。這種服務，我這邊無法提供。」

這句話讓我迅速地移動了一下，將椅子腳壓回地面。威爾森醫師所建議的景象，讓我渾身發寒，怒氣騷動，幾乎沒辦法站直。

威爾森醫師還是坐著，語調比之前都要平靜。「妳快要崩潰了，麗莎，隨時都有可能發生。對於妳這類型的崩潰，我已經見過很多案例。有一天，妳會發現自己怎麼樣都無法下床。或者，妳會在進行日常工作的時候，突然崩潰毀壞。妳會覺得自己粉碎成千千萬萬片，不曉得自己還有沒有辦法恢復正常。妳必須在一切為時已晚之前，尋求專業協助。我可以推薦——」

我沒有給他機會繼續說下去。威爾森醫師所描繪的未來，是我不願意再回顧的恐怖故事。他說的是對的嗎？我快要崩潰了？

✦

我飢渴地伸手去拿放在床邊矮櫃上的水瓶。等到清涼的水分舒緩我乾渴的喉嚨之後，我曉得我應該要吃東西。在我心力交瘁的時候，又怎麼能吃得下？腦中繁忙的思緒以及閃現的影像，交織成最緊的結。

瑪莎在殺貓。

瑪莎戴著貝蒂的名牌，搭配她最好看的那套五零年代風格酒會禮服。

瑪莎和威爾森醫師在一起。

威爾森醫師將我內心深處最大的祕密告訴我爸媽。

大麻葉。

貝蒂。

瑪莎。

威爾森醫師。

壞人。

貝蒂。

黑色，黑色，黑色。

不要管我。不・要・管・我。

我的雙手舉高到頭頂絞緊，試圖逃開那些折磨人的破碎影像。我覺得好像快要把腸子都哭出來了。然而，那樣對我有什麼好處？讓我處在堆積的絕望之中，覺得自己很可憐。而我已經厭倦自怨自艾了，厭倦自尊心低落，厭倦自覺對世界沒有價值可言。

我再灌下一大口水。水嚐起來的味道感覺有點不新鮮了，但是我自己立下了一個新的規矩：如果我不能保證安全的話，就不去碰這屋裡的任何食物。如果瑪莎會去下毒殺死一隻貓，那麼就可以確定，她也可以下毒殺死我。或許，這種想法有點偏激。但毋庸置疑的是：沒有什麼會比「我被裝在木箱裡載走」更讓瑪莎高興的了。顯然，約翰・彼德斯就是這樣走的；雖然我還沒找到相關的紀錄。

我把水瓶放回去的時候，體內又升起了那種感官超靈敏的奇異感覺。我體驗到一種興奮感，不，是狂喜的感覺。我從床上坐起來，感覺自己又重新被生到了這個世界上。這個世界裡充滿了美好的事物，沒有別的。就在這個時候，我聽見了，說話的聲音。

聲音聽起來不像是傑克與瑪莎，我不認為是他們。我更仔細去聽，說話的聲音很特別，是一個女人和小孩們的聲音。我在作夢嗎？醒著睡？我知道我不是。為了驗證這一點，我把床邊的燈點亮。很好，房間裡亮了起來。我摸摸矮櫃的桌面，感覺很堅固，沒有因為我的手去摸就移動了。

這全部都是真實的，但我還是聽得見從餐廳傳來的說話聲，好像他們就和我一起在這個房間裡似的。接著，我又發現了另一件事。牆壁的闇黑色澤變成了女王般的黑色，散發出權力與神祕的氣息。我以前怎麼沒有看出來？這種至高無上的威嚴感，彷彿天生就注定屬於這個房間。牆壁以一種優雅的節奏前進又後退，看起來像是在呼吸。我下了床，將一隻手放在前進又後退、前進又後退的牆上。摸起來很堅固，但又像柔軟的塑膠一樣包覆著我的手。這是怎麼做到的？

有人警告過我。警告我說如果我再繼續走這條路下去，我會瘋掉。現在，終於發生了。餐廳裡的說話聲和會呼吸的牆壁？我已經跨過極限了，而我不知道自己有沒有辦法找到回頭路，回到那個沒有餐廳的對話聲、牆壁不會移動的世界。我的呼吸在胸膛中像氣球一樣脹起，周圍的黑色轉變成皇室專用的紫色，像鑽石一樣光彩奪目。照理說，我應該要嚇破膽的，但我卻是對眼前的景象深深著迷。

我搬進這幢屋子就是希望它能夠對我說話。現在，它在說了，它活過來了。我只是不確定它在說什麼。

我打開房間門，走到樓梯平台，點亮燈。此舉會讓傑克和瑪莎知道我在四處走動，但是我不在乎。外面的每一樣事物看起來都不成比例、形狀扭曲。樓梯變得好長，那種長度只有在皇宮裡或豪華郵輪上才會看見。樓梯彎彎繞繞、一下變窄一下變寬，就像德國黑白恐怖片裡會出現的那種樓梯。在呼吸的牆壁前進又後退，發出各式各樣細微的聲響。那是這幢屋子在說話，我聽不清。然而，在這些聲音之上，我可以聽見餐廳裡的說話聲，我必須下去看看是誰在說話，又在說些什麼。

緊緊抓住樓梯欄杆，我一次一步地走下樓梯，以免從這些瘋狂的階梯上滾下去。我繼續往下走到下一段階梯，最後我站在整幢屋子的中心，門廳。通往餐廳的門是關上的，但我可以清楚看見門後的動靜。哇！真是太讚了！我大聲笑出來。我獲得超能力了！

我的注意力突然被背後傳來的輕柔腳步聲吸引過去，我抬頭看見瑪莎走下來。呃……不太算是走下來，而是飄下來。真的在飄浮。瑪莎真的在那裡嗎？那雙綠色的大眼睛靠近地看著我，它們想對我說話，告訴我去做某件事。但是，我什麼都看不懂。

這幢屋子、這些在餐廳裡的人、以及瑪莎的雙眼，為什麼不能把話講得清楚一點、並且告訴我到底發生了什麼事呢？

瑪莎的聲音輕柔，聽起來像一個母親在說話。「妳還好嗎？麗莎？」

「好啊，當然。我很好。」

我不喜歡被瑪莎打斷，我想走進餐廳去看裡面的人是誰。

「妳確定嗎？妳看起來有點心慌意亂。要不要我幫妳叫個醫生呢？」

傑克暴躁的聲音從樓上射下來。「發生什麼事？」

瑪莎抬頭往上看。我突然覺得很好奇：那麼多怪異的事情發生在我周圍，瑪莎看起來卻是非常自在的模樣，同時，看起來就像平常每天看見的瑪莎一樣。

「是麗莎。」

「她有什麼毛病？她又殺了一隻貓嗎？」

瑪莎純真地注視著我。「不要沒禮貌，親愛的。我前一陣子發現她夢遊，這一次好像不太一樣。她看起來像是什麼病發作了，不肯放開我的手臂。」

傑克受夠了。「我們不是有她近親的電話號碼嗎？打電話給他們，把她攆出去。我們不能再忍受她那些爛事了，她是個瘋子。」

瑪莎看著我，溫和地說：「我們應該那麼做嗎？麗莎？幫妳打電話給妳的爸爸和媽媽？」

我的聲音聽起來像是個快要鬧脾氣的小孩子。「不要！我想知道在餐廳裡的人是誰。」

「餐廳裡沒有人在。」

「有！有人！我聽得見他們的聲音！」

我發現瑪莎說的是對的，我的確抓住了她的手臂。她用另一隻手牽住我的手。「好的，我們一起走去看餐廳裡有誰在。」我們兩人走出門廳，瑪莎放開我的手，打開餐廳的門。「妳看到了嗎？沒有人在這裡。」

但是，瑪莎錯了，這裡有人在，只不過，他們不算是真的人。三張椅子到處跑來跑去，一個高高的櫃子在照看著他們，叫他們要乖一點。我呆在當場，沒辦法將眼睛從他們身上挪開。我以前怎麼會覺得餐廳是這幢屋子裡最容易被人遺忘的空間呢？

瑪莎又再說了一遍。「沒有人在這裡。」

大門口傳來敲門聲。那座高櫃子從我們旁邊走過去，我整個人都看呆了。高櫃子走到大門口應門，門外站著一個女人。我看不見那個人，但不知為何，我感覺到那是一名女性。然後高櫃子和那個女人走到客廳，他們在說話，我聽不見他們說話的內容。眼前這個狀況的機制好像就是讓我聽不見內容，但是我可以聽見接下來發生的事情。從客廳傳來尖叫聲，像是受傷的動物瀕臨死亡的痛苦哀嚎。餐廳裡的三張椅子停止蹦蹦跳跳，害怕地抱在一起。

我不想再看下去了，我很恐懼，衣服全都被冷汗浸溼了。拜託請停止尖叫！停下來！他媽的不要再叫了！她沒有停。

「麗莎？麗莎？妳必須清醒過來。」是瑪莎，她沒有必要出現在這邊。

我鬆開緊緊抓住瑪莎的手，衝進餐廳。我在角落裡蜷縮成一個球，雙手緊緊貼住我的耳朵。尖叫聲還不停止，還不停，還不停。我全身冒冷汗、抖得像一隻豬，也是停不下來。我的喉嚨乾得像沙漠，渴望著水分。而那個尖叫聲一直持續，一直持續。

傑克現在也出現了。「這是在搞什麼鬼？」

瑪莎對他說：「我也不曉得，她好像什麼病發作了。」

傑克唐突直白地說：「那就叫救護車啊。」

瑪莎也直接回嘴：「不用，她不需要救護車。去你的藥箱裡拿一些鎮定劑，我們給她餵下去。」

「鎮定劑？」

瑪莎生氣地抓住傑克脖子下的汗衫，用力地把他扯過來。「對，鎮定劑。你他媽是個該死的藥頭，不是嗎？你一定在哪裡藏有一些鎮定劑。」

尖叫聲終於逐漸消失，我又可以呼吸了，哽咽地嗆著氣。

傑克不在餐廳裡了。我知道的下一件事就是瑪莎蹲在我旁邊，手裡拿著一杯水和兩顆藥丸。

「吃下去，妳會覺得好受一些。」

「不要。」

「這可以幫助妳。」

「不要，我知道妳在做什麼，妳想要毒死我。」

瑪莎試著把藥丸塞進我嘴巴裡，但我把藥完吐在地板上，再把她手裡的玻璃杯推倒。「就像妳對貝蒂所做的事情，妳想毒死我！」我啜泣：「可憐的貝蒂。」

瑪莎用手臂環抱著我。「我只是想幫忙。」

我轉過去看她。「妳想要幫忙？告訴我這幢屋子裡發生的事情，這就是妳能幫的忙。」

瑪莎的臉色一白。「我不知道妳在說什麼。」

「妳一定知道。」我嚴厲地指控她。

瑪莎不敢置信地看著我；我可以聽見她腦袋裡不停運作的聲音。然後她還抱著我，幫著我站起來。

「來吧，好女孩，我們回妳的房間去。」

我印象中記得的最後一件事，就是貝蒂的名牌在瑪莎的脖子上晃動，像劊子手上的一把刀。

30

我已經破成碎片。隔天早上，我像個殭屍一樣躺在床上。呃……我以為是早上，但我不能確定。我不記得自己有睡著，但記得有回到房間。我不需要殘酷的鏡子來告訴我現在自己會是什麼鬼樣子，充滿血絲的眼睛下面有腫腫的眼袋，暗沉的皮膚完全沒有光彩。四肢痠痛，身上奇怪的地方有刮傷和瘀青，還有我的嘴巴渴得像是被烤乾了。這個早上感覺像是昨晚參加了一場失控的婚前單身派對，或者，像是跑了一場早該因為天氣太熱而取消的半馬比賽。

關於昨天的影像，一片一片地回到我腦中。說話聲，三把椅子，餐廳裡的高櫃子，全都在動。尖叫聲呢？和迴盪在我那些惡夢裡的尖叫聲一模一樣，現在，又刺激著我的大腦。我緊緊地閉上雙眼，試圖壓過那個不像人發出來的恐怖聲音。

滾出我的腦袋！滾出我的腦袋！出去！出去！出去！

等到尖叫聲終於離開，我想要把自己捲成一個球，一圈一圈捲得越來越小，直到我消失為止。我到底是發生了什麼事？昨天那些事情是真實存在的嗎？我是不是又醒著睡了？

然後我想起來：瑪莎和傑克也在當場。他們是在當場吧？只有一個方法可以找出解答。我並不想去問他們，但我又有什麼選擇呢？

我走到廚房之後，從櫥櫃裡拿了一個啤酒杯，打開水龍頭裝滿水，舉到唇邊。然後我想起來：我只能喝自己房間裡的瓶裝水，不可以碰這間廚房裡的任何東西，以免瑪莎對我做出她對貝蒂所做的事情。

我連忙把水倒進水槽，這時候，後門打開了，傑克出現。他一看到我，表情變得警惕，把兩個花盆放在碎石鋪就的地板上。我雙手顫抖著將玻璃杯放在瀝乾餐具的排水板上。傑克小心翼翼地將後門鎖好，然後公然地瞪著我看，眼神中帶著深刻的懷疑與厭惡。

「妳沒事吧？」傑克聽起來像是警察在審犯人，而不是房東在關心房客。

我強忍著不要用手臂環抱住自己翻攪中的肚子、做出防禦的姿勢。「我沒事。」

「妳昨天是怎麼了？」傑克雖然不太情願，但語氣帶有同情。

至少，我現在曉得了，昨天那些事情真的有發生過。

我不確定該說什麼，因為我真的不太明白。「我猜我有點壓力太大了，你知道的，不好過的一天。」

「不好過？」傑克的眉頭跟著他的語氣挑起來。「那不是……」

但是，傑克沒能說完那句話。瑪莎出現之後打斷他：「別煩她了，那個女孩身體不舒服。」

傑克生氣地瞪了我一眼。也許，只要他太太在附近，傑克就必須這樣做：對我不友善。「那當然是一種解釋，我也能想到其他的原因。」

瑪莎對於傑克所說的解釋或原因都沒興趣。「你要不要去除除草或做點什麼事？」

傑克被念過之後看起來並沒有想要回嘴的樣子，現在我明白為什麼了。在這個家裡面，我知道真正下命令的人是誰。傑克偷偷溜走，眼睛看著我卻迴避著瑪莎。他走出去之後，後門「碰」地一聲關上。

我瞪著瑪莎的時候用力皺起眉頭。我突然想起來在昨天的恐怖事件中，我指控了瑪莎一件事。是什麼事情呢？不論我多努力鞭打我的大腦，我還是想不起來。

瑪莎向我表達關心的方式像是個嚴厲的老師。「麗莎，妳昨天晚上怎麼了？恍恍惚惚地在屋子裡亂走，嘴巴裡說著各式各樣瘋狂的事情，做出各種荒唐的指控。舉止像個青少年，又像個喝醉酒的碼頭水手。是這種問題嗎？妳有酗酒的毛病？還是，妳有精神方面的問題？」

在這一連串疑問的轟炸之中，我又想起昨天的另一段記憶：貝蒂的名牌在瑪莎戴著的短項鍊上晃動。我望向她細長的頸項，當然已經看不到名牌了。究竟，那個名牌有沒有掛在那裡過呢？

「我沒有酗酒或嗑藥的問題，瑪莎。」然後，我想起了一件事，我看著她的目光變得深邃。「妳是不是想要餵我吃鎮定劑？」

瑪莎的臉一沉。「鎮定劑？我不知道要去哪裡找那種東西。沒有，我叫傑克給妳找一點鎮痛解熱的藥。」

「但是妳說傑克是個藥頭。」

瑪莎的臉上浮現一個蒼白的淺笑。我覺得我又可以看見貝蒂的名牌出現在她的脖子上，但我當然看不見。「妳昨天的狀況真的很糟糕，大腦是一個很精細的器官。親愛的，我不是精神病醫師，但在我看來，妳似乎有點偏執。妳真的應該去看醫生。」

「比方說我們共同的朋友，威爾森醫師。」我差點要脫口而出。

「妳知道還有什麼事嗎？瑪莎。」我堅持繼續說：「妳像個卡車司機一樣對傑克罵髒話，把那些髒字像流行用語一樣地飆出口。我所認識的瑪莎，是不會那麼做的。」

瑪莎搖著頭說：「聽好，麗莎，我們不會歧視有心理問題的人。在這個紛擾的時代，這是很常見的。但是，妳不會期待傑克和我去為那些有心理問題的人承擔責任。妳懂的，對吧？妳知道我在說什麼嗎？在妳顯然需要專業協助的情況下，讓我們去承擔妳的問題，這樣真的公平嗎？對妳來說，最合適的地方是妳自己的家。」瑪莎伸出手來摸我，我理論上應該要表現出享受肢體接觸的模樣，但是我退縮離開了。

瑪莎看見我的反應，嘴角抽動了一下。「回家去，麗莎。在妳感覺安全舒適的環境中，請醫生來看妳，把身體養好。」

我直直地看進瑪莎的眼睛。「妳是在說：這裡對我來說並不安全嗎？」

我沒有給瑪莎機會做出回應，就轉身走開。那天晚上發現我醒著睡、幫助我的「瑪莎」已經所剩無幾了。我現在明白：真正的瑪莎，是我看見和威爾森醫師在一起的那個傲慢尖銳的女人。那個走路時高高仰著下巴，睥睨眾生的女人。我看到她在大街上的咖啡店裡對威爾森醫師說話的態度，彷彿他不過是她鞋底的一塊泥巴。

我所能做的就是提防暗箭從背後襲來，面對未來瑪莎可能會對我使出的恐怖招數，我努力搶先一步做好準備。就讓她盡量使壞，沒有什麼能夠逼我離開這幢屋子。

上樓之後，我關上房門，準備好要出門。我從衣櫥裡拿出一瓶之前藏好的水，慢慢地、深深地喝下去，一邊釐清我的思緒。

✦

現在，我的體內感覺像是存在了一隻怪物。昨天那種熱烈的、行走在水面上的、世界真是美好的感覺，現在已經全然轉變到黑暗面了。現在，我已經不再處於極樂狂喜的狀態，而是充滿了焦慮和沮喪。

我走在大街上，但感覺上，我像是走在跑步機上一樣，因為我似乎走不到任何地方。怎麼會這樣？我可以感覺到自己的雙腳，它們在做走路的動作——一隻腳前、一隻腳後——但當我望向四周，我還是在地鐵站附近。恐慌程度越來越高，我的神經末梢像是一點一點的小電流，刺激著我的皮膚。街上明亮鮮豔的色彩全都融解消失，取而代之的只有一種顏色——黑影。黑影在搖擺、在晃動、在傾斜。我感覺到人們在看我，我的嘴唇在動。我是在說話嗎？大街是個醜陋的地方，我焦急地想要逃離。但是，我的雙腳拒絕幫我離開這裡。也許，像我這樣的人，就只能待在這種糟糕的地方？

我失控了。拜託幫幫我！請來個人幫我！威爾森醫師是對的，我已經崩潰了。

有一隻手搭在我的肩膀上。我沒有嚇一跳或是嚇到靈魂出竅——多麼愚蠢的說法！——但是我停下腳步了。看吧，我認得那隻手。那隻手曾經為我帶來安慰，讓我覺得安全，令我暫時忘卻所有煩憂。

我轉過去面對亞歷士。和我周遭環境不一樣，亞歷士出現的時候帶著燦爛的色彩。

亞歷士看起來很震驚。我不怪他，我看起來一定像是本世紀最瘦弱的病人：令人一眼難忘的殘破稻草人，頭髮很短，臉上凸出一雙大眼睛。

「麗莎，我希望妳聽我的話。」他講話很慢，彷彿我是個低能兒。「我要帶妳去對面的咖啡廳，我會幫妳點一杯雙份濃縮咖啡，妳要喝下去。然後，妳必須告訴我發生了什麼事。」

我沒有回答，就讓亞歷士帶著我走進咖啡廳，坐在後面的一張桌子。很快地，我在喝咖啡，強力的咖啡因發生效用，將我稍微帶離那個我沒辦法掌控的世界。

「妳怎麼了？」亞歷士的臉上充滿關懷之情，讓我想要把頭放在桌上痛哭一場。

「我不知道，我昨天晚上沒有睡得非常好。」我自己改口。「我的腦袋動個不停。」我沒有告訴亞歷士昨天那場奇怪的事件。「我好累，好累。」

他把手掌放在我軟弱無力的手上。「妳要不要回我家去躺一下——」

「不行，我不能那麼做。我必須回去那幢屋子。」我想要站起來，亞歷士的手壓著我，讓我留在原位。

他的神情非常專注。「妳有在吃藥嗎？」

我知道亞歷士說的是什麼藥：那種在街角買到的藥，而不是醫師診所開立正式處方箋的那種藥。

「我並沒有那麼糟糕。」我把包包拉到大腿上，翻出我的藥來。我的臉因為羞恥感而發熱，亞歷士即將發現我另一個可恥的祕密。

我把藥罐子握在手中，像是握著一顆手榴彈。「你想知道真相，這就是真相。」我粗魯地說：「這些是抗憂鬱藥，我已經吃了一陣子，自從……」我的嘴唇閉起來，我不希望亞歷士知道那次事件以及意圖自殺的事情。「現在是需要的時候才吃。」

「這些藥會讓妳的瞳孔像現在這樣放大嗎？」

我很想對他吼回去，但是我的聲音很小，就和我覺得自己也很渺小一樣。「我到底要怎麼樣才會知道那種事？」我的語調因為嘲諷而變得尖酸刻薄。「在我吃藥之前，我又沒有和它們對話，沒有要求它們說明藥效運作的機制。」

為什麼我要對亞歷士這麼兇？他只是想幫我。

他把手抽走，目光坦誠。「我在車站外面看到妳的時候，妳在那邊來回踱步，口中不斷叨唸著：『他們在哪裡？他們在哪裡？』」

「你認為我神智不清了嗎？」在我所認識的人之中，只有亞歷士一定會對我說實話。

他傾身靠近我。「我認為妳應該要回去找妳的醫師調整劑量，或是改變對妳現況的診斷。」

「你會愛上像我這樣的女人嗎？真心愛上？」我不知道這個問題是從哪裡冒出來的，這真的不是我想在我倆之間這張桌子上討論的題目。

「妳希望聽我說實話嗎？」亞歷士毫不遲宜。

我點點頭，內心暗自祈禱。我最不需要的事情，就是拒絕。

「此時此刻，我沒辦法考慮到愛情。相較於發生在妳身上的事情，愛情微不足道。我為妳感覺到恐懼，我很怕妳被拖進一個無底洞之後，再也爬不出來。而我會覺得很有罪惡感——」

「為什麼？」我說的話像是一陣低低的哭泣聲。

亞歷士舉起雙手，呈現一種無助的姿勢。「如果我沒有給妳約翰・彼德斯的資訊，也許，只是也許，妳早就打包好行李離開那幢糟糕的屋子了。妳待在那裡不安全。」

「我知道我看起來有點像驚悚喜劇片《洛基恐怖秀》裡的角色。」——我們倆都對這個玩笑露出了淺淺的笑容——「但是，沒有你的話，我永遠沒辦法接近真相。我離真相越來越近了，相信我。」

亞歷士噘起嘴唇，額頭上露出不滿的皺紋。我很熟悉這個表情：他在決定是否要再告訴我其他事情。

帶著期待，我傾身向前。「如果你發現了其他事情，任何事情，都不要瞞著我。」

「好，我發現了其他的東西。」

「什麼？」

「我會告訴妳，但是妳必須先回到我的住處睡一覺再說。」

31

我從來沒想過亞歷士是那種會情緒勒索的人，但我現在走進了他租的住所。是在一處維多利亞式連棟公寓的底層，帶有花園的公寓套房，距離肯頓市集很近。我以前來過一次，那次開始時互訴衷情，結束時糟糕透頂。

亞歷士直接帶我走進他的臥室。每樣事物都在各自的位置上，書本放在架子上，床邊有塊小地毯，床鋪鋪得很平整，衣櫥的門好好關著，也沒有衣服用衣架吊在衣櫥門上。最吸引我注意力的，是牆壁上的東西。

我被吸引著走過去，彷彿在夢中。「你怎麼辦到的？」

釘在牆壁上的是兩張海報大小的影印紙，內容是我房間牆壁上的那些字跡，已經翻譯成英文。

亞歷士看上去有點尷尬，略顯害羞。「辦公室裡有一個祕書是科技天才，她一下子就把這些弄好了。」

我的心猛烈跳了一下，能夠再次看到那些文字，感覺真是太棒了！那是我的救生索，在那些越來越頻繁出現的猜疑時刻中，那是我精神上的支柱。

「他們把我的房間都漆成黑色了。」我終於開口對亞歷士說出這件事。

「什麼？」亞歷士走過來站在我身邊，沒去看那些文字，堅定地注視著我。

「傑克說是瑪莎叫他漆的。我一直要求他去修理屋頂天窗，他去修了，但是也把房間漆成全黑。瑪莎下令要他做的。」我用更為平靜的聲音說：「也是瑪莎殺死了你派西阿姨的貓。」

亞歷士神情激動，像是想去把某個人爆揍一頓的模樣。「麗莎，妳不能再回去那幢屋子，那些人很危險。」

我粗啞地回道：「你還不懂嗎？我永遠不會是正常的——」

「到底誰是正常的？」亞歷士現在很生氣，而且不怕顯露出來。「『正常』究竟是什麼意思？那是個該死的迷思，就是那樣。妳知道我奶奶曾經告訴我什麼嗎？『你們年輕人總以為自己應該永遠快樂。』她說的沒錯，生命裡充滿高低起伏，我們越早習慣，就能夠越早在生活中過得平安自在。」

我悲哀地望著亞歷士，心中的怒火已然消失。「我生命中唯一值得高興的事情就是找到了你，除此之外，都是低潮，低潮，低潮。」傷痛弄啞了我的聲音。「我不能再那樣生活下去了。唯有解開那幢屋子的謎團，才能讓我振作起來。」

我的身體搖晃了一下，亞歷士立刻扶住我。

「現在先睡覺，等一下再聊。」

鋪得很平整的床鋪把我整個人吸了進去。我感覺到床墊下陷，然後亞歷士身體的溫度就包圍住我。我幾近慌亂，像是害怕他會消失，所以我蜷縮進他的身軀，把頭埋在他的胸口，以一種「我再也不想放開」的力道，緊緊地抱住他。

亞歷士在我的頭頂落下一個吻，安撫我。「別再想了，甜心，就睡吧。」

我沒有想到我那條圍巾，直接睡下。我的身體放鬆，腦袋中的迷霧逐漸淡去。

睡覺。

睡覺。

睡……

✦

我在一個黑暗的房間裡醒過來，立刻覺得焦慮恐慌，我不曉得自己身在何處。接著，我想起來，亞歷士身體的暖意已經不見了。

聽見他撫慰人心的聲音，才讓我又放鬆下來。「妳終於回歸生命之地了嗎？」

亞歷士坐在椅子上，伸長了腿。那張現代風格的椅子，讓我聯想到一朵含苞的鬱金香。

「可以麻煩你拉上窗帘嗎？」

亞歷士去弄的時候，我下了床，站著，試探性地踏出一步，確定自己可以走得穩。我走到貼著字跡的那面牆前，交叉著雙腿坐下來。亞歷士也跟著我坐下來。我不禁注意到他又穿著招牌的不成對的襪子：一隻是有飛翔小豬的紅襪子，另一隻是有企鵝的白襪子。

我並沒有感覺神清氣爽，但已經好很多了，比較像原本的自己了。「請告訴我你發現了什麼。」

「我開始深入調查約翰．彼德斯，挖掘他的資料。他以前是一個備受敬重的創傷外科醫生。」

「那是什麼意思？」我的背因為期待而挺直。

亞歷士彎腰把手肘搭在膝蓋上，把下巴撐在手掌圍成的碗裡，凝視中閃耀著機敏。「我公司裡有一個客戶就是創傷外科醫生，她覺得自己的工作更像是一個緊急時的專業醫師，需要腳步快速，評估傷情，然後要有能力治療同時遭受多類型損傷的病患。嚴重的肢體攻擊、車禍傷患，那一類的重大傷病。」

亞歷士往後仰。「約翰．彼德斯任教於其中一家大型教學醫院。奇怪的事情是：在他搬回那幢屋子當瑪莎．帕默的房客之後，他就辭職了。」

「他為什麼要那麼做？」

亞歷士聳聳肩。「我希望我有個算命水晶球。也許是那項工作需要付出的代價太大，他一定目睹過很多一般人一百萬年都不希望遇到的糟糕事情。」亞歷士斜眼看過來。「這些事情有沒有喚醒妳任何記憶呢？」

要是昨晚亞歷士也在那幢屋子就好了，昨晚通往我記憶的大門突然打開。我不在乎其他人怎麼看待這件事——我知道那就是發生過的事情。要是我先知道這項訊息，那麼，說不定我就能夠看見約翰．彼德斯，也就能夠開始拼湊出他的身分，了解他是如何和我產生聯結的。現在我體內所醞釀出來的情緒，一定代表著「真是太令人沮喪了！我想尖叫！」

我沒有尖叫。「你還查出了什麼？」

「他的妻子叫做艾莉絲，她是全職媽媽。在牆上字跡的第一部分……」──亞歷士指著牆上的海報──「約翰描述他的妻子為美麗而脆弱，但我找不到她的其他訊息了。」

「他的兒子和女兒們呢？」

亞歷士嘆了口氣。我為他感到難過，因為我把一大堆麻煩帶到他家門口。「我可能可以找出比較多關於他們的消息，妳知道的，名字、念的學校──」

「為什麼你說『可能可以』？」他的語氣裡也藏了一絲絲不情願。

亞歷士雙手撐在地板上，好轉過來正面對著我。「事情是這樣的，麗莎，我不認為妳的狀態很好。自從妳出現在派西阿姨家開始，還有後來在大街上，妳都顯得很不穩定。老天爺！妳剛剛在地鐵站外面不斷來回踱步，一直自言自語啊！」

我很氣亞歷士，也讓他知道我在生氣。「你以為你是誰啊？」我狼狽地站起來。「品行糾察隊嗎？我身上唯一的問題就是：宣稱最愛我的人們，不讓我知道我的過去。他們才是需要看醫生的人。」

「壞人不是妳爸媽，而是妳的房東。搞清楚，是瑪莎和傑克把妳的房間漆成黑色的！」亞歷士看起來像是認真要去打人。「殺死派西阿姨的貓，還有，我猜他們還做了一卡車的壞事但是妳沒告訴我。」我沒辦法掩飾我眼中的罪惡感。「我知道妳爸媽試著去帶妳回家。」

這句話讓我很驚訝。「你怎麼知道那件事？」

「派西阿姨舒服地坐在客廳裡的椅子上，從網眼簾後面看見了整個事發經過。」亞歷士開始懇求我。「不要再回去那裡，整件事已經從詭異怪誕變成太他媽的危險了！」

我違抗他的意思。「讓他們使出最惡劣的招數吧！唯一能讓我離開那幢屋子的辦法，就是讓我找出真相，讓真相陪著我走出來！」

我開始胡言亂語，無法停止。事實上，我不想停止。每一個人都和我作對，現在連亞歷士，我鍾愛的亞歷士，也一樣站到我的對立面。我早該知道的，這不就是一直以來發生在我身上的事嗎？我將信賴託付給一個人，而人們該死的總是令我失望。淚水奔流在我的臉上，我忽視眼淚就如同我忽視亞歷士：他匆忙地站起來，因為他感覺到我要離開。他臉上焦急的表情告訴我，他不希望我走。

我甩上背包，用力打開房門。然後，亞歷士平靜的話語讓我停下腳步。

「妳讓我想起我大哥。有好長一段時間，他拒絕接受我們的幫助，拒絕接受我們家人以外的各方專業協助。大家都想幫助他改善，但最後卻走到了幾乎是太晚了的地步。如果妳繼續這樣下去，麗莎，我擔心妳也會太晚了、找不到回頭路。」

亞歷士預期的恐怖景象重重地打擊到我。我看見自己像個在五歲生日派對上無法無天的小孩，毫無節制地灌下伏特加、吞下藥丸。我看見自己在醫院的病房裡，從牆壁到地板都是一片白，耳中聽見媽媽哭泣的聲音，像是一個無法尋得永世安寧的鬼魂。我看見威爾森醫師在他的診斷中強調：我已經崩潰了。瑪莎戴著貝蒂的名牌，像是在展示她最有價值的財產。我看見幼年時期的自己，坐在汽車後座，回頭望著有鑰匙在圓圈裡的那幢屋子，上面的梅森石刻標記越來越小。

我關上了門。

32

外頭清冷的空氣再次讓我失去平衡，像是喝醉了的感覺。我搞不清楚方向，不確定該去哪裡找車坐回家。那幢屋子已經變成這樣了嗎？我的家？不對，家是一個讓人感覺安全的地方、晚上不會害怕睡著的地方。當然，也不會是把妳房間牆壁漆成亮黑色的地方——除非你是個哥德信徒。

我在第一個走到的公車站停下來。幾分鐘之後，公車開進站。我一上車就發現這車是走向錯誤的方向、開往錯誤的終點。我下車之後，一直走一直走，從不知名的地方走到不知名的地方。我拖拉著雙腿，經過的行人看著我，有些善心人士還問我「妳還好嗎？」為什麼英國人總會在你看起來狀況明顯很差的時候，過來問你「還好嗎？」？

我轉過街角，認出我的所在位置，肯頓大街。我看到一間計程車公司的黃色燈牌，有個女人站在金屬烤肉架後面，津津有味地在吃漢堡，問我要去哪裡。我告訴她之後，她叫我坐下，五分鐘之後有人會來。

一個肥胖的中年司機走進來，手裡晃著車鑰匙，對著我笑。他領我走出去，我坐進後座，但是車一開動，我就滾到一邊。司機轉過頭來看著我。

司機很關心。「妳還好嗎？」

「沒有，我是說還好。」

「妳不是喝醉了？」

如果我的問題是酒精，那就比較容易解決了。「不是，我沒有喝醉。」

司機大概有點擔心我會吐在他車上，於是開啟了振奮激勵模式；等我看起來確定不會弄髒他的車之後，就開始一連串的插科打諢：交通狀況真是糟糕，腳踏車騎士真是混蛋，倫敦街頭變得多麼暴力，還有，他真是受夠了那些到了目的地不付錢就跑掉了的乘客。

我希望司機閉嘴，但面對一個這麼友善的人，那樣說似乎太不客氣了，所以我沒開口。我開始認出來窗外的街景，感覺非常放鬆。司機轉進一條巷子，然後停下車。

我跟他說：「還要再進去一點，在那輛白色的廂型車旁邊。」

計程車在那幢刻有梅森石刻標記的屋子外面停下來，司機轉過身來。「車資是十塊五英鎊，算十塊就好了。」

我找出錢包。該死！我身上只有五英鎊和一些零錢，我應該叫優步計程車的，那樣車資可以直接從信用卡扣款。

「妳沒有錢。」這不是個問句，而是直述句。

「有，我有錢。」

司機有點生氣地癟嘴，把手伸出來期待著。

「但是錢不在我身上，在這裡等一下，我會進去拿錢。」

司機翻了個白眼。「哦，不！不要再來一個這種的……」

我倉倉忙忙地下了車。我樓上有錢嗎？但到頭來，已經不重要了。我蹣跚搖晃地走了幾步之後，司機沒拿錢就把車開走了。

我花了好一番功夫才走上車道，站在屋子的正前方凝望著它，主要是看著牆上那一開始引我來到此處的梅森石刻標記。這幢屋子裡有好多祕密，有好多亟待解答的謎團。然而，如果我的心智被擊潰了，我就沒辦法找出真相，而且，我已經快要沒有時間了。只需要再努力一些，我就成功了，我很相信這一點。我沒有餘裕放任自己崩潰下去，這是我找出真相的最後一次機會，沒有任何事物可以阻擋我。

我走進大門的時候，覺得瑪莎和傑克不在家，屋子裡很安靜。我叫了他們的名字來確定一下，然後走去廚房。冰箱分成我的區域和他們的空間，我那邊是空的。貝蒂的事情發生後，誰曉得瑪莎會對我的食物做什麼事。我偷了一點他們的，我不想吃東西——光是用想的都會讓我想吐——但我還是做了一個超大的火腿三明治，淋上美乃滋，再找出醃黃瓜和其他佐料來調味。我坐在餐廳裡，在我之前發作的時候那些椅子和高櫃子跑來跑去的地方，強迫自己把三明治吞嚥下去。那讓我有點頭昏眼花，但也稍微回復一點神智。我很久沒進食了，那樣對我沒有任何好處。我偷拿了一罐傑克的啤酒，那也有點幫助。

然後我突然意識到：傑克和瑪莎不在家，我可以把握機會。也許，他們是埋伏在某處伺機而動，但不管怎麼樣，我還是要把握這個難得的機會。

拿著傑克的啤酒，我走進客廳，站在一個角落去感受那種心靈感應，或者隨便你愛把那稱為什麼，我不在乎。我緊緊閉上雙眼，努力去感受往日時光。我睜開眼睛，記得那個「高櫃子」和「門口的那個女人」一起走進這裡。這很瘋狂，當然很瘋狂。但同時，也是真實的。這裡就是那個女人在我五歲生日那天尖叫的地方，我很確定。我走出客廳，試著打開通往晨間起居室的門，但是門鎖上了。我考慮著要踢開門，但我不敢確定自己有沒有力量去做這件事。

我走上中間的樓層，開始試著開開看每一道門。傑克當成窩的那個房間沒有關門，我走進去。我根本還沒踏進去的時候，就看到裡面一片亂七八糟，我知道裡面沒有我需要的東西。他們的臥室在隔壁，門鎖上了。瑪莎還有一間專用的私人房間，很意外地，竟然沒上鎖。

窗簾是拉上的，房間裡面像是阿拉丁的寶窟，滿是衣服、假髮、香水、化妝品，以及瑪莎年輕時的相片，難以置信地光彩動人、顛倒眾生。這些相片中的瑪莎散發出魔力，迷人而炫目，即使只是簡單的快照都魅力四射，更不用說那些精心構圖的沙龍照了。我不曉得為什麼，但是我看了一眼她的床底下，立刻就後悔了！我知道那不是真實的，但是有一隻死老鼠的眼睛直直瞪著我。然後，我聽見尖叫聲。有個女人在這裡尖叫嗎？小孩在尖叫？有個男人？

突然間，整個房間散發出一種下水道的惡臭。我感覺到一根看不見的繩索套在我的脖子上，我快要窒息了！沒辦法吸到空氣。我眼前所見一片搖晃、逐漸淡去。這不是真實的，一切都不是真的。我用力地讓自己站起來，走出房間。站在樓梯平台上，我倚靠著牆壁，粗重地喘著氣，彷彿我的全身都被冷風包裹了起來。在那房間裡發生了什麼事？難道……瑪莎的私人王國可以通往我的過去？也許我應該回去看看——我再次接近那扇門，這一次心中充滿恐懼。我伸手去摸門把——顫抖的手立刻縮回來！我很怕走回那個房間，很害怕。

我有個打算。匆忙地下樓走去餐廳，我試著重演昨晚那些椅子跑來跑去的景象。接著，我想像大門口有人敲門、高櫃子走去應門。我聽見客廳傳來尖叫聲，然後我快步衝回二樓，用意志力讓我自己走進瑪莎的房間。我縮著身體，再次怕到發抖。我閉上雙眼。

快想起來，快想起來，快想起來。

死老鼠的眼睛，女人，門口的女人，小孩，男人，尖叫聲。這一次我幾乎快要嘔吐出來，我衝出房間，甩上房門。有件邪惡的事情發生在那個房間裡，很恐怖的事情。我想不清楚是怎麼回事，但我知道裡面有發生過事情。發生過某件恐怖的事情，導致我的人生在還沒有真正展開之前就已經浪費掉。我坐在通往我房間的階梯上，試著把所有的事情想透徹。但是，我已經彈盡援絕。

我聽見大門傳來鑰匙聲，然後門廳傳來堅定的腳步聲。瑪莎的香料蘋果香水氣味飄上來，再加上老舊木頭的低沉吱嘎聲，都顯示了瑪莎正踩著樓梯往上爬。我整個人變得僵硬，像個當場被抓住的小偷。

瑪莎穿著一件牛仔褲；這是我第一次看見她穿牛仔褲。黑色，可能是設計師款，纖細貼身，展露出身材的線條、曲線與肌肉。我看不見瑪莎有沒有戴著貝蒂的名牌，因為她穿著高領短袖上衣。我很好奇瑪莎是不是曉得我已經知道了？

「我希望妳能找個機會去看醫生，關於……」瑪莎低沉的話語沒有說完。她不需要說完，我們彼此都了解她指的是什麼。

「我有時間的話，該做的事情是想清楚我在樓下看到的景象：在餐廳裡……」我說話的時候，瑪莎的眼睛微微瞇上。「在大門口。」

「我擔心妳的神智。」瑪莎語氣中帶著憐憫。

我全身的力氣都被擰乾了，然而，不知從何處集起的力量，我還是努力站起來，從階梯上往下看著她。

「昨天不管發生了什麼事——」我帶著感情對她說：「其中沒有什麼是真實的，只有一樣。」

瑪莎很好奇。「妳在說什麼？」

「我現在想起來了，那時候有個人在大門口。妳知道那個人是誰嗎？」

瑪莎又想表演整套憐憫的標準流程，但是，這一次沒有用了。「妳看見幻象了，需要尋求協助。」

我搖頭反對她的指控。「那個人是妳。我在大門口看見的人是妳，瑪莎。」

✦

那天晚上，我在腳上綁了三個結，因為如果我醒著睡、離開房間的話，我很擔心會有什麼後果、我又會夢遊到什麼地方。黑色的油漆讓牆壁和地板融合在一起，我處在一團黑雲裡，感覺像是我飄浮在夜晚的床上。我想要睡覺，但是我很怕閉上眼睛，也很害怕聽見我惡夢中的尖叫聲，因為那一定會變成我自己的尖叫聲。

瑪莎不只是想要趕我走。不曉得為什麼，她和我的過去有所關聯，和我發生在這幢屋子裡的惡夢有所關聯。

沒有什麼可以害怕的，門鏈已經扣上，椅子也擋在門邊。我閉上眼睛，用一組新的詞彙來做呼吸練習：

「那個人是妳。我在大門口看見的人是妳，瑪莎。」

「那個人是妳。我在大門口看見的人是妳，瑪莎。」

33

我在外面車道上的一陣汽車急煞聲中醒來。早晨的耀眼陽光，穿透了屋頂天窗。我在想：是誰會來這幢屋子。自從我搬進來之後，我房東唯一的訪客就是我媽和我爸，他們來強迫我回家。也許在其他情況下，我會起床看看那究竟是誰。但現在不是其他的情況，我也根本不在乎。一個車門被用力甩上的聲音，還有疏疏落落的講話聲。我聽出一個人的聲音：爸爸。

上天請賜予我力量。

我還有力氣被打擾嗎？我精疲力盡、極為衰弱、形同槁木。我翻過身，努力想再睡一下，但是被房門上的敲門聲打斷了。

「醒醒！有人來找妳。」是傑克的聲音。

「叫他們走開。」你也順便滾蛋吧！

但是傑克不走，所以我只好被迫解開我腳上的繩結，起床開門。

傑克的神情嚴肅，而且古怪地顯得不安。「妳最好在他們上來抓妳之前就先下樓。如果我是妳的話，我會把包包帶著。」

為什麼需要帶包包？我心裡一陣擔憂：我爸帶著警察上門了。我焦急地回想：過去這幾天在崩潰的情況下，我有沒有做過任何違法的事情；但是，我腦袋無法清楚思考。如果我真的做了，那我就需要找亞歷士來幫我辯護，但我不想打電話給他，因為他會將這種情況視為我需要專業協助的最終佐證。

我穿上一些衣服，不在乎傑克可能會偷窺。我聽從他的建議，把每天揹的帆布背包甩上肩。我站不太穩，所以傑克讓我搭著他的手臂做為支撐。我原本應該對他說「去你的支撐」，但相反地，我滿懷感激地接受了。傑克扮演紳士，這件事我無法拒絕。

傑克護送我離開房間，我步履蹣跚地走著，像個戴著腳鐐的囚犯。然後，我想到：來人不可能是警察，如果是的話，傑克會像強風中的大麻葉那樣瑟瑟發抖、擔心警察會發現他的祕密花園。一定是別的人，來的是爸爸和別的人。

「來的人是誰？」

「妳等一下就會看到了。」

我們走到門廳上的時候，我爸爸站在那邊。瑪莎仔細地在讀一些文件，而站在她身邊的是威爾森醫師。瑪莎聳聳肩，將文件交還給我的心理治療師，他接到後將文件放入一個硬紙板文件夾中。為什麼會有文件？那上面寫了什麼？緊接著一陣壓倒性的恐懼感襲來，我突然明白了這一切都是為了什麼。

我不記得自己是怎麼移動的，我猛地朝威爾森醫師攻擊、想要去踢他，但是傑克把我抓回來。

我很驚訝自己憤怒的喊叫有這麼大聲。「我哪裡都不去，你們不能強迫我！」

我爸爸用他一貫好爸爸的聲音說：「聽好，麗莎，只要去幾天，等妳身體好一點就可以了。」他轉過去看威爾森醫師。「那是個非常好的地方，對嗎？」

我用力掙脫傑克的控制，雙手交叉在胸前。「你們是在浪費時間，我什麼地方都不去。」

爸爸語氣放軟，想要說服我。「嗯，恐怕妳這次沒得選擇了。來吧，沒有時間了。」

「我不去，你不能強迫我。」

瑪莎開口解釋。「他說的沒錯，妳真的沒得選擇，他們已經安排好要讓妳住院治療。威爾森醫師已經簽署好文件，我剛剛幫妳看過了。」

我轉頭看向瑪莎，眼裡冒出熊熊的恨意。「我知道妳也是共犯，我看到妳站在門口！」

「妳當然會看到我站在門口。」瑪莎回嘴道：「這他媽是我的房子！」

大門外面的動靜吸引了我的目光。車道上有兩輛轎車和一輛私立醫院的救護車，在救護車旁邊有兩個穿著綠色醫療裝備的男人。

我的怒氣爆炸，整個人因為憤怒而甦醒。「你要把自己的女兒交出去？是這樣嗎？就因為這個科學怪人醫生的一句話？」

爸爸盡力安撫我。「我們都看到妳最近的狀態了，親愛的，而且我明白妳的房東也見識到了。這沒有什麼好難為情的，妳只是生病了，只是這樣而已。」爸爸往門外望去。「兩位先生，可以來這裡幫忙一下嗎？」

那兩個穿著綠衣服的傭兵打手走進來，我努力掙扎，但這不是一場公平的戰爭。傑克也出手幫助他們，他倒是沒有太過偏袒對方，動作並沒有非常熱心。其中一個醫療人員抓住我瘦骨嶙峋的手腕，另一個則抓住我的腳踝，我被帶出去輕輕地放在救護車後車廂。救護車裡面有束縛帶，不過他們很仁慈地並沒有使用在我身上。

威爾森醫師那個混蛋躲進他的車裡，我爸爸則是對救護車駕駛喊道：「我會開車跟著你們。」

救護車的門關上，我不能下車。他們要把我帶離那幢屋子，遠遠離開。我很狂躁，因為我不能抬起頭去看那幢屋子漸漸消失，不能去看我所追尋的真相的護身符：那個梅森石刻標記，裡面有我的專屬鑰匙。

「妳想要一些可以安定心神的東西嗎？」其中一個監視我的人問道。

「滾開！」

他聽完沒有氣惱的反應，我猜他是受過訓練的。

救護車車聲隆隆地行駛了很長一段時間，但我不知道過了多久。等到車子停下來，車門打開，我身處在鄉間郊外。我們停車的地方看起來像是一座鄉村飯店的外面，不過，這裡顯然不是真的飯店。裡面有醫護人員行走其中，有病患坐著曬太陽。我決定現在先當個合作的囚犯，因為這樣子我之後就會有更多機會可以逃走，不過，該怎麼逃現在還不容易看清楚。他們不會把我帶到一個只要直接走出去就行的地方，他們不是笨蛋。但是，究竟是誰把我送來這裡的呢？

我把心裡的怒火保留住，讓我有力氣去思考。顯然，這是我爸爸的意思，他為了我好、要我離開那幢屋子，以免我發現以前在那裡所發生的事情。但是，為什麼呢？

爸爸僅僅只是關心我的健康嗎？試圖讓我遠離難堪的真相？我厭惡接下來想到這個疑問，希望不是那樣。我強迫自己去思考下面這個可能性。

難道，爸爸和過去的難堪真相有關聯？

沒有見到媽媽的身影，所以我猜她的良知不容許她參與這次的干預行動。然而，媽媽的良知也尚未發展到足以讓她向女兒全盤托出她所知道的事實真相。威爾森醫師是爸爸身邊強有力的盟友，他是幫老朋友辦一件卑鄙的事嗎？還是，他當年也是共犯？威爾森醫師聽到我說現在住在那幢屋子裡的空房間之後，他對我的態度就改變了。

我在接待處辦理登記，然後被帶到我的「房間」，看起來就像一間裝潢完善的監牢。一名帶著微笑的護理師告訴我，我可以把這裡當成飯店，可以隨意進出。公然說謊！房間門上有電子鎖，我往窗戶看一眼，雖然沒有加裝欄杆，但應該也安裝了電子鎖。窗玻璃看起來像是防爆玻璃，窗戶上的鎖頭看起來很堅固，感覺就算是頂尖的強盜小偷也撬不開。

「這是個休養的好地方。」爸爸像背書一樣急促地說話，雙手背在後頭，眼睛完全不敢看我。「妳有專用的電視機，裡面有很多衛星頻──」

「你為什麼要這樣對我？」我截斷他愚蠢的話語。誰他媽還在乎有多少衛星頻道可以看啊？「少把這裡說成像五星級度假勝地的樣子！」

爸爸還是不願意看著我的眼睛。畢竟，有罪惡感的人都做不到這一點。

「我想離開這裡，現在就走。」

我剛才的話就跟沒說過一樣。難道我現在也隱形了嗎？「妳要在這裡待到身體好一點才行。」

「看著我！」我大吼。彷彿我才是家長，在對小孩說話。

我真希望我剛才沒有要求爸爸看我，因為他看著我的表情，就像一個剛被宣布死刑的男人一樣難過、飽受折磨。「我愛妳，我為妳所做的每一件事，都是以愛為出發點。」

爸爸走向房門，讓我一個人震驚不已地留在原地。我不是不相信他那些心痛的話語，也不是不相信他的真誠，而是不相信那些爸爸不願意告訴我的真相。他寧願把我關起來，也不願意幫助我。他怎麼能夠那樣做？他已經喪失了讓我稱之為父親的所有權利。

爸爸離開之後，那些我視為「獄警」的人開始有所動作，第一步是給我餵藥。應該是鎮靜劑之類的東西，所以我只是半推半拒。我喝下那杯混濁的液體，但是把藥丸藏在舌頭底下，等他們離開之後再吐掉。我不怪那些工作人員。老實說，在正常的情況下，我也不會責怪爸爸或威爾森醫師。我知道自從我發現那幢屋子的所在位置之後，我的行為有多古怪。甚至，在那之前我就已經很古怪了。但是，我現在之所以被關在這裡，和任何古怪的行為都沒有關係。我在這裡，只是因為他們要阻止我發現真相。護理師離開之後，我覺得想睡覺，所以躺下來。我是真的覺得非常開心：如果那些共謀的人不是認真地擔心我越來越接近真相，就不會搞出這麼大的陣仗。

接著，我突然想到一件我早就該發現的事。這讓我幾乎忘了呼吸！爸爸和媽媽第一次試著要把我弄出那幢屋子的時候。

我爸爸怎麼會知道我住在瑪莎與傑克家裡的哪一個房間裡？

一陣劇烈的敲門聲叫醒了我。我的嘴巴裡感覺又酸又澀，不論那杯混濁的液體裡面加了什麼藥，顯然都很有功效。我猜我假裝吞服的那顆藥應該是用來麻痺我的感官，讓我變成一個聽話、像殭屍一樣的呆子。感謝上帝！我沒有吞下那顆藥。

沒有藥物可以消除那個疑問，在我疲憊不堪的大腦裡，那個疑問仍然不斷盤旋著。爸爸是怎麼知道我的房間在哪裡的？我從各種不同的角度、再三地思考這個問題。瑪莎告訴他的？傑克指路？我告訴他的？不可能，不可能。如果我說過，我一定會記得的，不是嗎？

正當我把腳伸下床的時候，一個三十出頭的女人推著一輛裝有食物和茶水的推車進來。我立刻覺得這個人不是護理師：她沒有穿制服。她的打扮是一件黑色的牛仔褲，搭配一件在她身上顯得非常寬鬆的短袖汗衫。褐色的頭髮略顯軟塌，全都往後紮成一個緊繃到把臉皮都往上拉抬的馬尾巴。她靠近我的時候，有一股尼古丁的氣味從她身上飄散出來。

「推車上的東西，妳想吃什麼？」她聽起來有點無聊。

這裡是個以高消費族群為導向的地方，推車上充滿美味的食物。外國進口水果、昂貴別致的三明治、各種口味的茶葉，當然也包括花草茶，還有一份看起來很耀眼的菜單。

我沒心情吃東西。「我不用了，謝謝。」我的聲音聽起來很生硬。

她微微瞇起眼，從壓低的眼睫毛之中，試探地看了我一眼。「妳是新來的？」

「今天稍早來的。」

「進來這裡到現在快三個月了，他們說我有好轉。」她聳聳肩。「我想我不會再想把自己推出建築物外面了。」

我緊張地嚥了一下口水。雖然我很同情她的處境，但我不會待在這裡久到要交朋友。她開始將推車往門口推回去，這時候我起了一個念頭。

「妳有手機嗎？」

她半轉過來看著我的時候，雙手緊抓著推車把手，眼睛睜得大大的，思考著我的要求。「妳住在這個區域，我不認為他們會准許妳使用手機。」

我站起身來，出乎我意料之外地站得很穩。「我只是想確認我家貓咪的狀況。妳曉得的，確認我朋友有好好餵牠。我可憐的亨利，如果沒有我的話，牠會死掉。如果牠死掉的話，我不知道該怎麼辦！人生再也沒有活下去的意義了！」

也許我不應該說最後頭那句話，因為眼前這個女人明顯有自殺方面的問題。但是，寵物永遠可以揪住人們的心。

她的手臂交叉在胸前。「我這麼做可以得到什麼好處？」

我不知道該說什麼，所以她繼續道：「妳有什麼香水嗎？自從我到這裡來，就沒有像樣的好味道了，這裡的肥皂會在妳身上留下一股汽車引擎的氣味。」

太倒楣了！我沒有任何的香水。但是，我不能讓逃出生天的好機會跟著這輛茶水車被推出去。

「妳知道，我才剛到這裡而已，但是我可以幫妳弄到香水。妳說妳要什麼香水，我都能弄到。」我哄誘她。

她仔細琢磨我說的話。「妳要怎麼拿到香水？」

我用指頭輕輕敲鼻翼的一側；她很喜歡這個動作。「『怎麼做』這個問題留給我處理。我可以用妳的手機嗎？」

「我必須去我的房間拿，在這一區的另一頭。」

我站到她的推車旁邊，擔任守衛。「我會照顧這輛車，妳去幫我拿。」

她離開之後三分鐘就回來了。她把手機交給我，但是我去拿的時候，她又握得死緊不放手。

「一定要是永恆的。」一開始，我有點摸不著頭緒、不知道她在說什麼，然後突然就懂了。

「不要什麼香奈兒的垃圾。」

她放開手機。「打快點。如果被他們發現，會有大聯盟等級的麻煩。」

我手指頭笨拙地把電話號碼按進手機，清楚地感覺到她盯著我的每個動作看。

電話直接進入語音信箱。該死！

我留了一個訊息在語音信箱，聽起來就像我在和對方聊天。

「亞歷士！哈囉，親愛的，我跟你說，我來醫院住幾天，沒有人可以照顧亨利……沒有，不是什麼嚴重的狀況，只是例行檢查……聽我說，你可以去隔壁幫我確認一下我的小寶貝不會太難過嗎？」

我給了亞歷士一個虛構的亨利飲食清單，說的時候，努力讓別人聽起來像是個瘋狂的愛貓人士。最後，我說到這通電話的重點。我拿起茶水餐車上面的菜單。

「哦！這是個很棒的醫院。親愛的，我需要一些永恆香水，這裡是……」我把菜單上的地名和郵遞區號念給亞歷士，然後，再用我最輕鬆的語氣加上一段話：「*Au secours, Alex! Au secours! Maintenant! Au secours!*」❹

亞歷士的母語是俄語，可以翻譯出牆壁上的手寫字跡。我只能期盼他可以理解我學生等級的法語，身邊那個同院病友所聽不懂的語言。我把手機交還給新朋友的時候，她笑得像今天是她的生日。

「我沒有發瘋，妳曉得嗎？」她突如其來地宣佈：「我的寶寶去年死掉，我的病情就變糟糕了。我噴上永恆香水的時候，寶寶就會笑。」

我呆呆地嗆了一口氣。她沒有等到我說一聲「真遺憾」、或是一個友善的微笑、或是輕輕地拍她的背，直接就推著她的餐車離開房間。

我躺回床上，想要放輕鬆。我沒有碰那個三明治，因為我覺得他們已經下毒了。

---

❹亞歷士，救我！救我！快點！救我！

34

我房間的門被打開的時候，我正在半睡半醒的渾沌世界裡。我的心臟因為期待而糾緊，亞歷士終於來了。在我曾經很可恥地拋棄他之後，他竟然變成了我的救星！終於要將我從這間病房裡解放出去，去感受照耀在我肌膚上的陽光、吹拂過我髮梢的微風，以及自由的美好滋味——這些我生來覺得理所當然的萬事萬物。

等我發現來人並不是亞歷士的時候，我的心臟墜落到空空如也的肚子裡。站在那名高高的護理師身後的，是一名女性訪客。我眼睛終於聚好焦之後，才明白為什麼我沒有一眼就認出那個人是誰。那是我最沒有意料到的人，媽媽。

護理師向媽媽說明的時候，聲音溫柔而堅定。「妳也看見了，麗莎非常疲倦。如果妳能將探訪的時間掌握在十五分鐘以內，我們會非常感激。」

媽媽沒有回應，她似乎根本沒在聽。飽受震驚的臉色顯得蒼白，媽媽看起來比我還像個病人。媽媽茫然失落的外表中，最引起我注意的是她的頭髮。媽媽雖然沒說過，但我知道媽媽是深深以自己的優秀髮質為傲的，無需太過打理就能展現漂亮髮型。光澤動人，活潑朝氣，每一根髮絲都錯落有致。但現在媽媽的頭髮扁塌凌亂，而且我猜並沒有洗。那位護理師離開之後，媽媽先把病房看過一圈，最後才把目光放在我身上。

「所以，妳在這裡。」媽媽的聲音聽起來和她的頭髮一樣無力。媽媽的手指頭絞在一起，緊緊壓在腹部上，彷彿是在用力將體內的躁動壓抑下去。

「沒錯，我在這裡。」我不願意起床，尖銳的諷刺話語從我口中說出來：「掌聲鼓勵爸爸和他的絕佳好朋友威爾森醫師，他們真是一個超有行動力的團隊。我猜妳接下來要告訴我妳完全不曉得他們要這樣做？省下妳的口水吧，我沒興趣聽。」

媽媽坐在扶手椅上，脊背挺直。「不是的，我不知道他們打算做什麼。妳爸爸是在午餐的時候提到的，幾乎像是隨口不小心說出來的。」她疲倦的眼神落在自己交握的手上。「他覺得這是最好的做法。」

我躺回枕頭上，我閃電般快速的回嘴滿溢著怒火。「那妳又是怎麼想的呢？妳覺得把我鎖在這裡面是最好的做法嗎？這間牢房在妳看來是最好的嗎？」

媽媽閉上眼睛好一會兒。「聽著，麗莎，我希望妳明白：我們為妳所做的每一件事情，都是我們覺得對妳最好的。」

最好的。我開始厭惡這個字眼──它不是應該代表了傑出、優秀、高人一等嗎？眼下這種情況對媽媽來說算是最好的嗎？然後，我提醒自己：這個字眼，就是像我們家這種中產階級家庭慣用的一種「偽裝」，躲在那後面就不用去處理真實的情緒。

媽媽望著強化玻璃窗外的風景。我無法明確說出來，但感覺上媽媽的舉止態度有點緊張不安。

我抿起嘴唇。「很好，很高興知道這些。謝謝妳順道來訪。」

媽媽的目光還是停留在井然有序的花園裡。「但是，我不再覺得真的是那樣了。」

什麼？我剛剛是不是聽見媽媽說……？她抓住了我全副的注意力，驚愕不已。

「也許，在妳還是個小女孩的時候，那是最好的，但現在不是了。」媽媽的聲音為原本安靜的房間帶來一陣新的靜默。「妳必須明白，如果妳走上了我們當初走的那條路，一陣子之後，就不可能再換條路走了。一個謊言帶出另一個謊言，然後妳就被它纏住了。」媽媽在「纏住」這個字眼上加重語氣。「妳沒有辦法在一天之內就扭轉每一件事情，妳懂的，不是嗎？」

媽媽說的是什麼意思？謊言？難道她是說……？

現在，媽媽注視著我，皮膚因為壓力而繃緊，然而，我的天哪！她的眼中燃燒著熊熊的決心。「事情是這樣的，妳說的沒錯，在薩塞克斯沒有發生意外，從來就沒有。」

媽媽難道期待我表現得大吃一驚、或是跳起來在空中握拳、大喊「太棒了」嗎？我早就知道在薩塞克斯沒有發生意外；我已經超越那個階段了。

「妳這句話說得有點晚，真可惜。不過，不管怎麼樣，還是謝謝妳。」我的語氣忍不住有點酸。

媽媽看起來沒有再聽我說話，也沒有注意到我舌尖吐出的嘲弄。或者，她根本不在乎我說了什麼。

媽媽繼續說話的時候，語氣中帶著遙遠的特質。「我們帶妳去醫院住了一陣子，是一家私人醫院。我們原本只是要照顧妳一陣子——」

我甩開薄毯子爬下床，急切地蹲在媽媽椅子旁邊。「妳指的是什麼意思？照顧我？」

媽媽不願意低頭看我，她手上的指甲深深地掐進椅子的扶手。彷彿外面的花園是法庭，而媽媽已經把手放在聖經上發過誓，要說出證詞。我很想把她的臉轉過來對著我，想要讓她「看我」。但是，我決定讓她沉浸在回憶之中，因為通往真相的大門終於即將開啟。

「但是，一個月接著一個月。」媽媽慎重的語氣逐漸不穩，從她顫抖的口中說出來的話，像滾燙的石頭讓她忙不迭地想往外吐。「考慮到所有的層面之後，最容易的做法就是我們收養妳。我們辦好領養手續，就必須編一個故事來掩蓋發生過的事情，所以我們告訴妳那個意外事件。我們原本打算晚一點就要告訴妳真相，等到妳年紀大到可以理解就說，但我們從來沒說出口。這一點很不可原諒，我真的很抱歉。」

我期待了好久，才盼到這一刻。然而此刻到來，我卻還沒準備好，不確定該做出什麼反應。「所以，究竟發生了什麼事？」

她的眼睛緊緊擰在一起，彷彿在對抗心底的惡魔。「我不知道。妳爸爸知道，而我猜威爾森醫師也知道。但是，我不曉得。」

「妳說妳不知道，是什麼意思？」我傾身壓近媽媽，急促而狂亂的呼吸噴在她臉上。

她的眼睛睜開，裡面滿是難以言喻的悲傷，於是我踉蹌地退後。「我．不．知．道。」她語氣中的痛苦在病房裡不斷迴盪。

然後，在我大腦回想剛才的情境時，一陣令人難過的沉默幾乎將我從頭到腳徹底淹沒。媽媽所說的話，慢慢地從我的耳朵走到了我的心裡。「領養？我是被領養的？」我聽起來像是在練習一種外國語言。

坐在我旁邊椅子上、內心跳動不已的這個女人，不是我真正的媽媽？有人揮舞著一把大石錘，朝著我的胸口猛力搥下，因為那種痛苦是我從未曾經歷過的。

「妳不是我們親生的小孩，我們收養了妳。自從我第一次看見妳，就全心全意地疼愛著妳。」她的身體在扶手椅上前後擺動，淚水簌簌滑落臉龐。我沒辦法言語，不能哭，心中只有外人難以察覺的憤怒情緒。不是氣我稱之為母親與父親的那兩人，而是氣我自己。為什麼我從來沒有想到過這也可能是謎團的一部分呢？

「自從妳來到我們生命中的那一天起。」爸媽來我房子看我的那一天，媽媽不就是這樣對我說的嗎？我當時不就覺得這種說法有點奇怪？為什麼我沒有針對這一點繼續深究、把事實找出來或者是要求他們說清楚一點？還有，我的出生證明在哪裡？為什麼我從來沒有想過要問這件事？我查過所有的紀錄，卻從來不曾想過這個？

我有許許多多的疑問，但全都在我腦袋裡亂成一團，我沒辦法從其中整理出清楚的思緒。媽媽試著幫忙，只不過，當然，她不是我媽媽。「我不知道妳的親生父母是誰，也不知道妳有沒有其他的兄弟姊妹。妳爸爸知道比較多事情，也許他能夠回答妳。」

我的手指急切地握緊媽媽顫抖的膝蓋，導致她退縮了一下。「他知不知道在那幢屋子裡發生了什麼事？在我五歲生日那天。」

「沒有必要再假裝了。」她進入一種迷茫的狀態，我甚至不確定她還能不能看見我。

我感覺到異常的失落，極度的憤怒，但不再確定自己到底在氣誰。事情說清楚之後卻變得完全困惑，與此同時，我第一次覺得：自己所看到的世界終於合乎情理了。但又其實不然，我還是不知道在那幢屋子裡究竟發生了什麼事。我必須查出真相。

我覺得我知道接下來這個問題的答案，但是我已經嘗過自以為是所導致的苦果，所以我還是問出口。「他是誰？」

這個稱我為女兒的婦人，深陷在自身的夢魘之中。「妳明白我們為什麼這麼做的，對吧？」她在懇求、乞盼，毫無疑問地是在伸出雙手祈求原諒。是了……她這雙手勢必得要舉著過一段非常長的時間。

「他是誰？我的親生父親是誰？」

媽媽——她不是我媽媽；天哪！真是一團混亂——猛推了一把，從扶手椅上站起來。扶手椅晃蕩了一下，靠椅腳撐住，而我則是往後跌倒，一屁股坐在地上。她走到門邊，我在她離開之前追上她，將她的身體轉過來面對我。

我低吼。「我爸爸是誰？」

媽媽試圖將我甩開。「麗莎，讓我走。」

「除非妳先回答我。」

我們兩人開始推擠。上帝請原諒我，我一把將她摔在牆上。她大喘著氣，用手掌抵住我的胸口，想將我推開。我不會讓步的，現在不會。有其他人的手過來抓住我的肩膀和手腕，把我扯開來。

「放開我！放開我！」

他們不肯放手。

媽媽逃向門口。不！不行！我不能讓她走。

她身影消失的時候，我放聲大喊：「我的親生父親是誰？」

還有我的親生媽媽是誰？在芭芭拉．肯鐸出現之前，是誰將我抱在懷中呵護著？

✦

我又睡著了。我的情緒很低落，被媽媽投擲在這間病房裡的可怕炸彈打擊得體無完膚。領養，這個詞彙永久改變了我的人生。我是從哪裡來的？是誰生下了我？當然，我有自己的猜測，但是我這一路走來遇到許許多多的轉折，我不能再將任何事情視為理所當然。至少，媽媽對我說了實話，這一點我應該要感謝她。媽媽？我還要繼續這樣稱呼她嗎？

我聽見門外傳來聲音。外面的天空帶來的陰影，顯示傍晚已然到來。病房的門打開，一名醫生走進來，關上房門。

「麗莎？」

我的心往下沉，真希望來的人是亞歷士。

「妳看，我們希望妳的狀況儘快改善。」他繼續說：「但如果要達成那個目標，我們需要妳和妳全家人的協助。妳明白嗎？」

「可以。」

「而那就表示：有一些規則，我們必須遵守。」我的精神又更下墜了幾分；醫生是在暗示手機的事情吧。

「我曾經建議妳的父親：短期內，見訪客對妳並沒有幫助。」醫生繼續道：「只有妳父親和母親可以來見妳，但可惜，妳父親忘了通知妳哥哥這件事。而妳哥哥是個態度非常強硬的年輕人，不容許別人的拒絕。在這種情況下，我們容許他的短暫探視，但可能必須是在工作人員監視下進行。如果妳能夠向他解釋『未來請務必遵守我們的規則』，我會非常感激妳。」

哥哥？我才剛失去一個母親，現在又多了一個哥哥？

在我還沒搞清楚到底是怎麼一回事之前，那名醫生打開病房門，將亞歷士帶進來。哦！是這個哥哥。我努力按捺住自己，不要露出勝利的笑容。

亞歷士一臉的不高興。他在床邊的扶手椅上坐下，那名醫生則站在後面，雙臂交叉在胸前。

亞歷士轉頭看他。「可以給我們一點隱私嗎？」

「恐怕那是不可能的，麗莎現在的狀況非常不好。」

亞歷士冷漠而直白地說：「我是個律師，對於觸犯家庭隱私的相關人權法條非常熟悉。你呢？」

那醫生氣到人中不停抖動，最後在離開之前，舉起一隻手掌，在空中做出手勢。「只有五分鐘。」

醫生走出去了，但我懷疑他把耳朵貼在病房的門上。

我對亞歷士心照不宣地笑了一下。「我以為你熟悉的是商業法，都是在處理東歐方面的事務，而不是人權法案。」

亞歷士聳聳肩。「他又不知道。」亞歷士握住我的手。「發生什麼事了？麗莎。」

「他們……」我發現自己差點要說出一連串的陰謀論，牽涉到我的父母親、威爾森醫師和瑪莎是如何把我關進瘋人院裡；但我突然覺得這些聽在亞歷士耳裡可能會有反效果，所以我改變策略。「我被強制住院了。」

亞歷士噘起嘴巴思索著。「我明白。那麼，妳是怎麼看待這件事的？」

我差點要大叫，但努力地壓抑住、將音量放低。「你是認真的嗎？你難道看不出來這裡是在幹麼？」

亞歷士想找出適當的用詞。「呃……老實說，經過那些事情，說不定這是最好的安排。」

最好的！真該有人立法廢棄這個字眼。

我把手抽回來放下，我還沒準備要將媽媽的爆炸性消息告訴亞歷士。「拜託不要連你也那樣好嗎？你也參與了那個陰謀嗎？和那些卑鄙小人一起？」

亞歷士依然保持冷靜。「我沒有參與任何陰謀，我只希望妳平安，而現在，看起來這裡是對妳來說最安全的地方。」

我坐起來，說出口的每個字都帶著怒意。「他們希望我離開那幢屋子，就是因為我越來越靠近真相了。你看不出來嗎？」

亞歷士現在說起話來像個律師。「誰希望妳離開那幢屋子？」

「我爸知道我租的房間在哪裡。」

亞歷士很困惑。「我不明白妳的意思。」

「雖然不可否認我當時的注意力在別的事情上，但我不記得瑪莎或傑克有告訴我爸，或是用其他方法示意我房間的所在位置。或許我說得不對，但當時他非常有自信地直接上樓走去我的房間。」

「妳在說什麼？」

我的頭搖了搖、隱隱作痛。「我不知道。我只知道所有的謎團逐漸撥雲見日了，而那幢屋子是唯一能夠幫助我挖掘真相的線索。聽好，我不需要一個每小時收費一百英鎊的法律顧問，如果你不能幫我，那你就從那道門出去吧。」

亞歷士四下觀察了一圈這間病房，嘆口氣看著我。「沒錯，妳說的可能是對的，他們希望妳離開那幢屋子。但是，我也要老實對妳說：我也希望妳離開那幢屋子。我已經坦白地跟妳提過這一點，那幢屋子很危險，裡面曾經發生過可怕的事情，而且很可能再度發生。然而，只要妳待在這邊，就不會發生危險。這就是為什麼我認為妳應該放鬆地躺好，暫時遺忘那幢屋子。等到妳離開這裡的時候，屋子還會在那裡。」

「不可能，不論你幫不幫我的忙，我都要回去。」

亞歷士伸手從口袋裡掏出一瓶永恆香水，推到我面前。「叫我買香水？如果這不算是妳狀況不好的象徵，我還真不知道什麼才算是。」

「這是送給這裡一個人的禮物，感謝她的幫忙。」我記得那個女人令人心碎的故事。「這會帶給她奇妙的驚喜，比任何藥物都有效。」

亞歷士陷入沉思。「記得我在大街上遇到妳、妳表現得很古怪那一次嗎？」

我心不甘情不願地點點頭。

「妳那時候到底看見什麼？」

我不想要再回到那種狀態，但不知怎麼辦到的，我描述了當時腦中所有的影像——那些陰影、形狀、那些黑暗、那些美好的相反面，以及曾經是最令人驚艷的世界。我帶著亞歷士，去到我在餐廳裡看見的世界。

聽完之後，亞歷士顯得不太舒服。「妳聽我說，我有四處去問人。妳所形容的狀態，很像典型的腦袋出現幻覺的症狀，一場迷幻旅程。」

「什……什麼？迷幻？」如果說我很「震驚」，那會是本年度最保守的形容詞。

「妳是不是故意服藥，好用來讓腦袋更清醒、協助妳把事情想清楚？我必須說：這是一種非常危險的做法。」

這比公然侮辱更過分。「我他媽的沒有！如果你言下之意是這樣的話，我告訴你：我不是毒蟲！」

亞歷士就事論事。「另外還有一種可能：傑克或瑪莎、或是兩人聯手在妳的食物裡摻入毒品，導致妳精神崩潰，然後把妳送進來這裡。妳有想過這種可能性嗎？」

亞歷士的說法讓我很驚訝。「沒有，我沒有想過，因為我不碰那幢屋子裡的任何食物。」

亞歷士點點頭。「什麼都沒有碰過？」

我努力回想。「我房間裡有放飲用水。」

我突然想起來。我腦中的影像回到我在花園裡和傑克對質的那個晚上，後來在通往我房間的樓梯下方遇見瑪莎。那就是她所做的事嗎？在我的水瓶裡下毒之後，從我房間走出來？我回想那時候去派西家見亞歷士之前，我喝了水；我回到房間之後，就發生了餐廳裡的那次事件……而每一次，都有那種奇怪的恐怖感覺。

「你覺得有可能是瑪莎在搞鬼嗎？摻入了LSD迷幻藥？傑克是個藥頭——」

「他是個什麼？」亞歷士爆發了。

我揮揮手忽視這個問題；那件事可以晚一點再去處理。

「傑克很容易就能把藥弄到手。」如果瑪莎和傑克出現在我眼前，我會同時掐緊他們兩個人的脖子。他們怎麼可以這樣對我？或者，也許是瑪莎要求傑克去弄藥來，但沒有告訴傑克她的計畫？「瑪莎害我幻——」

「不是，這只是其中一種可能性。」亞歷士迅速打斷我的想法。「但重點是，會做出那種事情的人，是不會停手的，妳曉得嗎？妳不能回那幢屋子去，妳不知道他們下一次會做出什麼事情來。」

我把被子蓋回來，明白地表示自己的立場。「我不在乎，我要回去。現在，來幫我。」

亞歷士看起來很痛苦。「妳知道嗎？麗莎，我念法學院的時候，有一個年輕的學生，非常傑出，在班上名列前茅，是那種會在中央刑事法院綻放光芒的明日之星。那個時候，他喜歡涉足各種事物。沒鬧什麼太嚴重的事情，但是他堅信自己可以掌控迷幻藥的效力。他說：眼中看到的物品會變成活的，而且開始對他說話。」

就像餐廳裡的椅子和高櫃子對我所做的事情。

亞歷士繼續說：「妳曉得的，他會說什麼宇宙的解答那類的東西。但是他錯了，他掌控不了迷幻藥。後面的故事說來話長，自從那時候開始，他就不斷進出像這裡一樣的療養院。現在呢，他在一家慈善義賣商店工作，一週兩次。而妳，已經瀕臨崩潰邊緣，現在更是懸吊在斷崖邊。如果他們在那幢屋子裡再動什麼手腳，妳就會墜入深淵，而且可能永遠回不來。現在，妳還看不清楚嗎？妳不能再回到那幢屋子裡。」

當然，亞歷士說的沒錯。但他不懂的是：我從五歲開始就已經住在專屬的地獄裡了；而我如果不查出真相，就會永遠深陷地獄中。不斷進出這類的療養院或是在慈善義賣商店工作，對我來說都沒有差別。然而，如果我回去那幢屋子，至少我還有機會可以突破現狀，獲得自由。或者，也可能不會成功，但是我必須去嘗試。

我想了一個辦法，可以同時滿足亞歷士的道德底線以及對我健康狀況的關心。「如果我出去之後是回到『我自己的』房子，而且我保證會住在那裡，這樣子你願意幫我離開這裡嗎？」

亞歷士的表情稍微開心了些。「真的嗎？」

「當然，我會這麼做，但是你必須幫我離開這裡。」

亞歷士等了一段很長的時間，然後才站起來。「好的。讓我去要求檢視妳被送進來的文件，裡面一定會有錯誤，總是這樣子的。如果沒有錯誤，我就直接找他們主管談，假裝文件有問題。」

他走去開門。在那時候，我突然想起一件事。「亞歷士？」

「怎麼？」

「你說那幢屋子裡面曾經發生過可怕的事情，是什麼意思？」

亞歷士避開我的目光。「哦，沒什麼。我只是想到妳可能發生的迷幻旅程，還有貝蒂的事，就這樣。」

35

三十分鐘之後，一整個團隊的人員集結在我病房裡。一個穿著西裝的男人，手裡拿著文件，一名祕書、一名醫師和一名護理師在一旁待命。亞歷士站在我的床邊，手裡握著那份文件的影本，用紅筆將重要的部分圈出來。

穿著西裝的男人非常生氣。「妳哥哥似乎認為我們是違反妳的意志扣留妳，我已經向他解釋過：即使他宣稱在相關文件裡找出一些不正確的地方，但妳是以自願就醫的患者身分進來的。可不可以麻煩妳好心地向他解釋一下呢？」

我非常高興地告訴對方：「不，並不是。到這裡來完全是違反了我的意願，我是被監禁在這裡的囚犯。」

穿西裝的男人無話可說。亞歷士告訴他：「就算她是自願進來的，你們沒有對她做任何的評估，那就表示你們沒有權利收走她的私人物品，也不能禁止她使用手機，更沒有權利強制她就醫。」

亞歷士進一步施加壓力。「等到早上，我就會針對你們向法院申請強制令。各大報會爭相報導這家醫院是如何踐踏法律，最後會寫出什麼樣的新聞稿就沒有人知道了。我想你們應該都同意，素來享有優越名聲的一家醫院，遇到這種事情會有非常嚴重的後果。」

穿著西裝的男人遲疑了一會兒，然後一言不發地走出去，其他人也都跟著出去，把亞歷士和我留在那邊。

不過，他們幫我們把房間門留著沒關上。

✦

「你真的認為瑪莎在我的水裡面下藥嗎？」

我們坐在亞歷士的車裡，車子暫停在倫敦外環高速公路的避車岔道上。我們已經開了將近三十英里[5]，大概再開十五分鐘左右就可以回到我的房子。

亞歷士看向窗外。「是這樣，有三種可能性。第一是妳自己服用藥物，但那聽起來太瘋狂了，我不敢相信真的會發生那種事。第二是妳的精神狀態已經達到產生幻覺的程度，症狀看起來就像妳服用LSD迷幻藥的後果一樣。第三，就是瑪莎在水裡下藥。如果不是前兩種狀況，這就是唯一的解釋。」

「沒錯，一定是這樣。」

「妳覺得傑克也有參與這件事嗎？」

旁邊的車子呼嘯而過，高速帶起的風將落葉和塑膠杯吹過避車岔道。汽車引擎的低鳴聲從很遠的距離外就能聽見，音量逐漸提升直到車身經過，然後引擎聲再度遠離消失。時值傍晚，天色將暗，經過的汽車都點亮了側燈。感覺上，我們就像是在世界的盡頭。

「我不知道。」我坦承。「我忍不住認為傑克笨到沒辦法使陰謀。而且，他多多少少對我說過：他希望我離開是因為他認為我是臥底警察，或者是敵對藥頭的手下。」我從喉嚨深處發出一個不滿的聲音。「如果說是瑪莎把這些念頭裝進傑克腦袋裡的，我一點也不會覺得意外。瑪莎就像是木偶戲表演時在背後操作繩索的人，她似乎從一開始就知道我的目的。瑪莎還把貝蒂的名牌掛在她的脖子上。」

亞歷士覺得噁心地退縮了一下。「妳是在開玩笑吧！」

「我知道她希望我消失，那個女人肯定有很嚴重的問題。」

亞歷士皺著眉、頭歪向一邊。「這對她來說有什麼差別？她不可能涉及妳的五歲生日派對，她不在現場。她和這個不幸的事件有什麼關聯？」

「我生日那天，她來到那幢屋子的大門口。我知道就是她。」

亞歷士露齒微笑，但看起來並不開心。「妳相信妳的迷幻旅程，多過相信人口普查和選民登記簿？」

我沒有其他選擇，只能說：「沒錯，我就是相信。」

「那根本不合理。」

❺約等於四十八公里。

的確不合理，但將來一定會找出其中的邏輯。

「所以，妳認為那時候他們全都在一起？瑪莎、妳爸和威爾森醫師？」

「還能有什麼其他的解釋？」我的頭痛越來越劇烈。「我找到我爸和威爾森醫師之間的連結關係，他們是老朋友，而且一起工作過。但我不曉得為什麼，威爾森說瑪莎是他的病患之一。就我看來，這有一點太過巧合了。你聽我說，我真的必須回家了。」

「但妳真的要回家去嗎？重點是，威爾森和妳爸很快就會發現我把妳從那間醫院帶走了。他們很可能再認真去弄一份文件好把妳再送進去。妳為什麼不回我那邊，然後低調的過幾天呢？他們不會去我那裡找妳的。」

亞歷士的態度充滿期望，所以我不忍心拒絕他。「我會考慮看看，但我需要回家一趟。在這之前，你可以先做一件事嗎？」

他的表情再次充滿懷疑。「什麼？」

「抱抱我，請你抱我一下。」

亞歷士的手臂立刻擁抱著我。我忍不住大聲啜泣，全身顫抖地像是身體要斷成兩半、爆發出來。爸爸對我所做的事，他允許威爾森醫師對我所做的事，是我有生以來最糟糕的恐怖經驗。比起那些惡夢、醒著睡、尖叫聲、刀子、巨大的尖針，遠遠惡劣許多，是最糟糕的背叛方式。不對，更糟糕的是他們從來沒告訴過我：我不是他們真正的小孩。曾經，我屬於另一個家庭，我的血肉親屬。為什麼他們不告訴我？

我還是沒辦法告訴亞歷士。「那裡面很恐怖。」

「我知道。」亞歷士用溫柔舒緩的掌心摩挲著我的背部。「妳知道妳最吸引我的是什麼地方嗎？」

我沒辦法回答，抽抽噎噎地太厲害，我只能搖頭表示。

「妳的臉。」

「別再笑了！我看起來像是剛從一窩鳥巢裡被踢出來的樣子。」

亞歷士輕聲笑了一下，身體往後拉開，用手掌捧住我的臉。我不敢看他。

「雖然妳想要掩藏，但是妳的臉上充滿生命力，讓妳整個人散發了光彩，完全不需要化妝品來修飾。我第一天去你們辦公室就看見妳了，妳是那麼地引人注目。」亞歷士停頓了一會兒，彷彿很難將下一句話說出口。「有些人身體自帶光環，可能稱之為氣場吧，我不確定，但是，妳身上就有。我不希望有一天會看到它變得黯淡、燃燒殆盡。」

我的臉好燙，幾乎可以煎雞蛋了！我不敢相信亞歷士說的話，說我身上有特別之處，說我是獨一無二的。

我能夠對他表達內心極致感激的方式，就是睜亮眼睛去親吻他。我們在他的汽車前座，深深地擁吻。

叫停的人是我，屏著氣息地退開了身子。事實上是我沒辦法再處理更多情緒了，所以我說：

「我只是想要回家，回我真正的家。」

亞歷士能夠理解，就如同我一向知道他可以懂的。他發動車子，我們駛離了世界的盡頭。開車回我家的途中，一路暢行無阻。我們到的時候，亞歷士下車想要陪我進去，但是我沒讓。

「可以了，我今天享受了夠久的私人護衛服務。今天晚上我只想要自己一個人靜靜，這幾天太累了。我要洗個澡，然後上床睡覺。我明天早上會打電話給你。」

亞歷士真的很擔心，所以我給了他一個擁抱，再好好地吻了他一會兒。「我對你有說不完的感謝。」

他轉身離開，像個業務承辦人似的留下一句：「明天早上打電話給我。」

我走進房子，裡面有些混濁悶溼的氣味。我想等亞歷士把車開走之後再去洗澡，但是我沒聽見汽車發動的聲音，反而是大門上傳來一陣敲門聲，是亞歷士又回來了。

他把手伸進口袋裡。「我想這個東西最好交給妳。」

他交給我一個信封，我看著信封、又把信封翻過來看。「這是什麼？」

「這是牆上字跡的第三部分，我把它翻譯出來給妳看。我本來想把它撕碎丟掉，但我想還是應該交給妳比較好。」

「你是怎麼拿到這個部分的？」

亞歷士緊張地清清喉嚨，目光閃躲。「後來才知道派西阿姨有隔壁屋子的鑰匙，是以前彼德斯一家人住在那裡的時候留的，妳知道，就是放一副備用鑰匙在鄰居家，以免他們找不到自家鑰匙的時候——」

「但是什麼時候？怎麼辦到的？」我心急地問道。

亞歷士又咳了一聲，眼睛轉過來看著我。「在他們把整個房間漆成黑色之前。過程其實很簡單，我等到他們離開，偷偷溜進去，在妳衣櫥後面的壁紙底下找到約翰・彼德斯剩下的那些字跡。」

「亞歷士，你這混蛋！」我氣死了。「你為什麼不告訴我？」

「告訴妳選民登記簿和人口普查資料之後，我原本要說的，但是因為我堅持要妳先睡覺休息一下，妳就生氣跑走了。」

我喊道：「但是你後來還有見到我啊！」

「我很擔心妳的健康狀況，必須評估是不是要讓妳看這個東西。」亞歷士的語氣和臉上的表情都變得很嚴肅。妳要做好心理準備，讀了可能會有不好的後果。」

然後，亞歷士重複了一句他在醫院病房裡說過的話，這一次他說的是真的：「那幢屋子裡面曾經發生過可怕的事情。」

36

亞歷士轉身離開，我手裡緊緊握著那只信封，我知道那會是關於我的過去最大的一塊拼圖。我著手拆開信封，然後又停下來，因為我害怕讀完之後會讓我心亂到沒辦法回去那幢屋子。我沖了澡，著裝準備作戰。軍用戰鬥褲、黑色套頭罩衫、淺口包頭鞋、頭上一頂貝雷帽。我走進廚房，找到一柄長刀，用磨刀石磨利之後，放進戰鬥褲的側面口袋中。然後，我叫了一輛計程車。

十分鐘後，一輛計程車出現在家門外。我不曉得這會不會是最後一次離開這個家，亞歷士說的沒錯，沒有人知道瑪莎會做出什麼事，但是這一次我已經準備好要對付她了。我坐進計程車，車子開上路了。在要轉進主要幹道的路口，計程車停下來等其他車輛通過。我看向車窗外，看見亞歷士的車子停在那條路的底端。他在等我，他搖了搖頭，並沒有被我呼嚨過去：他知道我打算直接回到那幢屋子去。我焦急地希望計程車趕快開走，因為在我內心深處，很想要下車跑到亞歷士溫暖的車裡，然後一起開走、遠離所有的一切。我的手握住車門把手，就在我準備開門下車的時候，計程車起步開走了。我晚了一步，但是，我很高興是這個結果。

我們駛離當場的時候，我朝亞歷士的方向拋去一個飛吻。

✦

我走上那幢屋子的車道，渾身的動作與姿態都在告訴周圍的人：這是個有自信的女人。我現在的氣場很堅定，沒有人可以阻止我。今天，這幢屋子看起來也很壯觀。煙囪高高聳立，窗戶向外突出，車道上的小石頭尖銳得像是要刺傷來人。就連梅森石刻標記中，專屬於我的那把鑰匙都半藏在陰影之中。這是一種警告：不要進來這幢屋子，除非你已經準備好要被吞噬其中。

就使出你最壞的手段吧！有一件事情是這幢屋子辦不到的：把我吐出來。

我的神經緊繃起來。有眼睛在看我，我可以感覺得到。是一陣細微的貓咪呼嚕聲告訴我：觀察我的人並不是來自瑪莎和傑克的家裡，而是另有其人。派西狡黠的目光跟隨著我的每一個步伐，直到我站在她身邊。戴維斯舒服得像隻緊閉的蚌殼窩在派西懷中，她患有關節炎的手指溫柔梳理著貓毛。

派西突然惡聲惡氣地說：「妳會搞得比亞歷士還糟糕，妳曉得嗎？」

我嘆了一口氣。如果派西不用某種形式對我指手畫腳，就不算是和她聊到天了。

「我明白。」派西是用她粗魯的方式在表達善意，但我的注意力放在別的地方。

亞歷士的派西阿姨把身體靠過來。「我看到救護車來把妳載走了，從頭看到尾。我想妳現在一切都好了吧？」

「對啊，我已經好了，可以出院。」我突然想起來最後一次看到派西和亞歷士在一起的那天，她談到約翰．彼德斯一家人是那麼地不高興；當時她是如何弓著頭、匆忙地離開。當時的我，就和現在一樣，覺得派西還有話沒說出來。當時的她，就和現在一樣，還藏著一個祕密。

我直接開口問：「約翰．彼德斯是個什麼類型的人？他是個外科醫生，對不對？」

現在，派西臉上的表情像是我剛剛宣判了她的死刑，原本在輕柔撫摸貓咪的手，突然抓緊了貓咪。

派西立刻轉頭要回家。「那個……我必須要去——」

「我以前住在那幢屋子裡。或者，我肯定是經常到這裡來。」我細慢綿長地從胸中吐出一口氣來。大聲說出這件事比較容易，聽起來也比較自然。

派西頓時停住腳，半轉過身來，嘴巴呈現「O」字形。然後，她皺起眉頭仔仔細細地盯著我看。「我記得這條街上的每一個人，不記得有見過妳啊。」

「在1998年的時候，關於約翰他們一家人的事情妳還記得多少？可以告訴我嗎？」

「1998年？」派西幾乎是尖叫著念出這個年份。然後用力地搖著頭，力道之大讓人覺得那顆頭還能連在她身上簡直是個奇蹟。「不記得那一年的事了。對，我那時候去加拿大看女兒——」

「妳為什麼不告訴我實話？」

派西轉過來面對我，臉色脹紅，面無表情。「因為我沒有辦法說。」

我腦中充滿期待，心臟狂跳，幾乎要冒出火花。「這裡只有妳和我在，其他人不需要知道我們之間的談話。」

派西膽怯的眼神抬起來去看瑪莎和傑克的屋子，那時候我才明白：這個老太太在害怕某種事物。

我低聲說道：「妳在怕什麼？他們威脅妳了嗎？」

我的腦袋回想起因為貝蒂的死，大家公開對質的那一次。當時傑克很生氣地指責派西竟然叫警察來，而派西連忙發誓自己並沒有找警察。那時候，派西很害怕傑克認為她叫了警察。這其中究竟有什麼蹊蹺？

派西的目光轉回我身上，她的舌頭緊張地舔了一下她的下唇。戴維斯用頭在她胸前摩挲。最後，她告訴我：「我不想被關進牢裡去。」

「牢裡？」我很困惑，難以理解。「我不懂。」

派西重新走回我身邊，就一個老婦人而言，她的腿腳算是很靈活。「是那個男的，警告我說：如果我敢跟別人提到任何關於那個女的以前所做的事情，他就會向警察舉發我。」

「妳說的是傑克嗎？」

派西誇張地對我翻了個白眼。「我可不是在說教宗，好唄？」派西生氣地罵道。然後她臉一垮。「我只是為了止痛才那麼做。」

我強忍住想插嘴的衝動，知道派西終於要說出來了。

派西舉起一隻手在我面前搖晃，手指頭都彎曲了。「我的醫生開的關節炎藥有時候就是起不了作用。」她的胸口難過地起伏。「那就是為什麼我很想念我的貝蒂，我痛得很厲害的時候牠都曉得，就會跳上我的大腿來舔我的手，好像牠可以把痛痛舔走似的。真正能夠緩解疼痛的，是那個男的種在花園裡的東西。」

「妳指的是大麻？」

派西點了一下頭。「在我們還會互相交談的時代，我跟那個男的說了我生的病。他告訴我：他有東西可以幫我止痛。」派西的表情因為愉悅的回憶而亮了起來。「哦……那真的很棒，也讓我很開心。」

我的腦袋裡浮現派西坐在壁爐前面吸大麻菸捲的畫面。

「當然，他讓我落入他的陷阱裡，因為我知道我抽的東西是違法的。在我告訴他說因為花園的爭議要把他們告上法院的時候，他氣炸了。說如果我敢吐露一個字，他就要告訴警察說我是他最大的客戶。」派西的臉垮下來。「如果被我家裡人知道的話，該有多丟臉！」

「妳只是為了幫助自己擺脫難關、解除痛苦，警察不會因為這樣就把妳丟進監獄的。他們想要抓的是販毒的人，不是使用者。」

派西將戴維斯摟緊一些，打量著我。然後幽幽地說：「1998年的時候，約翰的家人前一分鐘還在那裡，下一刻就不在了。他和他可愛的妻子分開這件事情實在太悲哀了，他太太是一個那麼好的人！」

「他們去哪裡了？」我追問道。

「根據約翰的說法，他太太為了別人離開他，帶著小孩一起搬去澳大利亞。怪事一件。不過我跟妳說，我認識那些孩子，每次他們過生日的時候，我都會送卡片給他們。那些可愛的孩子們。但是，我向約翰問他們的新地址的時候，他並不是說『不給』，也不是說『我不想給妳他們的地址』或是『我不知道』。他總是回答說他會給我，但卻從來沒告訴過我。我問了他快要一百次，但他就是從來不告訴我，很奇怪。」

「妳指的是什麼？」

「好像約翰並不想讓我知道他們住在哪裡，而且回頭想想，他的妻子和小孩離開的時候，我都沒看到搬家公司的卡車。他們前一天還住在那裡，隔天就消失了。」

✦

他們前一天還住在那裡，隔天就消失了。

我把鑰匙插進鎖孔、打開屋子大門的時候，腦中還不斷回響著派西的這句話。我原本擔心門鎖被換掉，但如果這是指派給傑克的工作，他就根本沒費心去辦。我走進門廳，屋子裡沒有點亮任何燈光，不過可以看見遠處的餐廳裡泛出蠟燭的亮光。整幢屋子看起來像是一場羅曼蒂克的兩人晚餐，也像是一場葬禮的接待室。傑克從樓梯下方的壁櫥冒出來，拿著一把強力手電筒。

他把手電筒對著我照，然後爆出大笑。「哈！真是意外。瑪莎！瘋鳥從奇異農場逃出來囉！

哈囉，親愛的，歡迎回來。妳可以幫我拿一下手電筒嗎？看起來是保險絲燒掉了。那個……他們有給妳下藥嗎？妳應該直接來找我的，那件事我可以幫得上忙。哈哈！聽好，寶貝，我不介意有些發瘋的舉動，但不要在晚上就好，不要在我想睡覺的時候搞事。」

我沒看見瑪莎的影子。傑克現在正在樓梯下面修理，我走上去幫他拿手電筒，照個保險絲盒。一道藍色的火花從樓梯下方噴出來。

傑克嘆了口氣。「這幢屋子的電力系統壞得很徹底了，我最好拿些蠟燭給妳，麗莎，可別在黑暗之中被嚇到了，對吧？」

傑克走過門廳，我則走進餐廳。瑪莎坐在角落裡的一張維多利亞風格扶手椅上，我走進去的時候，瑪莎看了看我，然後站起來。燭光映照下，瑪莎看起來很迷人，美得幾乎不像真的。「所以，妳真的回來了？」

「沒錯。」

「妳覺得那是明智的選擇嗎？在妳這種精神狀態下？」

瑪莎美麗的臉龐和我的臉只相隔幾吋，她的眼睛在燭光照映下像閃閃發光的寶石。不過，我沒有退縮。「我很好。」

「我不認為妳很好，威爾森醫師似乎判定妳病得很嚴重。妳有幻覺，妄想出各種奇怪的東西。我認為威爾森醫師將這些都包含在他的報告中了。」

我再往瑪莎靠近一些，兩人幾乎要碰觸到對方。「對，很好，妳全都知道了，看來妳真是威爾森醫師的好朋友。妳是不是還幫他整理筆記資料呢？」

瑪莎露出微笑。「在我看來，妳是個鬥士，麗莎，妳比我這輩子認識的大多數男人都更像個男人。」

「比方說彼德斯醫師，他就不太像個男人，對嗎？」

瑪莎冷硬地瞪了我一眼。「什麼醫師？」

「好了，女孩兒們，別再繼續耳鬢廝磨了，這裡可不是那種屋子。」傑克插嘴道，隨即因為自己的爛笑話而吃吃竊笑。

傑克一隻手拿著一座分枝燭台，另一隻手裡握著大把蠟燭。

瑪莎對我笑了一下，往外走去晨間起居室，手裡握著她自己的分枝燭台。我懷疑：瑪莎以前是不是當過演員？

傑克點亮幾根蠟燭，然後把蠟燭放在燭台上。「妳的好了。現在，妳可以帶著這個上樓。電燈很快就會恢復原狀，只須要稍微重裝一下電線就好了。」

我走上通往我房間的第二套階梯。傑克和瑪莎最近很忙，很明顯是覺得我應該根本不會回來。我的行李在床上堆成小山，毫無疑問地，是在等我爸到這個不需要有人教他就能找到的房間裡來把東西帶走。

我把行李推到一旁，好空出位置坐下。我拿起我的包包，但是沒有打開，而是深吸了一口氣，這一口氣給了我力量去完成接下來要做的事情。最後，我拿出亞歷士交給我的那只信封，抽出裡面的紙張。我打開來準備開始閱讀，電燈閃了幾下之後又暗掉了。我可以聽見傑克的怒吼聲和詛咒聲從屋子的深處傳來。我拿起燭台，放到離我近一些的地方，然後開始讀亞歷士對牆上字跡的翻譯。

✦

我不知道自己僵硬冰冷地坐了多久，讀完約翰・彼德斯的故事之後，我全身的血液彷彿都融成冰雪。一顆淚珠從臉頰上蜿蜒流下。我沒辦法再讀一遍，就是沒有辦法。那個故事讓我想要嚎啕大哭、讓我想要用力出拳捶打在黑色的牆壁上。

37

我走到衣櫥那邊，去拿排列在深處的水瓶。拿起一瓶小罐的水，注意到我以前就該發現的事情——瓶蓋被開過了。只有邪惡的心靈才會想要對另一個人下藥。我記得有一天早上覺得水喝起來的味道很不新鮮，顯然是毒品的餘味。亞歷士提醒過我：一旦有機會，就要趕緊把所有的水倒進水槽、馬桶、窗外等等任何地方都可以，只要別再繼續危害到我的健康。

我拿起一瓶水，越過整個房間來到窗邊，把窗戶整扇打開，望向遠處的倫敦市區。我心想：外頭有多少人急著想要找地方住，所以考慮向別人分租一個空房間？去分租一個完全不知道對方底細的人家，一個完全陌生的房東，堅持著在他們的家裡就要遵守他們的規則。

我將注意力轉回那瓶水上，記得亞歷士叫我要倒掉。我旋開瓶蓋，倒轉瓶身……直接灌進我的嘴巴裡。

✦

我喝掉了全部的水，每一滴有怪味道的水都喝下去了。我差點就不喝的。喝完之後，我坐在床上的第一件事，就是立刻開始後悔自己剛才做了什麼。我覺得自己沒辦法再面對那種狀況，尤其是在讀完那些文字之後。

至於瑪莎知道我現在做的事……光是想到她都讓我覺得噁心。自從她發現我的身分、知道我會醒著睡、知道我在夜裡會歷經恐怖的折磨之後，要把我推落崩潰的深淵就變得很容易。在水瓶裡摻入LSD迷幻藥是個高招。但她低估我了，我要用她對付我的武器來對付她……如果成功的話。

我知道這樣做很瘋狂，這很可能只是單純的白癡作為，但是，我剛剛讀到的細節讓我明白了昨天的迷幻旅程所看到的內容。它讓我看見了真相，多年前那件事情的開端。現在，我需要把記憶再往前推進，就是這樣而已。感官之門……在你吸毒之後，這道門就該開啟的，不是嗎？或者，那是通往地獄之門？還是，同時兩者兼具？迷幻旅程也有風險，我可能會經歷像上次亞歷士在大街上遇到我的那種可怕經驗。但是，我必須試試看。

我躺回床上，等著看會發生哪一種。

我覺得我聽見了天花板傳來啪搭啪搭的水滴聲。是LSD發揮作用了嗎？然而，等我起床看向窗外，看見外面在下雨，就開始大笑。說不定，水瓶裡剩下的劑量已經不足以產生效果，或者是藥物失去效力什麼的。但後來我發現雨滴變成好大一簇閃亮亮的銀色光芒——是從天而降的小星星——我就曉得迷幻藥發揮作用了。但後來，又變回雨滴了。也許這次沒有成功，但不管怎樣，我沒有時間可以浪費了。我快速走到門邊，在我打開門之後，嚇了一大跳！

瑪莎坐在外面的地板上，背靠著牆壁。

等我從驚嚇中恢復過來，我覺得很高興。出招吧！

「哈囉，瑪莎。」

她那雙美麗的綠色眼眸看起來像是毒蛇的瞳孔。「哈囉，麗莎。」

「瑪莎，我一直想要問妳一個問題。」

「哦？真的嗎？」

「妳是怎麼知道我的身分的？」

瑪莎看起來像是個兇惡的老巫婆。還是說，因為我覺得這個女人是個老巫婆，所以她現在看起來才會像個老巫婆？

「妳錯了，我不知道妳是誰。」

「我是彼德斯醫師的女兒。」

「哦，這樣啊。」瑪莎盯著我看了好長一段時間。「妳看起來狀況不太好，可能是因為妳一直在煩惱那些事情：彼德斯醫師、威爾森醫師、妳爸爸和媽媽、牆壁上的字跡。這些事情足以逼瘋一個女孩子，而妳從一開始就已經滿瘋了，不是嗎？讓我們坦白說吧。」

我臉上的血色盡失，全身發冷。

「沒錯，威爾森醫師親口告訴我所有的事情，我去找他問清楚妳的目的。妳以為在我那樣子對待他之後，他會直接把門甩在我的臉上嗎？並沒有，他迫不及待地告訴我所有骯髒的細節。他是我的其中一任前男友，一個無法戒除習慣的男人。我毀滅他的方法，就和我毀滅彼德斯醫師的方法一樣。那是我打發時間的方法：摧毀男人。」瑪莎望進我的眼睛。「說到戒除習慣，麗莎，妳該不會像那天晚上一樣又嗑藥了吧？就妳這種脆弱的心理狀態來說，那實在是非常不聰明的做法。」

瑪莎在坦白招供。我想要列出一張問題清單去質問她，但是我沒有辦法有條理的整理好、也沒辦法提出合乎邏輯的問題。所以我放棄了，直接朝著樓梯走過去。

瑪莎抓住我的手，她的指甲掐入我的掌心。「小心，妳可能會跌下去。讓我幫妳。」

瑪莎起身的時候，灼熱的手滑上了我手臂。我想要打斷和她之間的接觸，但是我做不到。

「妳想要去哪裡？妳想要知道什麼？」

我突然想到：瑪莎可能會在樓梯上試圖殺死我，所以我開始掙扎。但同時我也很感激她在現場，因為她說得對。我已經喪失所有對於時間與空間的感受能力，我真的可能會跌下樓梯。

我很委靡地對瑪莎說：「妳是個殺人犯。」

瑪莎仰起頭大笑，那兩排完美的牙齒就像被雨水沖刷乾淨的成排墓碑。「我？哦，親愛的，妳可真不算是個好偵探，對吧？我從來沒有殺過任何人。」瑪莎把我拉近一些，低聲說：「妳的爸爸才是，麗莎，他才是兇手。去看他的遺書就知道。妳搬來的第一天就發現了其中一張，妳匆匆忙忙趕去上班的時候，我在妳書桌上看見了。」

愚蠢！愚蠢！愚蠢！妳為什麼不把那封信收好、藏起來？

瑪莎噴在我臉上的氣息有毒。「妳爸爸承認了，他是殺人犯。他殺死了妳媽媽和妳的哥哥姊姊，而且，他也想殺了妳。是為了什麼呢？因為雖然我是他的情人，但我不想和他私奔，這讓他發瘋了。同樣的，這也讓妳發瘋了。妳想想看：殺死你自己的家人，全都只是因為你愛的女人不肯跟著你走？」

我很害怕。我需要凝聚所有的智慧來判斷，但我已經筋疲力盡。我必須相信我的眼睛、耳朵以及我全部的感官，但是我辦不到，我的感官全都消失在一個四周貼滿鏡子的空間裡，沒有任何東西是真實的。我應該要相信眼前這個女人，因為她知道那天所發生的事情，但是，她運用真相、半真半假的故事，以及謊言在編織一個網子將我困住，目的是要完成從她在我的水裡下毒那天開始佈局的大業。我超級想要回到剛才，去把那些水倒進水槽裡。或者是更早之前我還很陰鬱的時期，回到我第一次發現這幢屋子牆壁上的梅森石刻標記、而開心地喊道：「我找到了！」的那一天。或者，甚至是回到我五歲生日的那一天，我大喊著：「有人要把我們全都殺掉，快逃！」

我想要離開，但是沒有出路。接下來會將真相一路展開到結束，但我不知道終點在哪裡。不知道怎麼做到的，我和瑪莎站在門廳上，像兩個情侶一樣黏在彼此身上。我們是怎麼走到那裡的？我困惑的腦袋想要分析這個情況。

我聽見背後有人說話，但我沒有回頭看。「她怎麼了？」

是傑克。瑪莎轉過身，面無表情地回答：「她又嗑藥了，我就是陪著她走路度過這段時期，確保她不會做出任何蠢事。別擔心，她明天就會回去住院。」

傑克聽起來不是很相信瑪莎的說法。「真的？她是從哪兒弄到的藥？」

「我怎麼會知道？這方面你才是專家。」

傑克沒再說話。我想向他大叫求救，但我的聲音都被鎖在狂躁的腦袋裡。傑克繞過來，走到我們面前，伸手拉開我的眼皮檢查我的瞳孔，再戳戳我的臉頰。傑克不相信瑪莎，心裡有所懷疑。我不只能從他疑惑的表情看出來，也可以從他過分明亮的眼睛裡看出他的懷疑。

「她需要看醫生。」

「好主意，你去叫醫生，順便找個好律師，等到有人開始問東問西的時候，你就需要律師在場了。」瑪莎的口氣很惡毒，充滿不屑的嘲諷。

「我認識一個口風很緊的醫生。」傑克看著我問：「妳還好嗎？」

瑪莎插進來說：「她很好，你為什麼不滾遠一點去看電視？」

我在心底吶喊著：「她是個殺人犯！她要殺了我！」

然後我發現：我已經大聲說出來了。

瑪莎用手指頭在自己的頭旁邊輕輕點一下，翻了一個大白眼，暗示我已經胡言亂語了。「我已經叫你走開，去看他媽的足球賽！」她冷酷地對傑克下命令，彷彿她有無上的權力可以控制他。

傑克看著我，然後非常緩慢地溜進起居室。瑪莎突然變成一個匆忙的女人，扶著我走進餐廳。

「這裡就是案發現場，妳爸告訴我的。妳、妳媽媽，還有妳的哥哥、姊姊都在這裡，為妳的五歲生日辦一場慶生派對。妳爸爸遲到了，因為他在飯店裡和我做愛。」

住嘴！拜託讓她住嘴！

瑪莎不肯停下來。

「我們完事之後躺在飯店床上，妳爸懇求我和他私奔，說他沒有我就活不下去。當然，我拒絕了。他有家庭義務要負責，而且再怎麼說，我是妳媽媽最好的朋友啊，妳曉得這件事嗎？」

別再說了！別再說了！

「想想看：妳媽媽哭訴說妳爸爸從來不回家，她懷疑他有外遇。那個時候，妳媽媽哭訴的對象就是我。她覺得我是她唯一可以信賴的人，她甚至邀請我參加妳的五歲生日派對。妳想想看！她老公的情人就是她以為唯一可以相信的人、她最親密也最親愛的好朋友。」

「很可悲，不是嗎？她其實是個好人，妳媽媽。所以，我不能和妳爸私奔。我不能那麼做，即使妳爸爸那麼愛我，就像威爾森醫師和其他那些男人一樣愛我。當然，我應該要慢慢地讓妳爸接受這件事，但是我是個殘忍的女人，我喜歡摧毀男人。所以，在妳爸走出飯店房間的時候，已經是個被毀滅的男人，眼中彌漫著濃濃殺意。」

我環顧餐廳四周，一切都靜止不動，椅子和高櫃子都沒有動作。

瑪莎那女妖般的聲響不肯放過我。「等到妳爸爸走進家門的時候，他把禮物交給妳之後拿起切蛋糕的刀子，當著妳的面將妳媽媽刺死，然後揮舞著刀子追殺妳們幾個、一路追到樓上。妳還記得嗎？」

我的確記得。瑪莎說的沒錯，在這個寂靜的餐廳裡，我記得。瑪莎的肩膀環抱著我，讓我想起那一天，另一個女人也是用肩膀環抱著我。一邊唱著：「一、二、扣上我的鞋子……」一邊為我穿上派對禮服。我親愛的媽媽在為我慶祝五歲的生日。我記得那些小孩，那些看不清楚臉龐的小孩，是我的哥哥和姊姊。我記得那把切蛋糕的刀子，我也記得被追殺的過程。我記得那些鮮血，還有小孩的尖叫聲。我記得那種恐懼。還有，我記得自己躲在床鋪底下。全部，都如同瑪莎所說的那樣。

只有一點不同。

「不對，事情的經過不是那樣。那天，妳來到我家門口，瑪莎。有一個女人尖叫，妳沒有尖叫，對吧？妳不是來這裡尖叫的，妳在我五歲生日的那天，來這裡對我媽說了一些話。然後，我就聽見一個女人在尖叫。」極度可怕的殘忍真相不斷流出來：「妳說完話之後，就離開了。她進來之後就想殺死我們，把我們追到樓上，那就是小孩們尖叫的時候。是我們在尖叫，是我在尖叫。然後，她自殺了……再後來，我爸爸回到家，看到了發生的慘案，也開始尖叫。這才是真正的事發經過。」

我像是醉了一樣地點著頭，幾乎快要跌倒。「事情的真相就是那樣。妳對我媽說了什麼會讓她想要把我們全都殺死？妳告訴她什麼事情？是說妳和我爸在我五歲生日當天做的事嗎？說妳是從和我爸做愛的飯店離開之後才來到我們家？妳就是這樣對我媽說的嗎？說那些事情？妳曉得她有多脆弱。妳有試著阻止她嗎？還是妳就直接離開了妳最好的朋友、完成了妳的邪惡任務？」

瑪莎什麼話都沒有說，她沒有說我是對的，但她也沒有說我錯了。我覺得有點茫然迷惘，但現在感覺上並不像是藥物所引起的。也許，那些水裡面的LSD含量不夠讓我飛起來。

瑪莎嘆了一口氣。「妳為什麼不去問他們呢？」

「問誰？」

「彼德斯醫生、他發瘋的可悲妻子、或是妳的兄弟姊妹？妳為什麼不親口去問他們呢？」

我瞠目結舌地望著瑪莎，這個女人瘋了。「因為他們已經死了。」

「妳也已經死了，從那天開始，妳就已經死了。妳是個沒有跟上節奏的孩子。我讓妳爸爸住在他自己家裡的那個房間裡，那段時間他就經常說：『我早就應該和其他人一起死去，麗莎也應該一起走，這樣子，一切就都圓滿了。』」

我不相信她說的話。不，那不是真的。

瑪莎緊緊握住我的腰部，帶著我走出餐廳。我自動地跟著她走過門廳、走上兩層階梯、進到我的房間。我面無表情地看著瑪莎把床邊矮櫃拖過房間，爬上去，把閣樓採光窗打開。她自己爬到採光窗的外面，貝蒂的屍體所在的那塊往外突出的窗台上。在我腦袋裡，我身處在別的地方，但我不知道是在哪裡。我覺得瑪莎會害死她自己，不過我並不在乎。我不會再在乎死亡了，我已經經歷過太多死亡。瑪莎把手伸進窗戶來扶我，她會害死我們兩個人，或者也許只會害死我。不過，我不在乎。我爬出了那扇採光窗。

「在妳爸把妳丟給愛德華和芭芭拉之前，他告訴妳：妳媽媽和哥哥姊姊都去天堂了，和星星在一起。」瑪莎舉起手指向黑色的天空。「去吧，去問他們，去問問他們究竟發生了什麼事。妳為什麼不像個男人一樣呢？不要像妳爸爸那樣，不是個男人。去，去親口問他們。不要太軟弱，軟弱令我覺得噁心。反正現在妳也沒有什麼遺憾了，就去和他們團聚吧！」

當然，瑪莎說的沒錯。我望向窗台的邊緣，看著那一片黑暗。但是，現在我已經知道真相了，我想活下去，我不再想要那無盡的黑暗。

我看向身後，想要回到房間去。瑪莎不會殺死我，我知道。但就在我往回爬的時候，我看見傑克向上瞪著我。

傑克在對瑪莎說：「妳他媽的到底在幹什麼？快回到這裡來！」

瑪莎輕蔑地笑著說：「你這個笨蛋滾開吧！她覺得她會飛，難道你要我讓她自己一個人待在外面嗎？」

「不是，我要妳們兩個人都回到裡面來。」傑克伸出手來抓我的手，想要把我拉進房間裡。這是個三方角力的狀態，但是我無法分辨誰在拉誰、以及為什麼要拉。瑪莎抓著我的手臂，她是想要把我拉出去還是推進去呢？由於傑克的手緊緊抓住我的手，所以我試著去抓住瑪莎的手。還是說，我其實是去推她而不是拉她？

我們的臉很靠近彼此，我可以看見瑪莎漂亮的綠色眼眸中出現恐懼。傑克使力地拉了我一把，瑪莎卻因此摔出去、滑落屋頂。有一度，她的腳搆著窗台；有一度，她的臉凝結在時間裡。然後，她消失了。

傑克把我拉進房間，他渾身都在發抖。然後再跳上去，看向採光窗外。他爬出去，極度小心地爬到屋頂上，從邊緣望出去。他壓低聲音、粗野地咕噥了幾句話，然後再爬回採光窗，回到房間裡。

傑克抓住我的肩膀搖晃一下。「好了。」他喘了一口氣。「她肯定是死了，我們必須叫警察。不過，等他們來了以後，讓我來負責說話。妳懂嗎？」他搖搖我。「我說：妳聽懂了嗎？」

但是我什麼都沒說，因為沒有什麼可以說的，只剩下真相。

38

我非常虛弱，把頭靠在亞歷士的肩膀上；我們坐在派西家的客廳裡。戴維斯躺在我們旁邊的地毯上，彷彿感覺得到我的憂傷。

大門上傳來敲門聲，我立刻緊張起來。希望不要再是警察了，我已經告訴過他們發生了什麼事，現在沒有力氣再說更多了。我會讓傑克負責說話，關於他太太跳出窗外的故事。瑪莎最近一直非常不安……威爾森醫師到警察局證實了這一點，他的病患瑪莎．帕默確實是個非常憂慮不安的女人。

瑪莎死了。我不知道自己應該要有什麼感覺，一個生命的終結從來就不是件值得慶祝的事情。但是，她是邪惡的人，邪惡的人沒有權利和我們一起生存。

「我來開門。」派西從廚房裡喊道。

派西現在一直表現得親切又溫暖，泡茶、拿出三明治和蛋糕，還有更重要的事，沒有對我問問題。

派西的頭從客廳門口探進來，擔憂地說：「門口有一位先生和一位女士，說是妳的父母親。」

憤怒的亞歷士替我回答：「叫他們離開，他們早就應該因為害麗莎遭受到的折磨而被關進監獄裡。」

媽媽和爸爸幾乎是和警察同時抵達瑪莎和傑克的家，他們一直很想要和我說話，我拒絕了。現在我已經明白真相為何，我很怕自己會對他們說出什麼話來。

「沒關係了，亞歷士。」我抬起頭來看向派西。「請他們進來吧。」

我現在感覺比較堅強了。故事裡還有不完整的部分，我想只有他們可以幫我補足。

爸媽兩個人的狀態都不太好，爸爸看起來像是老了十歲，媽媽的頭則是低垂著，臉色很糟糕，一直迴避著我的眼睛。

爸爸咳了一聲。「麗莎，我們了解妳現在不想和我們說話，但是我們真的很希望妳能夠給我們一次機會解釋。」

我感覺到亞歷士很想叫他們滾開，於是將一隻手放在他的大腿上。「亞歷士，可以給我們一點時間嗎？」

亞歷士有點勉強地站起身。「如果妳需要我——」

我疲倦地笑著。「我曉得。」

亞歷士離開房間的時候，不願意看向我爸媽。我站起來，改坐到扶手椅上，戴維斯陪著我換位置。

我揮手指向沙發。「請坐。」我將語調保持得客氣且自制。

他們一坐下，爸爸就開始說話。「麗莎，我——」

「不。」我極度需要自制力。「我不會哭喊、尖叫或咆哮，可能不久的將來我就會，但現在那些對我都不重要。重要的是，你們要告訴我，在我五歲生日那天，究竟發生了什麼事。我知道其中的一部分真相，因為約翰．彼德斯將他的故事寫在我房間的牆壁上。」

「什麼？」這兩個字像飛彈一樣從爸爸的嘴巴裡發射出來。

媽媽發出一種奇怪的慟哭聲音，身體也開始前後搖擺。我現在沒辦法處理她的悲傷情緒，我只有時間處理我自己的。

「我想要先把他最後一部分的故事讀給你們聽。」我對爸媽說。從口袋裡，我拿出亞歷士翻譯好的稿件，以一種堅定而平穩的聲音說：「他的故事開頭都一樣，會引用一位俄國詩人伊帝安．索拉諾夫的詩句。所選取的每一句詩文，都準確地貼合每一段故事。這一段也一樣，他說：『我安葬了其他人之後，我也安葬了我自己。然而，對我而言，根本沒有所謂的安詳。』」

我用盡全力讓自己的聲音保持平穩，繼續往下唸……

39

以前：1998年

他遲到了。再一次遲到了。他把鑰匙插進大門的時候，心裡想著：究竟有多少成分是故意為之？有多少成分是因為他再也不想回家？不論他的理由為何，他都深感內疚。孩子在慶祝生命中的新里程碑，做父親的不應該在這種日子遲到。他美麗的女兒瑪麗莎要慶祝五歲生日，在他的手臂底下夾著一份包裝精美的禮物，另一隻手裡則是醫事包。他一走進家門，就感覺相當地不對勁，發生了可怕的事情。

屋子裡一片死寂，非常不正常的寂靜。在慶祝瑪麗莎的生日，這屋子裡應該要充滿了可以掀翻屋頂的歡聲笑語才對。瑪麗莎一直很渴望能辦一場正式的派對，可以發邀請函給朋友們的那種；但是艾莉絲決定：她只想和家人們聚在一起。這個特別的時刻，他們可以把門關上、把其餘的整個世界都擋在門外。世界可以明天再過來，今天只專屬於他們一家人。

他知道妻子和小孩在家裡，因為大門並沒有像平常他們離開家那樣上了兩道鎖。當然，他們也不會沒跟他說一聲就出門吧？尤其是在瑪麗莎生日的這一天。

「哈囉？我的生日女兒在哪裡呢？」他特別開心的聲音，在這個屋子的寂靜裡聽起來很奇怪。

沒有回應。他的心臟開始狂跳，一定出了很嚴重的大事。他急忙走到餐廳裡，呼吸喘氣刺痛他的喉嚨。他不敢相信眼前看到的景象，徹底的混亂。派對飲料杯盤砸碎一地，果汁和氣泡飲料灑得到處都是，地板和家具無一倖免。椅子傾倒，吹好的氣球散置在地上，牆壁上「五歲生日快樂」的橫幅有一半垂下來。

在這個混亂的景象正中央，有一個生日蛋糕，彷彿是被放錯了位置的感覺。沒有人碰過的蛋糕放在餐桌上，看起來像是渴望有人能切開它。艾莉絲很小心地訂購了這個蛋糕，一個巨大的海綿蛋糕，上面繪有《建築師巴布》，那是瑪麗莎最喜歡的卡通節目。

然後，他看見牆壁上的東西。紅色的印子，髒污的痕跡，不平整的水滴形狀，令人厭惡的圖案。鮮血。他一看就知道是鮮血，因為身為創傷外科醫生，血液已經變成他最不歡迎的好朋友。他的擔憂轉變成完全的恐懼！女兒的禮物從他手中滑落，摔在地上。他覺得自己快要心臟病發了。

我的家人在哪裡？我的家人在哪裡？如果入侵的人……？

全身無力，內心恐懼，他跑進廚房。後門是鎖起來的，就像大門一樣鎖得好好的。他開始喘氣，渾身發抖，焦急地想要搞清楚是怎麼一回事。艾莉絲會用盡全力去對抗攻擊者，會用她的生命去保護小孩。事情一定是這樣子。

他從廚房跑到晨間起居室，再跑到客廳，全都空無一人。他站在屋子的正中心，那塊黑紅相間的地毯上，朝上看著樓梯。他覺得自己連骨頭都在顫抖。不管這裡發生了什麼事情，他知道全都在眼前的樓梯上等著他。他彎下腰，哭嚎了一聲。他不想上去，沒辦法面對，覺得自己沒有能力可以處理。

一次一節脊柱骨，他慢慢地挺起腰，將幾乎要奪眶而出的眼淚吸回去。他每天都要看見各種創傷，他可以處理這種情況。他必須處理這種情況。他的腳步沉重，像是要抓緊生命一樣地緊緊握住欄杆，踩著樓梯往上爬。他看到一隻手臂垂在第一道階梯的最上層，那時候他幾乎要往後翻倒。他想要嚎啕大哭，但不准自己哭。他每天都在看各種創傷，破碎的肢體，脆弱的生命。他要想能夠挺過自己的破碎人生——他的人生無疑已然被摔成碎片——唯一的辦法就是穿上白袍，扮演好一個外科醫師的角色。他走到樓梯的最上層，審視眼前的景象。

那隻手臂屬於他美麗的妻子，艾莉絲。她蒼白的軀體靜止不動，躺在樓梯平台上。她的兩隻手腕上各有一道血痕，她的生命從而流逝；這兩道傷痕會讓她很快地因為失血過多而死。她的兩隻手都垂落在那把刀的下方，刀子指著心臟的方向。

他立刻明白了自己看到了什麼，手腕上的割傷和刀傷都是傷者自己造成的。他親愛的艾莉絲，在六月一個完美的夏日裡娶過門的妻子，結束了自己的生命，殺死了她自己。警方和法醫只需要花幾分鐘的時間，就可以做出這項結論。

儘管難以置信的傷痛像爪子一樣生生刮痛了他的心，他還是拒絕哭泣。還不到時候，還有更多狀況要來，更大更嚴重的狀況。

靠近浴室門口的地板上躺著的是他的兒子，里奧。死了。他是瘋狂攻擊下的受害者，身體被砍刺了太多刀，數都數不清。兩處致命的刀傷是在背部。

他冷靜地走過二樓地板，在一間臥室裡的窗戶旁邊找到他的大女兒，蒂娜。微風透過網狀的窗帘吹拂在她的屍體上。蒂娜看起來像是想要逃到外面，但沒有成功。她身上的傷痕和里奧的一樣，不過這次致命傷只有一處，穿過她的胸膛。

還是一樣，他帶著專業的眼光，容許自己對於這裡所發生的事情做出判斷。他的妻子失控了，在她心理狀態不平衡、心神喪失的情況下殺死了自己的小孩，然後再將刀口轉向她自己。驗屍官會這麼說，發行到鎮上的報紙也會這麼報導。

他用手摀住嘴巴，開始尖叫，叫到肺臟都快破裂了。他快要瘋了，他很確定。他的小孩死了。死了。死了。全能的上帝啊！救就我！里奧，蒂娜，還有……

他的手從嘴巴上掉下來，帶著死亡的重量。瑪麗莎在哪裡？他從樓上跑到樓下，整個人都瘋了，但是到處都找不到他的小女兒。地毯上有一些他早先沒注意到的血跡，但是看不出來血跡最後去了哪裡。然後他開始想像：也許瑪麗莎逃到街上去了，有人救了她、帶她去醫院，但是她驚嚇過度，沒辦法告訴任何人事發的經過。他想要有這種結果，但同時心裡又對瑪麗莎安全無虞這件事充滿恐懼，因為他不希望有任何人知道他妻子做了什麼事。

最後，他在一張床底下找到瑪麗莎；他和艾莉絲以前會在那張床上做愛，但一年以前就不再繼續了。瑪麗莎蜷縮成一顆球，慶生禮服上沾滿了鮮血，還有，老天爺啊，她的兩隻腳底被割了一刀又一刀。他想像那個可怕的情境：瑪麗莎沒命四地逃跑，躲避朝著她攻擊的媽媽；媽媽揮舞著致命的長刀，戳進自己最小孩子的皮膚。不過，他的生日寶貝很勇敢，一直跑到床底下躲起來。艾莉絲沒辦法把瑪麗莎拖出來，她唯一能碰到的只有瑪麗莎的腳底。等到艾莉絲覺得事情完成了，她就離開房間，去到樓梯平台上結束自己的生命。

他跪到地上，背部抵著牆壁。他的人生就此結束，已然全毀。

「爹地？」

他的頭猛然轉向那張床，手忙腳亂地爬過去。是瑪麗莎，她用充滿痛苦、充滿淚水的大眼睛望著他。他的女兒還活著，他的胸腔響起隆隆的笑聲。

「是我，寶貝。爹地在這邊，爹地會讓妳好起來。」

他趴下去，爬進床底下，小心地將抽抽噎噎的女兒拉到身邊。他輕柔地將女兒擁入懷中。床底下只剩下一隻死老鼠，睜著一雙大大的死灰色的眼睛。

40

我讀完了。媽媽痛哭失聲，在屋裡形成一種淒涼哀傷的節奏。爸爸呆若木雞，臉色如槁木死灰，彷彿有人踏過他的墳堆。我想，的確是有人：約翰．彼德斯，我的親生父親，以及我其他的家人，在隔壁被屠殺至死的家人。

「你們為什麼不告訴我？」我平靜地問道。我沒有時間，也沒有精力可以憤怒了。

爸爸被哀傷重擊。「我怎麼能夠告訴妳：是妳媽媽，懷胎九個月生下妳的媽媽，殺死了妳的哥哥姊姊，而且還想殺了妳？我沒辦法對妳說出口。」他的聲音粗啞，音量只比呢喃大一點。「妳媽媽──芭芭拉──從來都不知道發生過什麼事。我跟她說我們要照顧一位朋友的小孩一陣子，後來變成好幾年。妳變成我們的孩子。」

「你有沒有幫我的親生父親掩蓋這件事？」

爸爸花了一段時間才做出回答。「我們全都是在醫學院認識的──妳父親、我和湯米．威爾森。我們一見如故，其他的同學給我們起了一個暱稱叫『醫學院三劍客』。」爸爸想起這段回憶的時候，嘴角閃過一抹微笑。

「你從牆上取走的那張相片裡的人就是我爸爸，和威爾森醫師合照的那張？」

我不需要爸爸點頭來確認這件事。「我們都選了不同的專科，約翰經過漫長的努力訓練，成為一名創傷外科醫師，他是當代最優秀的。」從他的語氣可以聽得出來，他對我親生父親的成就相當引以為傲。「我們一直是很親密的朋友，這就是為什麼他在這麼絕望的情況下打電話給我、我就必須幫助他的原因。我去到那幢屋的時候……」爸爸搖了搖頭，面無表情。「那是我所見過最接近地獄的景象。他給了我一個不用牽涉其中的選項，因為如果警察發現了，我可能會被抓進監獄。但是約翰什麼都沒有做，那並不公平。他只是考慮到妳母親的名譽，如果這件事情被刊登在報紙上，她就會被毀了。」

「跟我說些我媽的事情。」我輕聲插嘴。

「我不知道他們是在哪裡認識的，妳媽媽的成長背景很艱苦，在養護機構裡長大。我不知道她為什麼會進機構，不過，她沒有任何家人。她是那麼美麗的一個女人，那麼地引人注目。」他停了一下，繼續說：「然而，她有些地方非常脆弱，好像很容易就能讓她情緒失控——」

「這就讓我可以明白為什麼這麼一個美麗的女人，擁有一位親愛的丈夫，會殺死她的小孩。」天哪！大聲說出這些話讓我心好痛！

爸爸低頭看了一會兒，然後抬起眼光看著我。「如果不是因為瑪莎，也許就不會發生這種事。瑪莎．帕默是我所見過最能魅惑人心、又最為自戀的人。湯米研究心理學專業，卻非常愚蠢地開始和一位病患交往。」

媽媽第一次開口說話，眼睛裡透露著不屑。「我在湯米的派對上遇見過瑪莎一次，她和在場眾多男士調情，無所不用其極地要激起湯米的嫉妒心。她很有魅力，這點我承認，但是，就如同我臉上的鼻子一樣明顯的是：她的內心已經腐爛到骨子裡了。」

「我聽說他們分手了。」爸爸將故事接下去說：「我晚了一些才意識到這件事，因為突然之間，她變成艾莉絲最好的朋友。然後，她就可以直接接觸到約翰。她一定是迷惑了約翰，因為他們最後搞起外遇。他沉迷在瑪莎身上，完全被她所控制。」就和傑克一樣。「我告訴約翰要結束那場外遇，因為那對艾莉絲和孩子們都不公平。但是他沒有結束，事實上，他即將要為了她拋家棄子。」

我補上了剩下的故事。「她在我生日當天來到那幢屋子。她為什麼要那麼做？」

爸爸說：「瑪莎·帕默是個心懷恨意的邪惡女人，她無法忍受約翰每天晚上都回到艾莉絲和孩子們的身邊。所以，她來到約翰家裡。什麼都不知道的艾莉絲，邀請她這個最好的朋友進了家門。然後她告訴艾莉絲他們外遇的事情，將艾莉絲的世界摧毀殆盡。」

我腦中聽見大門口的尖叫聲，我按一按太陽穴，想停止那個聲音。

爸爸接著說：「她完成邪惡的工作之後，就自在離去了，留下艾莉絲面對自己的世界在腳底下崩潰。」

「但是，殺死自己的小孩，愛德華，然後再自殺。」媽媽驚訝的聲音在發抖。

「我知道，我知道。」爸爸低聲說道：「她不只是被自己的丈夫背叛，還被她所謂最好的朋友背叛。那是個太重的負擔，超過她所能負荷的程度。我想，她就是理智斷線了。」

接下來是一陣難堪的沉默。然後，我問：「你怎麼幫他的？」

「我勸他去報警，但是他不肯。他想要我做的事情是把妳帶走一段時間，我同意了。」

我看見小時候的自己望著車窗外面，深深凝望著屋子上的梅森石刻標記，看著它越變越小、終至消失。

「他給了妳一樣原本屬於妳媽媽的東西，一件她經常佩帶的東西。我們在妳十五歲生日的時候，送給了妳。」爸爸輕聲地說。

「我的圍巾。」

這是多麼地諷刺啊！確保我夜晚安全的圍巾，原本屬於想要殺死我的女人，我的親生母親。而且，我明白了另一件事：瑪莎一定認出了艾莉絲的圍巾，因為她是她最好的朋友。那天晚上我醒著睡之後，瑪莎帶我回到房間，她看見圍巾了。難怪她會問我那是誰的圍巾，而等到我回答說是我媽……我記得瑪莎是如何將圍巾放回床上，糾纏成一個、一個、又一個的結。

「他們的屍體後來怎麼了？」

爸爸再次搖了搖他的頭。「我不曉得。在我們這一行，可以接觸到各行各業的人，包括火葬場的殯葬業者。或許，他把他們埋葬了。我不曉得。」

在那一刻，我知道自己永遠沒辦法找到家人們安息的地方。

「已經有夠多無辜的人受到傷害了。」這是告別信裡的一句話，太多無辜的人了。

「他為什麼回來和瑪莎與傑克一起住在那幢屋子裡？」

我爸爸發出一個沒有笑意的笑聲。「那個魔鬼一般的女人將魔爪轉而伸向約翰，他沒辦法對瑪莎放手。湯米告訴我瑪莎是如何運作的，她的習慣是會在情愛關係結束後，從愛人身上奪走一些東西。」我想到貝蒂的名牌。「她想從妳父親身上奪走的，就是他的家。瑪莎會利用其他的男人，以及發生在約翰妻子兒女身上的事情來折磨他好幾年。只能怪約翰。我懷疑瑪莎最終會帶一個年輕的男人回家，那個人就是傑克，然後將約翰驅逐到屋子頂樓的那個房間。」

「這一定讓他承受不住，因為他自殺了，我發現他的自殺遺書。」

「我的天哪！」媽媽的眼神狂亂，不禁喊道。

「我知道。」爸爸說。

「什麼？」我的脊背豎直。「你怎麼知道？」

「我在現場。」

41

「你在說什麼？愛德華。」媽媽大喊。

「瑪莎打電話給我，告訴我約翰的行為舉止很怪異。」爸爸以絕望的眼神看著媽媽。「妳希望我怎麼做？把麗莎的父親交給那個女人？不可能。」他的語氣堅定。「我去那裡見約翰，他再三向我保證他沒事。我離開約翰去和那個女人講話，最後我們在樓下吵起來。等我回到頂樓的時候，約翰在那裡上吊了。」恐怖的回憶讓爸爸伸手捂住自己的嘴巴，額頭上的冷汗閃著亮光。「我把約翰帶走，交給一個我信賴的殯葬業者，為他辦了一場體面的葬禮。」淚水成行地流下爸爸的臉龐。「那些事情不應該發生在我的朋友身上，至少我能夠做到的是：確保他能安息。約翰的葬禮，只有我和湯米到場。」

「傑克呢？」我也想哭，但不准自己哭出來。我必須把故事聽完。

「他那時候不在，去北邊工作了。等他回去之後，我們覺得瑪莎會告訴他約翰已經離開了。她應該會告訴傑克：以後不要在她面前提到約翰的名字，假裝他從來不曾存在過。」

所以，這就是為什麼傑克堅稱之前並沒有租給其他房客。他沒有參與過程，只是遵從瑪莎的指示，就像一隻寵物聽從主人的命令。

爸爸開始劇烈地哭泣，堅強而內斂的爸爸，我知道他只是想盡力為我做到最好。我沒有辦法坐在那裡眼睜睜看著他崩潰，我連忙過去抱住他，讓他在我懷裡傷心地痛哭。

「沒事了，爸爸，沒事了。」

爸爸抬起淚溼的臉龐看著我。「我發現妳和那個不道德的變態女人同住一個屋簷下的時候，我覺得自己心神喪失了。我必須把妳帶離那個地方，湯米也同意幫助我。」

「試圖把我逼瘋並不是正確的做法啊，爸爸。」

「我知道，但是我太焦急了。瑪莎告訴我，她在妳房間的書桌上看到約翰的自殺遺書。」

「她就是那時候推測出我是約翰的女兒嗎？」

「不是，她是從她先生那裡知道妳自己有房子之後，才開始懷疑。她透過選民登記簿去調查妳。」就像亞歷士調查那幢屋子的過程一樣，我的敵人用我自己的招數來對付我。「她從妳身上查到我之後，立刻叫我把妳帶走，否則……這就是為什麼我和妳媽媽來勸妳離開。我知道那次我和湯米一起來，把妳強制送醫這件事情很糟糕，但是我已經用盡了各種辦法——各種辦法——要讓妳遠離瑪莎。她一定會傷害妳，妳是艾莉絲僅存的孩子。」

媽媽把她的手放在我肩膀上，我們就維持著這個緊密聯結的姿勢，像個我們一直希望成為的親密家庭。

最後，我稍微後退、站直身體，再次拿出約翰．彼德斯的故事。很奇怪，他感覺不像我的父親。對我來說，他永遠是約翰．彼德斯。

「現在我們談過之後，我覺得自己比較堅強了，可以將剩下的故事念給你們聽。對我來說這很困難，因為它讓我在那麼長的時間裡，不斷被惡夢糾纏。我不懂，他為什麼可以這樣子對我？」

42

以前：1998年

他將受傷的女兒小心翼翼地放在床上的時候，她突然因為疼痛而大哭起來，小小的胸膛急促地起伏，急切地想要呼吸到空氣。他無法忍受女兒正在承受的痛苦，全都是因為他，因為他不顧後果的魯莽行事。在那個時刻，他做了一個決定。不論對或錯，他就是決定要那樣做。

他用手去撫摸女兒沒有沾到血的頭髮，臉上帶著微笑。「爹地是個醫生，我知道要怎麼救治發生意外的小女孩。」

他輕輕地親吻女兒的額頭，然後開始檢查她的傷勢。手臂和腿上的刀傷雖然慘烈，但不是太深。在她小肚子上的刀傷則深得多，艾莉絲下手時就是想要她的命。艾莉絲怎麼能夠下得了手？女兒腳底的刀傷會隨著時間過去而痊癒，他不是很確定傷疤會不會逐漸變淡。足底的肌膚自成一套體系，許多的神經線路終結在腳上，這些傷痕將來一定會讓他親愛的女兒痛到發狂。

他轉身朝門口走去的時候，瑪麗莎用一種虛弱、害怕的聲音哭喊：「不要離開我，爹地，拜託你不要離開我。」

他很快地走回來，再次親吻安撫女兒。「我只會離開一下子，爹地會讓妳好起來。」

✦

他拿著放在家裡的醫事包走回來。他總會準備好一套醫療用具放在家裡，以便臨時有急診時可以用。他把現有的止痛藥全都給了瑪麗莎，但很快地就發現並不夠用。接下來的三個小時，他在最小的、僅存的孩子身上施作手術，瑪麗莎只能痛苦尖叫，甚或緊緊咬住他塞在她嘴裡的毛巾。可是，他還能怎麼辦呢？如果他把女兒送到醫院，就必須回答各種問題。他不能讓他美麗的艾莉絲被媒體妖魔化，寫成一個會殺死自己小孩的母親。上帝請原諒他，他親愛的女兒必須忍受更多巨大的痛苦，來挽救他妻子的名譽。這全都是他的錯，全都該怪他。

這幢屋子的祕密，必須永遠埋葬。

43

現在

「我在作夢的時候，可以感覺到針刺進我身體裡的那種極度的疼痛。」我告訴一臉震驚的爸爸和媽媽。「真的好痛好痛！我一直無法理解，為什麼一把刀會變成一根刺針。他怎麼能夠對我做出那種事？」

爸爸把我拉近一點。「他把所有的事情都怪在自己頭上。我猜，就我認識的約翰，他只希望自己充滿愛的雙手可以治好妳。」

「我不懂為什麼自己記不得這些事情，我怎麼可能會忘記？」

開口回答的是媽媽。「沒有小孩會想要記住自己的媽媽想要殺死自己，還殺了自己的兄弟姊妹。帶著這種記憶活下去，會是多麼地可怕啊！」

爸爸補充道：「這件事情造成太大的創傷，遠遠不是妳的大腦所能負荷。雖然芭芭拉並不知道真相，但我們一致決定編造出農場的意外故事，幫助妳面對。如果我們讓妳記住一個真實生活中發生的事件，也許隨著時間過去，妳就能夠漸漸接受了。」

「但是我沒有。」

「妳現在覺得心情比較平靜了嗎？」

我舉起一隻手掌放在心口，仔細思考。「我不確定。我確定的是：找出真相對我來說很重要，我現在不會覺得自己要發瘋了。」

我將目光集中在爸爸身上。「你可以帶我去看看約翰．彼德斯的墳墓嗎？」

約翰

一個父親

一位丈夫

一名外科醫師

一個熱愛生命的人

這些簡單的字眼刻在我生父的墓碑上，位於北倫敦的一處墓園之中。發現那幢屋子的悲慘祕密的一週之後，我站在約翰．彼德斯的墳前，我的父母親留在車上，讓我有一些獨處的空間。我站在這個傷心的地方，風很強，胡亂地吹在我的臉上。我不太確定自己對他有什麼感覺，這個人是我的血親，他讓我來到這個世界上。但是，他也因為被一個漂亮女人迷得暈頭轉向，而背叛了他的家庭。我永遠都沒有辦法原諒，他害我失去了站在其他家人墳墓旁的機會。不論他們在哪裡長眠，我希望他們都能享有愛與安寧，不再受苦。

我沒有帶花來，也沒有穿黑色的喪服。我把我帶來的東西，留在他的墳墓上。他的告別信。

✦

在車裡，媽媽和爸爸都很擔憂地看著我。

「我沒事。」我向他們保證。「我覺得自己已經準備好要邁向未來了。」

他們倆人相互對望了一眼。

「怎麼了？」

然後是由爸爸略為遲疑告訴我：「那幢屋子從來就不在瑪莎．帕默的名下，她一直以為屋子已經歸她所有，但妳爸爸最終還是擺了她一道。妳爸爸把屋子登記在一家叫ＭＰ的公司名下。」

亞歷士告訴過我這件事情，只不過他推測那家公司所有人是瑪莎，ＭＰ取自「瑪莎」的字首Ｍ，「帕默」的字首Ｐ。

「你們是要告訴我什麼呢？」

媽媽說：「那幢屋子歸約翰血緣最近的親屬所有，那個人就是妳，瑪麗莎．彼德斯❻。」

❻ Marissa Peters ∘

44

四個月之後

我看著搬家公司把屋子裡的家具打包好，搬到外頭的大貨車上。我什麼都不想留，一家地區性的慈善義賣商店接收了所有家具，並表示非常感謝。我將這幢屋子放到仲介市場上出售，現在，一個年輕的家庭將在一個星期之後搬進來。我很高興，我希望這幢屋子再次成為一家人居住的地方，裡面充滿孩子們玩鬧的歡聲笑語。

傑克很早之前就離開了。那座花園曾經是大麻工廠的證據已經全都消失，我幫著傑克劈砍拔除掉每一根違法的綠葉。我不知道他現在在哪裡，也不想知道。

「麗莎。」亞歷士呼喚我名字的時候，整個人被大門框成一幅畫。

這一路走來，在我需要他的時候，他陪著我走過每一步。以一個朋友的身分，不摻雜其他念頭。這是多棒的朋友啊！我不可能再遇到更好的了。

我朝他走過去的時候，臉上漾出一個大大的笑容，但等我看見他沉重的表情後，嘴角又漸漸垂下。

「發生什麼事了？」

亞歷士把我拉進屋內，這時候一名搬家工人正要把一張椅子搬到外面，亞歷士叫住他：「可以請你告訴你們公司的人先休息半小時嗎？」

「我們是照時間收費的哦。」那名工人提醒亞歷士。

「任何額外的支出，請直接加在帳單上。」

那名工人點了點頭，亞歷士就仔細地關上了大門。他溫和地拉著我走到屋子的正中心，那張黑紅相間的地毯還鋪在地板上。

我看著亞歷士，沒有看地毯。「怎麼了？」

他過了一會兒才開口。「妳以前有注意到這張地毯嗎？」

我並不覺得丟臉，坦白對他說：「我曾經站在上面，在這幢屋子的正中心。我不知道該怎麼解釋，但站在這裡會讓我抬頭挺胸，讓我有種腳踏實地的感覺。」

亞歷士的神情有點傷感，好像什麼都不想說。但他還是說了，並且伸出手指著。「妳看見鑲邊上的這些花樣嗎？」

我點頭，完全摸不著頭緒。

「靠近一點仔細看，那些不是圖案，而是一種文字——」

「西里爾文。」我插嘴道。我的心臟狂跳，好長一段時間以來，我第一次感覺腳步站不穩。

「那些是名字。」亞歷士輕聲繼續說：「艾莉絲、里奧、蒂娜——」

「瑪麗莎，我。」我淚眼汪汪地看著亞歷士。「你覺得這是我爸——親生爸爸——特別訂製的嗎？」

「看起來是。」

我們站在那裡，氣氛哀戚而虔敬，彷彿俯視著我的家人們的墳墓。

「這麼多年來，我被無數個心理治療師診斷出各種症狀——偏執狂、霸凌受害者、創傷後壓力症候群，或者說我就是瘋了——然而，其實我長久以來所承受的是人類最沉重的疾病：心碎。」我深深地吸了一口氣。「你可以給我一點時間嗎？」我的聲音聽起來很遙遠。

亞歷士沒有回答。幾秒鐘後，我聽見了大門關上的喀噠聲。

我跪下來，虔誠地用手掌輕輕摩挲每一個名字，眼裡的淚水滾滾流下。然後，我用手指頭臨摹每一個漂亮的字母，就像我又回到留有字跡的那面牆前。我感覺自己又重新找回了我的家人，難怪我會深深被這張地毯所吸引。一直以來，我的家人都在這幢屋子的中心等著我。

我蜷縮成一顆球，盡情哭泣。

尾聲

華燈初上，我站在街道的對面，以全新的眼光看著那幢屋子。現在，所有的祕密都已經解開，至少，和我相關的那些都已經釐清。買下這幢屋子的那一家人已經搬進去住了，樓上的一扇窗和樓下的客廳都映出昏黃的燈光。我看見一個小孩跑過樓下的窗前，然後跑走。我想像那個小孩玩耍和嘻笑的模樣，那就是那幢屋子最大的使命。幸福與愛，臂挽著臂一起走，坐在餐桌或是早餐吧台上，夜裡安詳入眠。

這幢屋子又回到高貴聳立的宏偉模樣，牆壁恢復成令人歡愉的顏色。藤蔓依垂在石牆上，形成一幅安寧和諧的寫照。至於那個梅森石刻標記，不再是我的鑰匙了，永遠都不會是。現在，它屬於另一個人了，另一個家庭。

我最後一次抬眼去看頂樓的那個空房間，它的窗戶關上了，陰影讓人看不清窗戶後面的色彩。我希望裡面的牆壁能夠被漆回成白色，地板也被清洗乾淨。一盞燈亮了起來，一個小男孩的臉龐出現在那扇窗上。我希望他在那裡過得愉快。一陣擔憂突然襲來：讓我們祈禱約翰・彼德斯沒有留下其他的名片吧！

我轉過身，再也不回頭，安靜地離開。

◆

我走向餐館裡的一張桌子，他在那裡等我。

我穿著一件低胸上衣和一件牛仔短裙，大方地展示我的傷疤。沒有人看我，沒有人盯著看。

我走到桌邊，亞歷士跳著站起來。

「很高興認識妳，麗莎。」他用大大的招牌微笑來迎接我。

「我也很高興認識你，亞歷士。」

我們決定再試著約會看看。重新開始，假裝我們未曾見過面。

我一坐下來就說：「有些事情要先跟你說：我身上有疤，是在小時候的一場意外遺留下來的。有時候我會作惡夢，但最近已經比較少了。我晚上喜歡把腳綁在床上，因為我有時候會夢遊，我稱之為『醒著睡』，因為我總是會想起以前發生過的事。」

「我有一些事情，妳也必須了解。」換亞歷士說：「我喜歡穿不成對的襪子。」

「我對艾美・懷絲有點著迷。」

「我喜歡俄國詩詞。」

我們相視而笑。

謝謝你！

謝謝你讀了《殛屋出租》這本書，我希望你喜歡。寫作本書的過程非常開心、非常享受！

想知道更多新作品的消息，歡迎登錄我的網站。

https://dredamitchell.com

我很希望聽見讀者的回響，因此，如果你願意的話，請你與我聯繫。

我的網址：https://dredamitchell.com

臉書：Dreda Facebook

推特：Dreda Twitter

書評：我為妳而寫！

我喜歡聽見你對這本書的想法。

所以拜託請留下讀後感。

Storytella 192

殛屋出租

Spare Room

殛屋出租 / 德蕾達.賽.米契爾作 ; 莊瑩珍譯. -- 初版. --
臺北市 : 春天出版國際文化有限公司, 2024.05
面 ; 公分. -- (Storytella ; 192)
譯自 : Spare Room.
ISBN 978-957-741-847-0(平裝)

873.57 113004494

版權所有・翻印必究
本書如有缺頁破損，敬請寄回更換，謝謝。
ISBN 978-957-741-847-0
Printed in Taiwan

SPARE ROOM by DREDA SAY MITCHELL
Copyright: © 2019 by DREDA SAY MITCHELL
This edition arranged with Lorella Belli Literary Agency Limited through BIG APPLE AGENCY, INC., LABUAN, MALAYSIA.
Traditional Chinese edition copyright: 2024 SPRING INTERNATIONAL PUBLISHERS, CO., LTD
All rights reserved.

作　者　德蕾達・賽・米契爾
譯　者　莊瑩珍
總編輯　莊宜勳
主　編　鍾靈

出版者　春天出版國際文化有限公司
地　址　台北市大安區忠孝東路四段303號4樓之1
電　話　02-7733-4070
傳　眞　02-7733-4069
E－mail　bookspring@bookspring.com.tw
網　址　http://www.bookspring.com.tw
部落格　http://blog.pixnet.net/bookspring
郵政帳號　19705538
戶　名　春天出版國際文化有限公司
法律顧問　蕭顯忠律師事務所
出版日期　二〇二四年五月初版

定　價　430元

總經銷　楨德圖書事業有限公司
地　址　新北市新店區中興路二段196號8樓
電　話　02-8919-3186
傳　眞　02-8914-5524
香港總代理　一代匯集
地　址　九龍旺角塘尾道64號 龍駒企業大廈10 B&D室
電　話　852-2783-8102
傳　眞　852-2396-0050